中华经典诗文之美

徐中玉——主编

唐宋词

高建中——编著

上海人民出版社

出版说明

习近平总书记指出，中华文化积淀着中华民族最深沉的精神追求，代表着中华民族独特的精神标识；传承中华文化，要“以古人之规矩，开自己之生面”，重点做好创造性转化和创新性发展。为坚定文化自信，传承中华文脉，汲取古圣先贤的不朽智慧，激活民族文化的蓬勃生命力，上海人民出版社推出“中华经典诗文之美”系列丛书，以期通过出版工程的创造性转化，实现中华优秀传统文化的薪火相传、推陈出新。

丛书由著名学者、语文教育家徐中玉先生领衔主编，共13册，包括《诗经与楚辞》（陶型传编著），《先秦两汉散文》（刘永翔、吕咏梅编著），《汉魏六朝诗文赋》（程怡编著），《唐宋诗》（徐中玉编著），《唐宋词》（高建中编著），《唐宋散文》（侯毓信编著），《元散曲》（谭帆、邵明珍编著），《元明清诗文》（朱惠国编著），《近代诗文》（黄明、黄珅编著），《古代短篇小说》（陈大康编著），《笔记小品》（胡晓明、张炼红编著），《诗文评品》（陈引驰、韩可胜编著）和《神话与故事》（陈勤建、常峻、黄景春编著）。所选篇目兼顾经典性与人文性，注重时代性与现实性，综合思想性与艺术性，引导读者从原典入手，使其在立身处世、修身养性、伦理亲情、民生疾苦、治国安邦等世界观、人生观、价值观方面有所思考和获益。

丛书设置“作者介绍”、“注释”、“说明”、“集评”栏目。“作者介绍”简要介绍作者生平及其著述，并大致勾勒其人生轨迹。“注释”解析疑难，解释重难点字词及部分读音，同时择要阐明历史典故、地理沿革、职官制度等知识背景，力求精当、准确、规范、晓畅。“说明”点明写作背景，阐释文章主题，赏析文章审美特色。“集评”一栏列选历代名家评点，以帮助读者更好理解和鉴赏。

丛书选录篇目出处，或于末尾注明所依底本，或于前言中由编选者作统一说明。选文所依底本均为慎重比照各版本后择优确定。原文中的古今字、通假字予以保留，不作改动；异体字在转换为简体字时，则依照现行国家标准予以调整。

丛书所选篇目的编次依据，或以文体之别，或以题材之异，或依作者朝代生平之先后，或依成书先后。成书年代或作者生平有异议者，则暂取一说。

“凡作传世之文者，必先有可以传世之心。”中华文明生生不息至今，是一代又一代仁人志士艰苦拼搏的成果；中华文明未来的繁荣兴盛，需要全体中华儿女的担当。“中华经典诗文之美”系列丛书的出版，将引导读者在对跨越时空、超越国度、富有永恒魅力、具有当代价值的传世诗文的百读不厌、常读常新中，树立民族自信心与自豪感，培养起守护、传承与弘扬中华优秀传统文化的传世之心，在实现“两个一百年”奋斗目标和中华民族伟大复兴中国梦的道路上，凝聚起全民的文化力量，和这个时代一同前行。

上海人民出版社

2017 年 6 月

导读

中华文学遗产璀璨辉煌、体类众备，词是后起于诗的韵文新体，由胡夷里巷而竞艳艺坛，从歌唱的音乐文学走向律化的新体诗。初名曲、曲子、曲子词，后又有乐府、新乐府、近体乐府、寓声乐府、乐章、歌曲、琴趣、诗余、长短句等别称，这些名称从音乐纽带与形式特征方面反映出词的独特体性。

诚然，我国素有诗乐合一的"声诗"传统。但词与音乐的特殊关系，则是前于词的诗所未曾显现过的。其一，词系"倚声"之作，是"言出于声"（刘熙载《艺概》即因声填词。"古之歌者，皆先有词，后有声，故曰'诗言志，歌咏言，声依永，律和声'，如今先撰腔子，后填词，却是永依声也。"（赵令畤《侯鲭录》引王安石语）因声填词的实质，就是词与乐一体，音乐的特性进入了词的创作过程。其二，与词相配的音乐是更为世俗性、愉悦性的隋唐燕乐。隋唐燕乐继承并超越了传统音乐，是一种异质多元的音乐聚合体。它清新活泼、哀乐极情，非一味"从容和雅，犹有古士君子遗风"（《宋书·乐志》）的"华夏之正声"所能比拟，更遑论典重有余、情致不足的庙堂音乐。隋唐燕乐的独特音乐机制及由此造就的声情品格，必然会对与之相配的词的辞情作出相应规范，从而使词所承载的情致及创作心态等，与素以“言志”自律的诗相比，获得了更为松弛的空间。

据载，苏轼曾经拿自己写的词给友人晁补之、张耒看，并问：“何如少游？”二人都回答说：“少游诗似小词，先生小词似诗。”(见胡仔《苕溪渔隐丛话》前集卷四十二引《王直方诗话》)将诗、词对举，就说明诗与词是有体性区别的。另一位苏门诗人陈师道在他的《后山诗话》中也认为：“退之以文为诗，子瞻以诗为词，如教坊雷大使之舞，虽极天下之工，要非本色。”强调“本色”，就是强调固有、应有的面貌。显然，词的“本色”有异于诗。与诗相比，词更富音乐性，更加心灵化。这一特质，即使在词的表现领域逐渐开放、与词结伴的音乐逐渐消亡之后，也并不因之而减色。词的文化性格，与诗相通相异，相辅相成，乃是诗所不可替易的“别是一家”(李清照《词论》)。查礼《铜鼓书堂词话》云：“情有文不能达、诗不能道者，而独于长短句中可以委宛形容之。”王国维《人间词话》亦谓：“词之为体，要眇宜修，能言诗之所不能言，而不能尽言诗之所能言。诗之境阔，词之言长。”“要眇宜修”出《楚辞·湘君》：“君不行兮夷犹，蹇谁留兮中洲。美要眇兮宜修，沛吾乘兮桂舟。”清蒋骥《山带阁注楚辞》释之曰：“要眇，静好貌。宜，犹善也。言容质既美，又善修饰也。”查、王之论，允为知言。

作为音乐文学，词调是词体的一个重要标识。每首词都有一个表示音乐性的调名，如《菩萨蛮》、《清平乐》、《沁园春》、《念奴娇》等，称为词调(又称词牌，唐宋时无词牌之称，明清时因为曲调名曲牌，故词调亦称词牌，并沿袭至今)。词调来源于曲调，曲调是一首歌词的音乐形式，词调则是符合某一曲调的歌词形式。词调就是以相应的文句、字声，与曲调的曲度、音声相配合，从而形成一定的体段律调而定型下来。

词调的长短、分段、韵位、句法以及字声，主要取决于曲调，然而一经定型成体，词调就又可以脱离曲调，作为一种新的格律诗体而出现。今天我们读词，面对的就是词调所规定（代表）的具体的歌词形式。每个词调构成，包括：一、调名，调名本来都是曲名，刚柔急慢，各有个性；二、分片，以分两片的居多；三、句式，以长短句为主；四、韵位参差，且有平韵、仄韵、转韵以及四声通叶等多种押韵方式；五、字声，以平仄为主，间用四声。词调依曲定体（依乐段分片，依词腔押韵，依曲拍为句，等），而依曲定体，也正是词体的基本特性。

“长短句”之名，最初并不属于词。如晚唐韩偓的诗集《香奁集》已编有“长短句”。但词体发展起来后，“长短句”便牢不可破地成为词的另一个名称。我们不应忽略它区别于一般“杂言”的文体意义。更富音乐性、更趋心灵化的词体，其细腻、复杂的内在韵律，必然呼唤与其相应的传达形式。词之“长短句”与诗之“杂言”的最大不同在于它更有能力配合心绪意脉的起伏，声吻气息的张弛。词之“长短句”的主要特征，不在字数的参差，而在节奏的多变，词的文体精神正植根于它内在的变奏节律之中。诗之杂言，多以三、五、七言为基干，词则不限于奇言，广泛配置二字、四字、六字、八字等偶言句，配置规式依词调而定。奇偶言组合，或和谐缓冲，或反差折拗，形成了极为丰富多变的节奏，为杂言体诗所无法企及。词突破了两句一组、整齐呼应的诗之常规，可以一句一意，也可以两句合一，甚至数句贯通。诗句的节奏基本上属于“齐步”，词句的节奏类似“漫步”，甚至像变化速率的跳跃“舞步”，即使同样的四、五、六、七言句，词中之句步节之多变，亦为诗中之句所无。词之体性，使其艺术传达更为深细精美，诸如起结、过片，顺逆、错综，离合、点染，层递、折进，融化、托意等等，都创造了许多法门。

词于唐宋，由兴起而臻于极盛。敦煌曲子词多产生于社会下层，得窥民间形态之一斑。盛唐李白《菩萨蛮》(“平林漠漠”) 和《忆秦娥》(“箫声咽”) 两阕，可视为文人“百代词曲之祖”。(黄昇《唐宋诸贤绝妙词选》) 中唐刘禹锡“依曲拍为句”制《忆江南》，乃是诗人明言依声填词的最早记录。第一位致力于词创作并卓然成家者，则是晚唐温庭筠。五代词的中心在西蜀与南唐。赵崇祚辑《花间集》十卷，是西蜀词的结集。西蜀词大体宗奉温庭筠而能不为所尽掩，韦庄成就最高，以其“清丽”颉颃飞卿之“秾艳”，并称“温韦”。南唐词的代表作家是冯延巳与李璟、李煜二主。冯词如“和泪试严妆”“而堂庑特大，开北宋一代风气”(王国维《人间词话》)。李煜后期词尤为杰出，“眼界始大，感慨遂深，遂变伶工之词为士大夫之词”(王国维《人间词话》)。

北宋前期晏殊、张先、欧阳修、晏几道等重要词家，多承五代遗风。晏、欧词以小令为主，受冯延巳影响尤深，有晏“得其俊”，欧“得其深”之说(刘熙载《艺概》卷四)。张先“搜研物情”，词多秀句，“有含蓄处，亦有发越处”(陈廷焯《白雨斋词话》卷一)，间作慢词，“亦多用小令作法”(夏敬观手批《张子野词》)。晏几道年辈较晚，与乃父晏殊合称“二晏”。其词“清壮顿挫能动摇人心”(黄庭坚《小山词序》)，无意追逼《花间》而“高处或过之”(陈振孙《直斋书录解题》卷二十一)。柳永是北宋大量写作慢词的第一家，其词长于铺叙，不避俚俗，于词体、词境均有拓展。

北宋中后期苏轼登上词坛，其以“诗之裔”视词的观念(《祭张子野文》) 与“无意不可入，无事不可言”(刘熙载《艺概》卷四) 的逸怀豪气，“指出向上一路，新天下耳目”(王灼《碧鸡漫志》卷二)。一时士流，多游其门。秦观之词，“体制淡雅”(张炎《词源》卷下)、“情韵兼胜”(《四库全书总目提要》卷一九八)；贺铸之词，体兼“盛丽”、“妖冶”、“幽索”、“悲壮”(见张耒《东山词序》)，均能自辟蹊径，卓然名家。稍后之周邦彦，“以旁搜远绍之才，寄情长短句”（刘肃《片玉集序》），于词之规范、法度，有“集大成”之功。女词人李清照，文心深细，另树一帜，时号“易安体”。其南渡前后的词风变异，在跨越了同样历史时段的其他词人如向子湮等的作品中，也有不同形态的反映。

“靖康之难”，划分了南北宋两个时期。这一巨变，推动了南宋词坛创作主题和创作风格的社会性大转移，忧时与述怀相融，愤张与啸吟交织。张元幹、张孝祥、陆游、陈亮、刘过、刘克庄、刘辰翁、文天祥等词家，在其各饶丰姿的异量之美中，可闻回荡不息的慷慨悲壮、苍凉郁勃之音。雄踞南宋爱国词潮巅峰的是辛弃疾。稼轩负管、乐之才，怀经世之志而不能尽展其用，遂将满腔忠愤，“一寄之于其词”（见《词苑丛谈》引黄梨庄语）。所作“大声镗鞳，小声铿鍧，横绝六合，扫空万古”（刘克庄《稼轩集序》），“于剪翠刻红之外，屹然别立一宗”（《四库全书总目提要》卷一九八），与东坡并称“苏辛”。姜夔及其同调如史达祖、吴文英、张炎、王沂孙等词家，则与此词潮并行相伴而衍一派。他们恪守“婉约”之风，而不无《黍离》之叹，其风雅之质，见于情感的净化（审美化）与情感的深化（寄托）。

唐宋词万艳竞芳，佳作如林，它是中华古典诗歌百花园中的奇葩，民族优秀传统文化的瑰宝。它是已成为过去但又永远鲜活的经典，是已降下帷幕而仍与我们血脉相连的历史，以其更为心灵化的独特美丽，期待着今天的我们晤对倾听。本书所选，集萃观澜，尝鼎一脔而已。读诗宜品，读词亦然，撰写体例所定，每首词后列有“说明”、“集评”两项，旨在助读，决非定论。读者含英咀华，披文入情，讽咏有得，当可自断取舍。

目　录

唐、五代词

李　白

李白（701—762），字太白，号青莲居士，祖籍陇西成纪（今甘肃秦安），生于唐安西都护府碎叶城（今吉尔吉斯斯坦托克马克附近），五岁随父迁居绵州昌隆（今四川江油）。天宝元年（742）应召入京，供奉翰林。安史之乱期间，应邀为永王李璘幕僚，后受牵累入狱，长流夜郎（今属贵州），中途遇赦，不久病殁于当涂（今属安徽）。有《李太白集》。作词不多，《尊前集》著录12首，《全唐诗·附词》收14首。

菩萨蛮

平林漠漠烟如织[1]，寒山一带伤心碧[2]。暝色入高楼[3]，有人楼上愁。　玉阶空伫立[4]，宿鸟归飞急[5]。何处是归程[6]，长亭更短亭[7]。

说明

此词不见于古本《太白集》及唐人载集。宋释文莹《湘山野录》卷

[1]　平林：平展的树林。漠漠：迷蒙广远貌。烟如织：极言烟霭暮色的浓密。

[2]　伤心碧：使人伤感的青绿色。一说，犹言极碧。杜甫《滕王亭子》："清江锦石伤心丽，嫩蕊浓花满目斑。"

[3]　暝色：夜色。

[4]　玉阶：白石砌成的台阶，亦用作台阶之美称。伫立：久立。

[5]　宿鸟：回巢的鸟。

[6]　归程：归途。

[7]　长亭、短亭：古代设在大道旁供行人休息停留的亭舍。庾信《哀江南赋》："十里五里，长亭短亭。"

上云："此词不知何人写在鼎州（今湖南常德）沧水驿楼，复不知何人所撰。魏道辅泰见而爱之。后至长沙，得古集于子宣（曾布字）内翰家，乃知李白所作。"杨绘《时贤本事曲子前集》亦云："近传一阕云李白制，即今《菩萨蛮》，其词非白不能及。"成书年代当不晚于北宋。宋神宗朝之《尊前集》已予选录。全篇主旨在望远怀人。上片由远而近，写景、写楼、写人，逼出"愁"字绾结。下片缘"人"立象，情中有景，为"愁"字敷色。苍茫高浑，意兴悠远。

集评

黄昇曰：(《菩萨蛮》、《忆秦娥》) 二词为百代词曲之祖。

——《唐宋诸贤绝妙词选》卷一

沈际飞曰：古词妙处，只是天然无雕饰。又曰：云如髻，方可烟如织。

——《草堂诗余正集》卷一

徐士俊曰：词林以此为鼻祖，其古致遥情，自然压卷。

——《古今词统》卷五

李调元曰：词用"织"字最妙。始于太白词"平林漠漠烟如织"，孙光宪亦有句云"野棠如织"，晏殊亦有"心似织"句，此后遂千变万化矣。

——《雨村词话》卷一

周珽曰："有人"，白自谓也。暝色入楼，归程莫计，不无飞鸟之羡，正愁之不能自已处。

——《删补唐诗选脉笺释会通评林》卷六〇

许昂霄曰：玩末二句，乃是远客思归口气。或注作闺情，恐误。又按李益《鹧鸪词》云："处处湘云合，郎从何处归。"此词末二句，似亦可作此解，故旧人以为闺思耳。楼上凝愁，阶前伫立，皆属遥想之词。或以"玉阶"句为指自己，于义亦通。

——《词综偶评》

黄苏曰：按入首二句，意兴苍凉壮阔，第三第四句说到“楼”、到“人”，又自静细孤寂，真化工之笔。第二阕“栏干”（按《蓼园词选》本作“阑干空伫立”）字跟上“楼”字来，“伫立”字跟上“愁”字来，末联始点出“归”字来，是题目归宿。所以“愁”者此也。所以“寒山”伤心者亦此也。更觉前阕凌空结撰，意兴高远。至结句仍含蓄不说尽，雄浑无匹。

——《蓼园词选》

刘熙载曰：太白《菩萨蛮》、《忆秦娥》两阕，足抵少陵《秋兴八首》，想其情境，殆作于明皇西幸后乎？

又曰：太白《菩萨蛮》、《忆秦娥》，张志和《渔歌子》，两家一忧一乐，归趣难名，或灵均《思美人》、《哀郢》，庄叟濠上近之耳。

——《艺概》卷四

陈廷焯曰：唐人之词如六朝之诗，惟太白《菩萨蛮》、《忆秦娥》两阕，实千古词坛纲领。

——《云韶集》卷一

又曰：太白《菩萨蛮》、《忆秦娥》两阕，神在个中，音流弦外，可以足为词中鼻祖。

——《词则·大雅集》卷一

又曰：寻词之祖，断自太白可也，不必高语六朝。

——《白雨斋词话》卷五

俞陛云曰：太白仙才旷世，即小令亦高挹群言。以字句论，首二句写登高晚眺，极目平林，林外更寒山一碧，乃高楼所见也。林霭浓织及山光入暮逾青，乃薄暝之时也。故三句以“暝色入高楼”承接之。四句言楼上愁人，叙入本意。下阕“玉阶”、“宿鸟”二句承高楼及暝色而言，且有鸟归而人未归、空劳伫立之意。故接以何处归程。结句“长亭连短亭”，则归程愈盼愈远，见离愁之无尽也。以词格论，苍茫高浑，一气回旋。

——《唐词选释》

唐圭璋曰：一起写平林寒山境界，苍茫悲壮。梁元帝赋云：“登楼一望，惟见远树含烟。平原如此，不知道路几千。”此词境界似之。然其写日暮景色，更觉凄黯。

——《唐宋词简释》

又曰：“何处”两句，自相呼应，仍以境界结束。但见归程，不见归人，语意含蓄不尽。

——《唐宋词简释》

忆秦娥

箫声咽[1]，秦娥梦断秦楼月[2]。秦楼月，年年柳色，灞陵伤别[3]。　乐游原上清秋节[4]，咸阳古道音尘绝[5]。音尘绝，西风残照[6]，汉家陵阙[7]。

说明

古本《太白集》及唐人载集亦均未著录。此词最早见于邵博《邵氏闻见后录》卷十九，曰："李太白词也。予尝秋日饯客咸阳宝钗楼上，汉诸陵在晚照中。有歌此词者，一坐凄然而罢。"南宋淳祐间黄昇编集《唐宋诸贤绝妙词选》，收录了这首词，也题李白作。全词以离情别思、秦娥闺怨之怀，寓繁华消歇、山河兴废之慨。声情悲壮，气象阔大。

---

[1]　箫声咽：《列仙传》卷上："萧史者，秦穆公时人也。善吹箫，能致孔雀、白鹤于庭。穆公有女，字弄玉，好之。公遂以女妻焉。日教弄玉作凤鸣。居数年，吹似凤声，凤凰来止其屋。公为作凤台。夫妇止其上，不下数年，一旦皆随凤凰飞去。"咽，声音悲涩。

[2]　秦娥：此泛指京都长安一带美貌女子。扬雄《方言》卷二："秦晋之间，美貌谓之娥。"梦断：梦醒。

[3]　灞陵：一作"霸陵"。西汉文帝刘恒陵墓，附近有灞桥（一作"霸桥"）。《三辅黄图》："霸桥，在长安东，跨水作桥。汉人送客至此桥，折柳赠别。"《天宝遗事》："长安东灞陵有桥，来迎去送，皆至此为离别之地，故人呼之为销魂桥。"

[4]　乐游原：在长安（今陕西西安）城南，地势高敞，为游览胜地。秦宜春苑和汉乐游苑故址所在。清秋节：指九月九日重阳节，古时习俗是日登高。

[5]　咸阳：在长安西北，今属陕西。音尘绝：音信断绝。

[6]　西风：秋风。

[7]　汉家陵阙：汉代帝王陵墓均建在长安周围。阙，指陵墓前陵墓类建筑物。

集评

沈际飞曰：太白此词，有林下风气。《忆秦娥》词，故是闺房之秀。

——《草堂诗余正集》卷一

徐士俊曰：悲凉跌荡，虽短词，中具长篇古风之意气。

——《古今词统》卷五

潘游龙曰：白词妙处，只是天然无雕饰。

——《古今诗余醉》卷一〇

周珽曰：由伤别寄情吊古，风神淡宕，更多慷慨沉雄。

——《删补唐诗选脉笺释会通评林》卷六〇

顾起纶曰：唐人作长短句，乃古乐府之滥觞也。李太白首倡《忆秦娥》，凄惋流丽，颇臻其妙。

——《花庵词选跋》

孙麟趾曰：何谓浑？如“泪眼问花花不语，乱红飞过秋千去”，“江上柳如烟，雁飞残月天”，“西风残照，汉家陵阙”，皆以浑厚见长者也。词至浑，功候十分矣。

——《词迳》

黄苏曰：此乃太白于君臣之际，难以显言，因托兴以抒幽思耳。……叹古道之不复，或亦为天宝之乱而言乎？然思深而托兴远矣。

——《蓼园词选》

刘熙载曰：太白《忆秦娥》声情悲壮，晚唐、五代，惟趋婉丽，至东坡始能复古。后世论词者，或转以东坡为变调，不知晚唐、五代乃变调也。

——《艺概》卷四

陈廷焯曰：音调凄断，对此茫茫，百端交集，如读《黍离》之诗。后世名作虽多，无出此右者。

——《云韶集》卷一

王国维曰：太白纯以气象胜。“西风残照，汉家陵阙。”寥寥八字，遂关千古登临之口。后世惟范文正之《渔家傲》、夏英公之《喜迁莺》，差足继武，然气象已不逮矣。

——《人间词话》

俞陛云曰：此词自抒积感，借闺怨以写之，因身在秦地，即以秦女箫声为喻。起笔有飘飘凌云之气。以下接写离情，灞桥折柳，为迁客征人伤怀之处，犹劳劳亭为自古送行之地，太白题亭上诗“春风知别苦，不遣柳条青”，同此感也。下阕仍就秦地而言，乐游原上，当清秋游赏之时，而古道咸阳，乃音尘断绝，悲愉之不同如是。古道徘徊，即所思不见，而所见者，惟汉代之遗陵废阙，留残状于西风夕照中。一代帝王，结局不过如是，则一身之伤离感旧，洵命之衰耳。结二句俯仰今古，如闻变徵之音。

——《唐词选释》

吴梅曰：太白此词，实冠古今，决非后人可以伪托。

——《词学通论》

唐圭璋曰：此首伤今怀古，托兴深远。首以月下箫声凄咽引起，又见当年繁华梦断不堪回首。次三句，更自月色外，添出柳色，添出别情，将情景融为一片，想见惨淡迷离之概。下片揭响云汉，摹写当年极盛之时与地。而“咸阳古道”一句，骤落千丈，凄动心目。再续“音尘绝”一句，悲慨愈深。“西风”八字，只写境界，兴衰之感都寓其中。其气魄之雄伟，实冠今古。

——《唐宋词简释》

张志和

张志和，生卒年难以确考，初名龟龄，字子同，自号玄真子，东阳金华（今属浙江）人。年十六举明经，肃宗时尝待诏翰林，授左金吾录事参军，赐名志和。贬南浦（今四川万县）尉。后隐居江湖间，自称烟波钓徒。有《玄真子》十二卷，今存三卷。词存《渔歌子》五首。

渔歌子

西塞山前白鹭飞[1]，桃花流水鳜鱼肥[2]。青箬笠[3]，绿蓑衣[4]，斜风细雨不须归。

说明

唐代宗大历八年（773）春，张志和驾舟往谒湖州刺史颜真卿，名士会饮，即兴唱和，志和首唱《渔歌子》五首，此阕最为脍炙人口。全词清丽洗练，吐属自然，俨然一幅悠游闲适的春江垂钓图。“不须归”三字乃词旨之点睛，实为词人隐遁心迹之写真。此词很早就蜚声域外，日本嵯峨天皇有和词五阕，作于日本弘仁十四年（823），即唐穆宗长庆三年。

---

［1］ 西塞山：在今浙江吴兴西南。《西吴记》载：“湖州磁湖镇道士矶，即张志和所谓西塞山前也。”

［2］ 鳜（guì）鱼：俗称桂鱼，大口细鳞，色淡黄有褐色斑纹。

［3］ 箬（ruò）笠：用篾或箬竹叶编成的斗笠。箬，箬竹，竹之一种。

［4］ 蓑（suō）衣：用草或棕丝编织的雨衣。

集评

黄苏曰：数句只写渔家之自乐其乐，无风波之患。对面已有不能自由者已。隐跃言外，蕴含不露，笔墨入化，超然尘埃之外。

——《蓼园词选》

刘熙载曰：张志和《渔歌子》“西塞山前”一阕，风流千古。东坡尝以其成句用入《鹧鸪天》，又用于《浣溪沙》，然其所足成之句，犹未若原词之妙通造化也。

——《艺概》卷四

吴瑞荣曰：作者浮家泛宅，品格最高，宜其吐属潇洒乃尔。黄山谷增“朝廷尚觅玄真子，何处如今更有诗”于“青篛”句上，语气不伦，徒为蛇足。

——《唐诗笺要》后集卷八附词

俞陛云曰：然观其每首结句，君子固穷，达人知命，襟怀之超逸可知。“桃花流水”句，尤世所传诵。

——《唐词选释》

白居易

白居易（772—846），字乐天，晚年自号醉吟先生、香山居士，祖籍太原（今属山西），徙居下邽（今陕西渭南）。贞元十六年（800）进士，历秘书省校书郎、盩厔尉，迁左拾遗，充翰林学士，屡上章奏请革弊政，为权近所忌。元和十年（815）贬江州司马。穆宗朝，召为中书舍人，出刺杭州、苏州。官至秘书监、刑部侍郎。其后以太子宾客分司东都，卜居洛阳，会昌二年，以刑部尚书致仕。与元稹交厚，世称“元白”，晚年与刘禹锡唱和甚多，世称“刘白”。有《白氏长庆集》。《全唐诗·附词》著录九首。

长相思

汴水流[1]，泗水流[2]，流到瓜洲古渡头[3]。吴山点点愁[4]。　思悠悠[5]，恨悠悠，恨到归时方始休[6]。月明人倚楼。

说明

此为思妇念远之词。上片写景，水流绵长，吴山点点，情寓其中而

[1] 汴水：古河名，亦称汴渠、汴河。在河南河阴县（今河南荥阳）南，流经开封，东至徐州，汇入泗水。

[2] 泗水：古河名，即泗河。源出山东蒙山南麓，经徐州、淮阴，注入淮河，经大运河入长江。

[3] 瓜洲：古渡口名，在今江苏邗江县南。渡头：渡口。

[4] 吴山：泛指吴地（江南一带）群山。

[5] 悠悠：无穷无尽。

[6] 归：指外出的丈夫回家。

用“愁”字收煞。下片直抒胸臆，言“思”、言“恨”，情真意真而用景语结穴。“月明人倚楼”点醒闺怨题旨，情景宛然。

集评

黄昇曰：乐天此调，非后世作者所能及。

——《删补唐诗选脉笺释会通评林》卷六〇引

李廷机曰：乐天此等词调最脍炙人口。

——《草堂诗余评林》卷五

潘游龙曰：“点点”字俊甚。

——《古今诗余醉》卷十一

陈廷焯曰：“吴山点点愁”五字精警。

——《词则·放歌集》卷一

俞陛云曰：此词若“晴空冰柱”，通体虚明，不着迹象，而含情无际。由汴而泗而江，心逐流波，愈行愈远，直至天末吴山，仍是愁痕点点，凌虚着想，音调复动宕入古。第四句用一“愁”字，而前三句皆化“愁”痕，否则汴泗交流，与人何涉耶！结句盼归时之人月同圆，昔日愁眼中山色江光，皆入倚楼一笑矣。

——《唐词选释》

忆江南

江南好，风景旧曾谙[1]。日出江花红胜火，春来江水绿如蓝[2]。能不忆江南。

说明

白居易少年时代尝避地江南，长庆、宝历年间又先后出任杭州、苏州刺史。《忆江南》三首作于唐文宗大和末或开成三年（838）退居洛阳时。此为其中的第一首，泛忆江南旖旎风光，兼包苏、杭。神驰深情，明丽如画。“好”字定音，“忆”字贯通，“能不忆江南”绕回收束，复又余情远逸。

集评

沈际飞曰：较宋词自然有身份，不知其故。

——《草堂诗余别集》卷一

徐士俊曰：非生长江南，此景未许梦见。

——《古今词统》卷一

日人近藤元粹曰：诗余上乘。

——《白乐天诗集》卷五

---

[1] 谙（ān）：熟悉。

[2] 蓝：植物名。有多种，此指蓼蓝。叶子可作青色染料。

皇甫松

皇甫松，生卒年不详，字子奇，自号檀栾子，睦州新安（今浙江淳安）人。皇甫湜（777—835？）之子，牛僧孺（779—847）表甥。词存二十二首，分见于《花间集》、《尊前集》。近人王国维辑有《檀栾子词》。

摘得新

酌一卮[1]，须教玉笛吹[2]。锦筵红蜡烛[3]，莫来迟。繁红一夜经风雨，[4]是空枝。

说明

《摘得新》原系唐教坊曲，后用作词调名。唐宫廷有赐百官樱桃尝新旧制，调名或缘此而起。盛筵难再、韶光易逝，是文人笔下的常规喟叹，此词却能将深沉寄慨以平实浅语出之。

集评

汤显祖曰："自是寻春去较迟"，情痴之感，亦负心之痛也。摘得新者，

[1] 卮（zhī）：酒器。
[2] 玉笛：玉制的笛，亦为笛的美称。
[3] 锦筵：精美的筵席。
[4] 繁红：繁花。

自不落风雨之后。

——汤显祖评本《花间集》卷一

徐士俊曰：比杜秋娘“莫待无花空折枝”更有含蕴。

——《古今词统》卷一

周珽曰：此有来日苦短，秉烛夜游之意。盖花无久红，人不长少，垂念到此，可不及时行乐耶？

又曰：见得破，说得到，熟读古乐府来。

——《删补唐诗选脉笺释会通评林》卷六〇

陈廷焯曰：及时勿失，感慨系之。

——《词则·别调集》卷一

况周颐曰：词以含蓄为佳，亦有不妨说尽者。皇甫子奇《摘得新》云：“繁红一夜经风雨，是空枝。”语淡而沉痛欲绝。

——《餐樱庑词话》

俞陛云曰：清景一失，如追亡逋，少年不惜，老大徒悲。谪仙之秉烛夜游，即锦筵红烛意也。

——《唐词选释》

李冰若曰：语浅意深而不病其直者，格高故也。

——《栩庄漫记》

梦江南

兰烬落[1]，屏上暗红蕉[2]。闲梦江南梅熟日[3]，夜船吹笛雨萧萧[4]。人语驿边桥[5]。

说明

《梦江南》又名《忆江南》，唐人用此调咏本题之作，今传除白居易三首外，仅皇甫松二首，这是其一。前两句写烛残屏暗，后三句转写梦境，怀人怀地，境界朦胧，极迷离惝恍之致。

集评

汤显祖曰：好景多在闲时，风雨潇潇何害。

——汤显祖评本《花间集》卷一

徐士俊曰：末二句是中晚唐警语。

——《古今词统》卷一

---

[1] 兰烬：蜡烛的余烬，状如兰心，故称。

[2] 红蕉：即美人蕉，四季开花，花深红色。此句谓屏风上画的红蕉，也随之暗淡，模糊不清了。

[3] 梅熟日：江南梅子黄熟季节，在春末夏初。

[4] 萧萧：同“潇潇”，形容风雨声。

[5] 驿：驿站、驿亭。古代供外出官员及传递公文者换马休息之所。

厉鹗曰：美人香草本《离骚》，俎豆青莲尚未遥。颇爱《花间》肠断句："夜船吹笛雨潇潇。"

——《论词绝句》十二首

陈廷焯曰：梦境化境。词虽盛于宋，实唐人开其先路也。

——《云韶集》卷一

——《白雨斋词话》卷一

王国维曰：（皇甫松）词，黄叔旸（昇）称其《摘得新》二首，为有达观之见。余谓不若《忆江南》(《梦江南》) 二阕，情味深长，在乐天、梦得上也。

——《檀栾词》跋，见《人间词话·附录》

俞陛云曰：调寄《梦江南》，两词皆其本体。……语语带六朝烟水气也。

——《唐词选释》

唐圭璋曰：此首写梦境，情味深长。"兰烬"两句，写闺中深夜景象，烛花已落，屏画已暗，人亦渐入梦境。"闲梦"二字，直贯到底，梦江南梅熟，梦夜雨吹笛，梦驿边人语，情景逼真，欢情不减。然今日空梦当年之乐事，则今日之凄苦，自在言外矣。

——《唐宋词简释》

温庭筠

温庭筠（812？—866），本名岐，字飞卿，太原祁（今山西祁县）人。早年曾为章恪太子宾僚，恃才傲物，好讥讽权贵，久被摈抑，仕终国子助教。工诗，与李商隐齐名，时号“温李”。有《握兰》、《金筌》等词集，已佚。《花间集》录其词六十六首。近人王国维辑有《金荃词》一卷。

菩萨蛮

小山重叠金明灭[1]，鬓云欲度香腮雪[2]。懒起画蛾眉[3]，弄妆梳洗迟[4]。　照花前后镜，花面交相映[5]。新帖绣罗襦[6]，双双金鹧鸪。

说明

《花间集》著录温庭筠《菩萨蛮》十四首，此其一。词写闺情。困慵娇卧、起身梳妆、簪花临镜，顺次一一道来。“新帖绣罗襦，双双金鹧鸪”收束全篇。用暗示笔墨点睛，使“懒”、“迟”寓含之孤寂、自怜、期盼之情，虽不明言而自见。词风温润绮丽。

---

［1］　小山：指屏山，即屏风。一说指隆起的发髻。中晚唐时，妇女常以花钗及金背小梳点缀其间。金：日光。
［2］　鬓云：秀发如云。腮：脸颊。
［3］　蛾眉：细长弯曲的眉式。
［4］　弄妆：梳妆，修饰仪容。
［5］　花面：簪花和面容。
［6］　帖：同“贴”，贴金，将用金箔剪成或金线绣成的饰物图案贴在衣服上。襦（rú）：短袄。

集评

陈廷焯曰：温丽芊绵，已是宋、元人门径。

——《云韶集》卷一

张惠言曰：此感士不遇也。篇法仿佛《长门赋》，而用节节逆叙。此章从梦晓后领起。“懒起”二句，含后文情事，“照花”四句，《离骚》“初服”之意。

——《词选》卷一

王国维曰：飞卿《菩萨蛮》、永叔《蝶恋花》、子瞻《卜算子》，皆兴到之作，何有命意，皆被皋文深文罗织。

——《人间词话删稿》

李冰若曰：“小山”当即屏山，犹言屏山之金碧晃灵也。此种雕镂太过之句，已开吴梦窗堆砌晦涩之径。“新帖绣罗襦”二句，用十字止说得襦上绣鹧鸪而已。统观全词意，谀之则为盛年独处，顾影自怜；抑之则侈陈服饰，搔首弄姿。“初服之意”，蒙所不解。

——《栩庄漫记》

刘永济曰：此首则写梦醒时之情思也。……全首以人物之态度、动作、衣饰、器物作客观之描写，而所写之人之心情乃自然呈现，此种心情，又因梦见离人而起者，虽词中不曾明言，而离愁别恨已萦绕笔底，分明可见，读之动人。

——《唐五代两宋词简析》

唐圭璋曰：此首写闺怨，章法极密，层次极清。……末句，言更换新绣之罗衣，忽睹衣上有鹧鸪双双，遂兴孤独之哀与膏沐谁容之感。有此收束，振起全篇。上文之所以懒画眉、迟梳洗者，皆因有此一段怨情蕴蓄于中也。

——《唐宋词简释》

更漏子

柳丝长，春雨细。花外漏声迢递[1]。惊塞雁，起城乌[2]。画屏金鹧鸪[3]。　　香雾薄，透帘幕。惆怅谢家池阁[4]。红烛背[5]，绣帘垂。梦长君不知。

说明

此词写闺情。春深夜永，梦醒惆怅。“柳丝”三句，“长”、“细”、“迢递”，渲染物色的笔墨中渗透了悠绵的愁绪。“君不知”结穴，痴情难通，更增一倍悲凉。

集评

陈廷焯曰：飞卿《更漏子》首章云：“惊塞雁，起城乌。画屏金鹧鸪。”此言苦者自苦，乐者自乐。

——《白雨斋词话》卷一

[1]　漏声：指报时之声。漏，古代的计时器。迢递：远貌。

[2]　起城乌：指拂晓。晋成公绥《乌赋》：“哀鸣日夕，鼓翼昧旦。”

[3]　金鹧鸪：指屏上所画。鹧鸪，鸟名，羽毛黑白相间。

[4]　谢家池阁：指女子所居。谢家，谢娘家。魏晋六朝已有此称。又唐李德裕有爱姬谢秋娘，贮之华屋。

[5]　红烛背：背对红烛。

俞陛云曰：“梦长君不知”即《菩萨蛮》之“心事竟谁知”、“此情谁得知”也。前半词意以鸟为喻，即引起后半之意。塞雁、城乌，俱为惊起，而画屏上之鹧鸪，仍漠然无知，犹帘垂烛背，耐尽凄凉，而君不知也。

——《唐词选释》

李冰若曰：全词意境尚佳，惜“画屏金鹧鸪”一句强植其间，文理均因而扞格矣。

——《栩庄漫记》

施蛰存曰：上片言春雨中更漏声惊起塞雁城乌。金鹧鸪虽尚双栖，可惜是屏上之画耳。唐人诗词中用“鹧鸪”字，犹凤凰、鸳鸯，皆有双栖同宿之意。陈氏所谓“苦者自苦，乐者自乐”之意，竟安在哉？

——《读飞卿词札记》

更漏子

玉炉香，红蜡泪。偏照画堂秋思[1]。眉翠薄[2]，鬓云残。夜长衾枕寒[3]。梧桐树，三更雨。不道离情正苦[4]。一叶叶，一声声，空阶滴到明。

说明

画堂永夜，“秋思”、“离情”。此词由室内物象到室外雨声。上片辞采密丽，下片情致疏畅。浓淡相间，深沉凄恻。“梧桐树”数语，一气直说而不失含蓄。

集评

胡仔曰：庭筠工于造语，极为绮靡，《花间集》可见矣。《更漏子》(玉炉香)一词尤佳。

——《苕溪渔隐丛话》后集卷十七

徐士俊曰：“夜雨滴空阶”(按，南朝何逊《临行与故游夜别》诗句)，五

[1] 画堂：指华美的居室。
[2] 眉翠：画眉的翠黛色。
[3] 衾（qīn）：被子。
[4] 不道：不管，不顾。

字不为少；“梧桐树”此二十三字不为多。

——《古今词统》卷五

李廷机曰：前以夜阑为思，后以夜雨为思，善能体出秋夜之思者。

——《草堂诗余评林》卷四

谭献曰：（评“梧桐树”以下诸句）似直下语，正从“夜长”逗出，亦书家“无垂不缩”之法。

——《谭评词辨》卷一

谢章铤曰：胡元任谓庭筠工于造语，极为奇丽。然如《菩萨蛮》(按，当作《更漏子》）云：“梧桐树，三更雨，不道离情正苦。一叶叶，一声声，空阶滴到明。”语弥淡，情弥苦，非奇丽为佳者矣。

——《赌棋山庄词话》卷八

陈廷焯曰：遣词凄艳，是飞卿本色。结三句开北宋先声。

——《云韶集》卷一

俞陛云曰：惟其锦衾角枕，耐尽长宵，故梧桐雨声，彻夜闻之。后人用其词意入诗云：“枕边泪共窗前雨，隔个窗儿滴到明。”加一“泪”字，弥见离情之苦，但语意说尽，不若此词之含浑。

——《唐词选释》

李冰若曰：飞卿此词，自是集中之冠。寻常情事，写来凄婉动人，全由秋思离情为其骨干。宋人“枕前泪共窗前雨，隔个窗儿滴到明”，本此而转成淡薄。温词如此凄丽有情致不为设色所累者，寥寥可数也。

——《栩庄漫记》

俞平伯曰：后半首写得很直，而一夜无眠却终未说破，依旧含蓄。

——《唐宋词选释》上卷

唐圭璋曰：此首写离情，秾淡相间，上片秾丽，下片疏淡。通篇自昼至夜，自夜至晓，其境弥幽，其情弥苦。

——《唐宋词简释》

梦江南

千万恨，恨极在天涯[1]。山月不知心里事，水风空落眼前花。摇曳碧云斜[2]。

说明

这首词写相思愁恨。起调和盘托出满腔怨情。“山月”以下，转换情景相生之描摹笔墨，可谓“物色之动，心亦摇焉”。结句悠然远韵。

集评

汤显祖曰：风华情致，六朝人之长短句也。

——汤显祖评本《花间集》卷一

沈际飞曰：（评“山月”二句）惨境何可言。

——《草堂诗余别集》卷一

陈廷焯曰：低徊深婉，情韵无穷。

——《云韶集》卷二十四

李冰若曰：“摇曳”一句，情景交融。

——《栩庄漫记》

---

[1] 天涯：极边远之地。指久不知返的游子所在。

[2] 摇曳：缓缓飘荡。

唐圭璋曰：此首叙飘泊之苦，开口即说出作意。“山月”以下三句，即从“天涯”两字上，写出天涯景色。在在堪恨，在在堪伤。而远韵悠然，令人讽诵不厌。

——《唐宋词简释》

梦江南

梳洗罢，独倚望江楼。过尽千帆皆不是，斜晖脉脉水悠悠[1]。肠断白蘋洲[2]。

说明

独倚江楼、望人不归，是这首闺怨词的设定情境。“肠断”绾合全篇。轻倩淡笔，而款款情愫，低徊不尽。

集评

汤显祖曰：“朝朝江上望，错认几人船。”同一结想。

——汤显祖评本《花间集》卷一

谭献曰：犹是盛唐绝句。

——《复堂词话》

俞陛云曰：“千帆”二句窈窕善怀，如江文通之“黯然消魂”也。

——《唐词选释》

---

[1] 脉脉：凝视貌。《古诗十九首》其十：“盈盈一水间，脉脉不得语。”

[2] 白蘋洲：长满白蘋的江边洲渚。蘋花白色，故称白蘋。此指昔日分别之处。唐赵征明《思归》：“惟见分手处，白蘋满芳洲。”又，南朝柳恽《江南曲》：“汀洲采白蘋，日落江南春。洞庭有归客，潇湘逢故人。故人何不返，春华复应晚。不道新知乐，只言行路远。”

李冰若曰：柳词“想佳人倚楼长望，误几回天际识归舟”从此化出，却露出勾勒痕迹矣。

——《栩庄漫记》

又曰：飞卿此词末句，真为画蛇添足，大可重改也。“过尽”二语既极怊怅之情，“肠断白蘋洲”一语点实，便无余韵，惜哉！惜哉！

——《栩庄漫记》

唐圭璋曰：此首记倚楼望归舟，极尽惆怅之情。起两句，记午睡起倚楼。“过尽”两句，寓情于景。千帆过尽，不见归舟，可见凝望之久、凝恨之深。眼前但有脉脉斜晖、悠悠绿水，江天极目，情何能已。末句，揭出肠断之意，余味隽永。温词大抵绮丽浓郁，而此两首则空灵疏荡，别具丰神。

——《唐宋词简释》

韦　庄

韦庄（836—910），字端己，京兆杜陵（今陕西西安东南）人。乾宁元年（894）进士，任校书郎。天复元年，王建辟为掌书记，遂终身仕蜀，历左散骑常侍，判中书门下事，官终吏部侍郎同平章事。有《浣花集》。《花间集》录其词四十八首，近人王国维等参稽《尊前》、《草堂诗余》等集辑得五十四首。

浣溪沙

夜夜相思更漏残[1]，伤心明月凭栏干。想君思我锦衾寒。　　咫尺画堂深似海[2]，忆来唯把旧书看[3]，几时携手入长安。

说明

此词伤离怀人。上片彼我落墨，倾诉相思；下片点明缘由，写无奈之深情，茫然之希望。唐崔郊《赠去婢》诗云："侯门一入深似海，从此萧郎是路人。""咫尺"句之背后似也蕴藏着哀艳本事。

---

［1］　更漏：古时用铜壶滴漏记时刻以报更。残：将尽。

［2］　咫尺：喻距离很近。咫：古代长度名称，周制八寸。

［3］　书：信札。

集评

汤显祖曰：“想君”、“忆来”二句，皆意中意，言外言也。水中着盐，甘苦自知。

——汤显祖评本《花间集》卷一

沈际飞曰：替他思，妙。

——《草堂诗余别集》卷一

陈廷焯曰：从对面设想，便深厚。

——《词则·大雅集》卷一

俞陛云曰：端己相蜀后，爱妾生离，故乡难返，所作词本此两意为多。此词冀其“携手入长安”，则两意兼有。

——《五代词选释》

李冰若曰：“想君思我锦衾寒”句，由己推人，代人念己，语弥淡而情弥深矣。

——《栩庄漫记》

俞平伯曰：下三句说出本事。人不必远，以阻隔而堂深；其所以阻隔却未说破。“携手入长安”者，盖旧约也，今惟有把书重看耳，几时得实现耶？宋周邦彦《浣溪沙》：“不为萧娘旧约寒，何因容易别长安。”殆即由此变化，而句意较明白，可作为解释读。

——《唐宋词选释》上卷

唐圭璋曰：此首怀人。上片，从对面着想，甚似老杜“今夜鄜州月”一首作法。下片，言己之忆人，一句一层。……“几时”句，叹相见之难，亦“何时倚虚幌，双照泪痕干”之意。

——《唐宋词简释》

菩萨蛮

红楼别夜堪惆怅，香灯半卷流苏帐[1]。残月出门时，美人和泪辞。　　琵琶金翠羽[2]，弦上黄莺语。劝我早归家，绿窗人似花。

说明

《花间集》著录韦庄《菩萨蛮》五首，殆非一时一地之作。此其一，全篇追思离情。缱绻悱恻，往事历历，而欲归未能、身不由己之痛，见于言外。情真语挚，清丽蕴藉。

集评

许昂霄曰：语意自然，无刻画之痕。

——《词综偶评》

张惠言曰：此章盖留蜀后寄意之作。一章言奉使之志，本欲速归。

——《词选》卷一

谭献曰：亦填词中《古诗十九首》，即以读《十九首》心眼读之。

——《复堂词话》

---

[1]　流苏：结彩下垂的帐饰。

[2]　金翠羽：琵琶的装饰，在杆拨上嵌金点翠。

陈廷焯曰：情词凄绝，柳耆卿之祖。婉约。

——《云韶集》卷一

又曰：深情苦调，意婉词直，屈子《九章》之遗。词至端己语渐疏，情意却深厚。虽不及飞卿之沉郁，亦古今绝构也。

——《词则·大雅集》卷一

王国维曰："弦上黄莺语"，端己语也，其词品似之。

——《人间词话》

唐圭璋曰：前事历历，思之惨痛，而欲归之心，亦愈迫切。韦词清秀绝伦，与温词之浓艳者不同，然各极其妙。

——《唐宋词简释》

施蛰存曰：此端己力摹温飞卿之作也。温词云："玉楼明月长相忆，柳丝袅娜春无力。门外草萋萋，送君闻马嘶。　画罗金翡翠，香烛销成泪。花落子规啼，绿窗残梦迷。"二词同一机杼，工力悉敌，未易轩轾，然终让飞卿逸足先登矣。端己词意，谓当筵听琵琶语，似劝我归家，因而怀念红楼惜别时。此乃流移江南时怀乡之作。其寄居婺州时作《遣兴》诗云："异国清明节，空江寂寞春。声声林上鸟，唤我北归秦。"亦此意也。若皋文云此章"言奉使之志，本欲速归"，此解殊难领会。

——《读韦庄词札记》

菩萨蛮

人人尽说江南好，游人只合江南老[1]。春水碧于天，画船听雨眠。　　垆边人似月[2]，皓腕凝霜雪。未老莫还乡，还乡须断肠[3]。

说明

《菩萨蛮》五首，此其二。直笔领起，极写对江南景色、情趣、人物之美的倾心与留恋。结句兜转，似有弦外凄音。

集评

吴开曰：“春水碧于天，画船听雨眠。”皮日休《松陵》诗云：“汉水碧于天，荆南廓秀然。”豫章取之作《演雅》云：“江南野水碧于天，中有白鸥闲似我。”

——《花间集评注》卷二引《优古堂诗话》

许昂霄曰：或云江南好处如斯而已耶？然此景此情，生长雍、冀者，实未曾梦见也。

——《词综偶评》

---

[1]　合：应当。

[2]　垆边人：指酒家女。垆，同“罏”，卖酒者置酒瓮之处。《史记·司马相如传》：“买酒舍沽酒，乃令（卓）文君当垆。”

[3]　须：应，必。

张惠言曰：此章述蜀人劝留之辞，即下章云“满楼红袖招”也。江南即指蜀。中原沸乱，故曰“还乡须断肠”。

——《词选》卷一

谭献曰：强颜作愉快语，怕断肠，肠亦断矣。

——《复堂词话》

陈廷焯曰：一幅春水画图。意中是思乡，笔下却说江南风景好，真是泪溢中肠，无人省得。结言风尘辛苦，不到暮年，不得回乡，须知他日还乡必断肠也，与第二语口气合。

——《云韶集》卷一

唐圭璋曰：情意宛转，哀伤之至。

——《唐宋词简释》

施蛰存曰：“人人尽说江南好”，皋文云：“此章述蜀人劝留之辞。江南即指蜀。中原沸乱，故曰还乡须断肠。”按端己诗题有《寄江南逐客》、《江南送李明府入关》、《寄江南诸弟》、《夏初与侯补阙江南有约同泛淮汴》，诗句中亦频用“江南”字，皆指吴、越、湘、楚，即唐之江南东、西两道，未有以指蜀中者。皋文以为江南即指蜀，亦为曲解。词歇拍云：“未老莫还乡，还乡须断肠。”皋文以为指中原沸乱而言，然则与“未老”何涉？岂老而还乡，便不忧中原沸乱耶？

——《读韦庄词札记》

菩萨蛮

洛阳城里春光好，洛阳才子他乡老[1]。柳暗魏王堤[2]，此时心转迷[3]。　　桃花春水渌[4]，水上鸳鸯浴。凝恨对残晖[5]，忆君君不知。

说明

此其五。唐僖宗中和二年（882）春，韦庄流寓洛阳，次年四月间，离洛游江南。寓洛时有《中渡晚眺》诗云："魏王堤畔草如烟，有客伤时独扣舷"、"家寄杜陵归不得，一回回首一潸然"。这是他乡自伤怀人之作。起首二句，哀痛沉重，结句复振波澜，似有难为人知之隐痛在。

集评

汤显祖曰：（评"洛阳才子"句）可怜，可怜，使我心恻。

——汤显祖评本《花间集》卷一

[1] 洛阳才子：西汉贾谊，洛阳人，少负才名，号洛阳才子。潘岳《西征赋》："终童山东之英妙，贾生洛阳之才子。"此词人自指。

[2] 魏王堤：魏王池堤，唐代洛阳名胜。由洛水溢而为池，贞观中以赐魏王泰，故名。池上有堤，与洛水相隔。白居易《三月三日祓禊洛滨》："闹翻扬子渡，踏破魏王堤。"又有《魏王堤》："何处未春先有思，柳条无力魏王堤。"

[3] 迷：迷惘。

[4] 渌（lù）：清澈。一作"绿"。

[5] 残晖：夕阳。"残"，一作"斜"。

张惠言曰：此章致思唐之意。

——《词选》卷一

谭献曰：项庄舞剑，怨而不怒之意。

——《词辨》卷一

陈廷焯曰：中有难言之隐。

——《词则·大雅集》卷一

李冰若曰：此首以词意按之，似是客洛阳时作。与前诸首无可联系处，亦无从推断其为入蜀暮年之词也。

——《栩庄漫记》

施蛰存曰：此词可以解作寓帝京沦陷之恨，实有比兴可寻，然非入蜀以后情事也。皋文谓“此章致思唐之意”，迟三十年矣。

——《读韦庄词札记》

丁寿田、丁亦飞曰：结尾二语，怨而不怒，无限低徊，可谓语重心长矣。

——《唐五代四大名家词》

唐圭璋曰：末句，对景怀人，朴厚沉郁。

——《唐宋词简释》

女冠子

四月十七，正是去年今日。别君时。忍泪佯低面[1]，含羞半敛眉[2]。　　不知魂已断，空有梦相随。除却天边月，没人知。

说明

《花间集》著录韦庄《女冠子》二首，以联章体分写男女别后相思、魂牵梦萦情状。此其一，写与所欢离别周年时的女子心曲。以直记时日起句，可谓词中创格。凝聚着刻骨铭心的往事。下片“不知”二句，心痴神迷，凄楚低徊。

集评

徐士俊曰：冲口而出，不假妆砌。

——《古今词统》卷四

沈际飞曰：月知不知都妙。

——《草堂诗余别集》卷一

[1]　佯：假装。
[2]　敛眉：皱眉。

陈廷焯曰：起得洒落。“忍泪”十字，真写得出。

——《云韶集》卷一

又曰：一往情深，不着力而自胜。

——《词则·闲情集》卷一

王闿运曰：不知得妙，梦随乃知耳。若先知，那得有梦？惟有月知，则常语矣。

——《湘绮楼词选》前编

俞平伯曰：单看上片，好像是一般的回忆，且确说某月某日，哪知却是梦景。径用“不知”点醒上文，句法挺秀。韦另有《女冠子》，情事相同，当是一题两作，那首结句说：“觉来知是梦，不胜悲。”就太明白了。

——《唐宋词选释》上卷

又曰：结句以“天边月”和上“四月十七”时光相应，以“没人知”的重叠来加强上文的“不知”，思路亦细。

——《唐宋词选释》上卷

唐圭璋曰：“忍泪”十字，写别时状态极真切。下片写思极入梦，无人知情，亦凄婉。

——《唐宋词简释》

牛希济

牛希济（872？—？），狄道（今甘肃临洮）人牛峤兄子。仕前蜀，累官翰林学士、御史中丞。后唐灭蜀，入洛，明宗拜为雍州节度副使。词存十二首。近人王国维辑有《牛中丞词》。

生查子

春山烟欲收[1]，天淡稀星小。残月脸边明，别泪临清晓。　语已多，情未了。回首犹重道[2]。记得绿罗裙，处处怜芳草[3]。

说明

此词剪取情人惜别场景，浅切而富远韵。情人判袂，意态万千。夫复何言，惟无语相对，固是一境；“语已多，情未了”，更属常态。本篇撇开“已多”之“语”，惟拈出“记得”两句，以爱屋及乌之意传达诚挚悱恻之至情，便境界一新。

---

[1]　烟欲收：谓晨雾将要消散。

[2]　重（chóng）道：再次说。

[3]　“记得”二句：南朝江总妻《赋庭草》：“雨过草芊芊，连云锁南陌。门前君试看，是妾罗裙色。”

集评

陈廷焯曰："春山"十字，别后神理。"晓风残月"，不是过也。结笔尤佳。

——《云韶集》卷一

李冰若曰："记得绿罗裙，处处怜芳草"，词旨悱恻温厚，而造句近乎自然。岂飞卿辈所可企及？"语已多，情未了，回首犹重道"，将人人共有之情，和盘托出，是为善于言情。

——《栩庄漫记》

唐圭璋曰：此首写别情。上片别时景，下片别时情。起写烟收星小，是黎明景色。"残月"两句，写晓景尤真切。残月映脸，别泪晶莹，并当时人之愁情，都已写出。换头，记别时言语，悱恻温厚。著末，揭出别后难忘之情，以处处芳草之绿，而联想人罗裙之绿，设想似痴，而情则极挚。

——《唐宋词简释》

顾　敻

顾敻，生卒年、字里均不详。前蜀王建时给事内廷，擢茂州刺史。已而复仕后蜀孟知祥，累官至太尉。词存五十五首。近人王国维辑有《顾太尉词》。

诉衷情

永夜抛人何处去[1]，绝来音。香阁掩，眉敛[2]，月将沉。怎忍不相寻。怨孤衾。换我心、为你心。始知相忆深。

说明

“顾敻艳词，多质朴语，妙在分际恰合。”（况周颐《餐樱庑词话》）此词亦写闺人怨情。所思久久相违，闺人独处长夜，其疑虑、相思、怨艾、痴情的复杂心理活动跃然纸上。“换我心、为你心。始知相忆深”，乃口语痴语，透骨情语。后人云“妾心移得在君心，方知人恨深”，“只愿君心似我心，定不负相思意”，或即脱胎于此。

---

［1］　永夜：长夜。
［2］　眉敛：皱眉。

集评

汤显祖曰：要到换心田地，换与他亦未必好。

——汤显祖评本《花间集》卷三

茅暎曰：到底是单相思。

——《词的》卷一

王士禛曰：顾太尉“换我心、为你心。始知相忆深”，自是透骨情语。徐山民“妾心移得在君心，方知人恨深”，全袭此。然已为柳七一派滥觞。

——《花草蒙拾》

陈廷焯曰：元人小曲，往往脱胎于此。

——《云韶集》卷一

又曰：末三句嫌近曲。

——《词则·闲情集》

俞平伯曰：本篇白描，作情极的说法，仍有含蓄。如本句“怎忍不相寻”，相寻又怎么样呢？口气未完，却咽住了，得断续之妙。

——《唐宋词选释》

刘永济曰：“换我心”三句，乃人人意中语，却能说出，所以可贵。

——《唐五代两宋词简析》

冯延巳

冯延巳（903—960），一名延嗣，字正中，广陵（今江苏扬州）人。南唐开国，烈祖以为秘书郎、元帅府掌书记。李璟即位，拜谏议大夫，屡迁至中书侍郎、同平章事。数居柄任，终太子太傅。延巳有才学，多伎艺，工诗，虽贵且老不废，尤喜为乐府词。有《阳春集》。

鹊踏枝

谁道闲情抛掷久。每到春来，惆怅还依旧。日日花前常病酒[1]。不辞镜里朱颜瘦[2]。　　河畔青芜堤上柳[3]。为问新愁，何事年年有。独立小桥风满袖。平林新月人归后。

说明

此阕误入欧阳修《近体乐府》。抒写抛掷不断、年年滋生的孤寂惆怅情怀。语极跌宕尽致。“独立小桥风满袖”的自我形象，传达出惝恍幽咽的情感意境。

[1]　病酒：谓饮酒过量而感不适。

[2]　不辞：不惜。朱颜：红润的面容。

[3]　青芜：丛生的青草。

集评

陈廷焯曰：起得风流跌宕。“为问”二句，映起笔。“独立”二语，仙境，梦境！断非凡笔也。

——《云韶集》卷一

又曰：“谁道闲情抛弃久。每到春来，惆怅还依旧。日日花前常病酒。不辞镜里朱颜瘦。”可谓沉著痛快之极，然却是从沉郁顿挫来，浅人何足知之。

——《白雨斋词话》卷六

梁启超曰：稼轩《摸鱼儿》起处从此夺胎，文前有文，如黄河伏流，莫穷其源。

——《艺蘅馆词选》乙卷

俞陛云曰：词家每先言景，后言情，此词先情后景。结束二句寓情于景，弥觉风致夷犹。

——《宋词选释》

唐圭璋曰：如行云流水，不染纤尘。

——《唐宋词简释》

鹊踏枝

几日行云何处去[1]。忘却归来，不道春将暮。百草千花寒食路[2]。香车系在谁家树[3]。　　泪眼倚楼频独语。双燕来时，陌上相逢否。撩乱春愁如柳絮。悠悠梦里无寻处。

说明

此阕误入欧阳修《近体乐府》。这首闺情词，抒写怨艾与期待交织的思妇心曲。萦回恻怛之痴情，凝聚为倚楼颙望之盈盈“泪眼”。“撩乱春愁如柳絮”，即景取譬，如闻“试问闲愁都几许。一川烟草，满城风絮，梅子黄时雨”(贺铸《青玉案》)警语之先声。

集评

谭献曰：行云、百草、千花、香车、双燕，必有所托。

——《谭评词辨》卷一

---

[1] 几日：指多时。行云：本指巫山神女。语出宋玉《高唐赋》：“旦为朝云，暮为行雨。”此谓行踪无定、冶游未归的浪子。

[2] 百草千花：喻招蜂引蝶的女子。寒食：寒食节，去冬至一百五日，旧俗禁火三天。人们常于寒食节那天至郊外祭扫踏青。

[3] 香车：此指冶游浪子所乘坐的华美的车。

又曰：（“悠悠梦里无寻处”句旁批）呼应。

——谭评《词辨》卷一

陈廷焯曰：情词悱恻。“双燕”二语，映首章。

——《词则·大雅集》卷一

又曰：“泪眼倚楼频独语。双燕来时，陌上相逢否。”忠厚悱恻，蔼然动人。

——《白雨斋词话》卷一

俞陛云曰：起笔托想空灵，欲问伊人踪迹，如行云之在天际。春光已暮，而留滞忘归，况当寒食佳辰，柳夭花草，香车所驻，从何处追寻！前半首专写离人，后半首乃言己之情思，孤客凭阑，无由通讯，陌上归来燕子，或曾见芳踪，永叔《洛阳春》词“看花拭泪向归鸿，问来处逢郎否”，与此皆无聊之托思。结句言赢得愁绪满怀，乱如柳絮，而入梦依依，茫无寻处，是絮是身，是愁是梦，一片迷离，词家梦境。

——《宋词选释》

刘永济曰：此词因心中所思之人久出不归，遂疑其别有所欢，故曰“香车系在谁家树。”后半阕前三句，言消息不知；后二句，言愁思甚苦也。其中既有猜忌，又有留恋与希冀之意。

——《唐五代两宋词简析》

唐圭璋曰：此首伤离念远，笔墨入化。句首以问起，问人去何处？“忘了”两句，言春将暮，而人犹不归，怨之至，亦伤之至。“百草”两句，复作问语，问人牵系谁家，总以人不归来，故一问再问。换头，因见双燕，又和泪问燕可逢人，相思之深，怅望之切，并可知已。末两句，揭出愁思无已之情，即梦里亦无寻处，缠绵悱恻，一往情深。

——《唐宋词简释》

鹊踏枝

庭院深深深几许[1]。杨柳堆烟，帘幕无重数。玉勒雕鞍游冶处[2]。楼高不见章台路[3]。　　雨横风狂三月暮。门掩黄昏，无计留春住。泪眼问花花不语。乱红飞过秋千去[4]。

说明

此首原注云："别作欧阳修。"又见欧阳修《近体乐府》卷二。但欧阳修《近体乐府》罗泌跋云："元丰中崔公度跋冯延巳《阳春录》谓皆延巳亲笔。"当从《阳春集》定为冯作。这首词抒写深闺凝愁，绵邈层深，极顿挫摇曳之致。起句亦境亦心，李清照曾称"予酷爱之"。结穴泪眼问花、乱红秋千，情思缥缈而沉郁，兼动荡迷离之胜。

---

[1]　几许：多少。

[2]　玉勒雕鞍：谓马衔和马鞍之华贵。玉勒，玉饰的马衔（马笼头）。雕鞍，彩绘雕饰的马鞍。游冶处：指青楼妓馆。

[3]　章台路：章台为秦宫台观名，台下有街，名章台街。后指歌妓云集之处。

[4]　乱红：落花。

集评

沈际飞曰：末句参之“点点飞红雨”句，一若关情，一若不关情，而情思俱荡漾无边。

——《草堂诗余正集》卷一

李廷机曰：首句叠用三个“深”字最新奇，后段形容春暮光景殆尽。

——《草堂诗余评林》卷三

毛先舒曰：“泪眼问花花不语。乱红飞过秋千去。”此可谓层深而浑成，何也？因花而有泪，此一层意也；因泪而问花，此一层意也；花竟不语，此一层意也；不但不语，且又乱落、飞过秋千，此一层意也。人愈伤心，花愈恼人，语愈浅而意愈入，而绝无刻画费力之迹，谓非层深而浑成耶？然作者初非措意，直如化工生物，笋未出而苞节已具，非寸寸为之也。

——《古今词论》引

黄苏曰：首阕因杨柳烟多，若帘幕之重重者，庭院之深深以此，即下句章台不见，亦以此。总以见柳絮之迷人，加之雨横风狂，即拟闭门，而春已去已。不见乱红之尽飞乎？语意如此，通首诋斥，看来必有所指。第词旨浓丽，即不明所指，自是一首好词。

——《蓼园词选》

陈廷焯曰：连用三“深”字，妙甚。偏是楼高不见。试想千古情人读至结处，无不泪下，绝世至文。

——《云韶集》卷一

王国维曰：有有我之境，有无我之境。“泪眼问花花不语。乱红飞过秋千去。”“可堪孤馆闭春寒，杜鹃声里斜阳暮。”有我之境也。……有我之境，以我观物，故物皆著我之色彩。

——《人间词话》

俞陛云曰：此词庭深楼迥，及乱红飞过等句，殆有寄托，不仅送春也。

——《宋词选释》

俞平伯曰："三月暮"点季节，"风雨"点气候，"黄昏"点时刻，三层渲染，才逼出"无计"句来。

——《唐宋词选释》中卷

又曰：花既不语，故说"问花"。问字是虚用，只不过泪眼相看而已。

——《唐宋词选释》中卷

唐圭璋曰：层深而浑成。

——《唐宋词简释》

李　璟

李璟（916—961），南唐中主。字伯玉，初名景通，改名瑶，后名璟，李昪长子。徐州（今属江苏）人，一说湖州（今属浙江）人。保大元年（943）嗣帝位。词存四首。

摊破浣溪沙

手卷真珠上玉钩[1]。依前春恨锁重楼。风里落花谁是主，思悠悠。　青鸟不传云外信[2]，丁香空结雨中愁[3]。回首绿波三楚暮[4]，接天流。

说明

《尊前集》、《花庵词选》误题李煜作。此词写风雨荷花时节的绵绵春恨。当风临楼、怅惘独立，“锁重楼”、“谁是主”、“不传”、“空结”，托出孤栖无依、愁思难遣的郁闷情怀。结句从楼前宕开，回应“思悠悠”而转出新境。

---

[1]　真珠：指珠帘。

[2]　青鸟：传信使者。《汉武故事》：“七月七日，上（汉武帝刘彻）于承华殿斋，日正中，忽有一青鸟从西方来，集殿前。上问东方朔。朔曰：‘此西王母欲来也。’有顷，王母至。有二青鸟如乌，夹侍王母旁。”（《艺文类聚》卷九一引）

[3]　丁香结：指丁香的花蕾，喻愁思固结不解。李商隐《代赠二首》之一：“芭蕉不展丁香结，同向春风各自愁。”

[4]　三楚：战国楚地，秦汉时分为西楚、东楚、南楚，合称“三楚”。此泛指江南。

集评

刘斧曰：李煜（当作璟）作诗，大率都悲感愁戚，如“青鸟不传云外信”……然思清句雅可爱。

——《翰府名谈》，《诗话总龟》前集卷十二引

李于麟曰：上言落花无主之意，下言回首一方之思。

——《南唐二主词汇笺》引

又曰：写出阑珊春色最是恼人天气。

——《南唐二主词汇笺》引

王世贞曰：“细雨梦回鸡塞远，小楼吹彻玉笙寒”、“青鸟不传云外信，丁香空结雨中愁”、“无可奈何花落去，似曾相识燕归来”，非律诗俊语乎？然是天成一段词也，著诗不得。

——《艺苑卮言》

黄苏曰：“手卷珠帘”，似可旷目舒怀矣，谁知依然“恨锁重楼”；所以恨者何也？见落花无主，不觉心共悠悠耳；且远信不来，幽愁空结，第见三峡波接天流，此恨何能自已乎？清和宛转，词旨秀颖。

——《蓼园词选》

俞陛云曰：其结句加“思悠悠”、“接天流”三字句，申足上句之意，以荡漾出之，较七字结句，别有神味。

——《五代词选释》

唐圭璋曰：直抒胸臆，清俊宛转。其中情景融成一片，已不能显分痕迹。

——《唐宋词简释》

又曰：“回首”两句，别转江天茫茫之景作结，大笔振迅，气象雄伟，而悠悠此恨，更何能已。通首一气蝉联，刀挥不断，而清空舒卷，跌宕昭彰，洵可称词中神品。

——《唐宋词简释》

摊破浣溪沙

菡萏香销翠叶残[1]。西风愁起绿波间。还与韶光共憔悴[2]，不堪看。　　细雨梦回鸡塞远[3]，小楼吹彻玉笙寒[4]。多少泪珠无限恨，倚阑干。

说明

此词触景兴感，状写秋思幽恨。其心物交轸、鸡塞梦回的伤痛凄绝，蕴藉内凝于“倚阑干”形象之中。“细雨”二句，意兴清远，素为词评家所称道。

集评

沈际飞曰：“塞远”、“笙寒”二句，字字秋矣。

——《草堂诗余正集》卷一

李廷机曰：字字佳，含秋思极妙。

——《草堂诗余评林》

[1] 菡萏（hàndàn）：荷花。
[2] 韶光：春光，亦指美好时光。
[3] 鸡塞：鸡鹿塞，古址在今内蒙古杭锦后旗西北部。此泛指边塞。
[4] 吹彻：吹到最后一曲。

许昂霄曰："细雨"二句合看，乃愈见其妙。

——《词综偶评》

陈廷焯曰：凄然欲绝，只在无可说处。

——《云韶集》卷一

又曰："还与韶光共憔悴，不堪看。"沉之至，郁之至，凄然欲绝。后主虽善言情，卒不能出其右也。

——《白雨斋词话》卷一

黄苏曰："细雨梦回"二句，意兴清幽，自系名句。结末"倚阑干"三字，亦有说不尽之意。

——《蓼园词选》

王国维曰：南唐中主词"菡萏香销翠叶残，西风愁起绿波间"，大有众芳芜秽、美人迟暮之感，乃古今独赏其"细雨梦回鸡塞远，小楼吹彻玉笙寒"，故知解人正不易得。

——《人间词话》卷十三

俞陛云曰：冯延巳对中主语，极推重"小楼"七字，谓胜于己作。今就词境论，"小楼"句固极绮思清愁，而冯之"风乍起，吹皱一池春水"，托思空灵，胜于中主。

——《五代词选释》

唐圭璋曰："不堪看"三字，笔力千钧，沉郁之至，较之李易安"人比黄花瘦"句，诚觉有仙凡之别。

——《唐宋词简释》

李　煜

李煜（937—978），字重光，初名从嘉，号钟隐，又号莲峰居士。南唐中主李璟第六子。史称后主。宋太祖建隆二年（961），嗣位为南唐国主。开宝八年（975），城破出降，押赴汴京，受封左千牛卫上将军违命侯，备受凌辱。太平兴国三年（978）七夕，为宋太宗赵光义赐牵机药毒死。有文集三十卷，多散佚。词存三十余首。见于《南唐二主词》。

清平乐

别来春半，触目愁肠断。砌下落梅如雪乱[1]，拂了一身还满。　　雁来音信无凭[2]，路遥归梦难成。离恨恰如春草，更行更远还生。

说明

这是春日怀人之作。开宝四年（971）十一月，李煜七弟从善入宋，被留京师，久不得归，煜每凭高北望，泪下沾襟。或谓即此词本事。起首两句，总摄全篇。“乱”字写景写心。下片承“别来”，意转层深。结句将眼前景、心中恨，打并一起，意味深长。北宋秦观《八六子》：“倚危亭，恨如芳草，萋萋刬尽还生。”由此化出。

---

[1]　砌下：台阶下。

[2]　“雁来”句：古时谓雁可传书。《汉书・苏建传》附载，汉苏武陷于匈奴，牧羊北海，后汉使诡言武帝在上林苑射得一雁，足有帛书，知武在某泽中，遂得释归。

集评

徐士俊曰：末二句从杜诗“江草唤愁生”句来。

——《古今词统》卷五

谭献曰：“泪眼问花花不语，乱红飞过秋千去。”与此同妙。

——《谭评词辨》卷二

陈廷焯曰：永叔“离愁渐远渐无穷”二语，从此脱胎。

——《词则·大雅集》卷一

俞陛云曰：六一词之“行人更在青山外”，东坡诗之“但见乌帽出复没”，皆言极目征人，直至天尽处，与此词“春草”句，俱善状离情之深挚者。

——《五代词选释》

俞平伯曰：梦的成否原不在乎路的远近，却说路远以致归梦难成，语婉而意悲。

——《唐宋词选释》上卷

唐圭璋曰：此首即景生情，妙在无一字一句之雕琢，纯是自然流露，丰神秀绝。

——《唐宋词简释》

相见欢

林花谢了春红。太匆匆。无奈朝来寒雨晚来风。　　胭脂泪[1]，留人醉，几时重[2]。自是人生长恨水长东。

说明

此词借落红伤春抒写人生长恨的无穷悲凉。风雨摧折、芳华难驻、花期匆促，与词人的人生体悟异质同构，亦花亦人，浑然一体。上片一韵一转，层层递进。结句提领升华，其沉痛深挚，非一般伤逝惜春之作所能到。

集评

谭献曰：（评上片）濡染大笔。

——《谭评词辨》卷二

王国维曰：词至李后主而眼界始大，感慨遂深，遂变伶工之词而为士大夫之词。周介存置诸温、韦之下，可谓颠倒黑白矣。“自是人生长恨水长东”。“流水落花春去也，天上人间”。《金荃》、《浣花》，能有此气象耶？

——《人间词话》

俞平伯曰：此词全用杜诗“林花著雨燕支湿”，却分作两片，可悟点化成

［1］　胭脂泪：承“林花”句来，指谢了的“春红”。杜甫《曲江对雨》：“林花着雨胭脂湿”。
［2］　重：重复，再现。

句之法。上片只三韵耳，而一韵一折，犹书家所谓“无垂不缩”，特后主气度雄肆，虽骨子里笔笔在转换，而行之以浑然元气。

——《读词偶得》

又曰：下片三短句一气读。忽入人事，似与上片断了脉络。细按之，不然。盖“春红”二字已远为“胭脂”作根，而匆匆风雨，又处处关合“泪”字。春红着雨，非胭脂泪欤？心理学者所谓联想也。结句转为重大之笔，与“一江春水”意同，而此特沈著。

——《读词偶得》

刘永济曰：上半阕表面似惜花，实乃自悲如林花已谢，且谢得“太匆匆”，而朝雨、晚风尚摧残不已，故曰“无奈”。下半阕因念，今日虽欲求如临别之时泪眼留醉亦不可得矣，何况重返故国，故曰“人生长恨”如“水长东”。

——《唐五代两宋词简析》

唐圭璋曰：此首伤别，从惜花写起。“太匆匆”三字，极传惊叹之神。“无奈”句，又转怨恨之情，说出林花所以速谢之故。朝是雨打，晚是风吹，花何以堪，人何以堪，说花即以说人，语固双关也。“无奈”二字，且见无力护花，无计回天之意，一片珍惜怜爱之情，跃然纸上。下片，明点人事，以花落之易，触及人别离之易，花不得重上故枝，人亦不易重逢也。“几时重”三字轻顿；“自是”句重落。以水之必然长东，喻人之必然长恨，语最深刻。“自是”二字，尤能揭出人生苦闷之意蕴。此与“此外不堪行”，“肠断更无疑”诸语，皆以重笔收束，沈哀入骨。

——《唐宋词简释》

相见欢

无言独上西楼。月如钩。寂寞梧桐深院锁清秋。　　剪不断[1]，理还乱，是离愁。别是一般滋味在心头[2]。

说明

此词抒写愁怀，当是亡国入宋后所作。“无言独上西楼”，起句便摄尽凄惋神怀。“锁”字暗点身世。下片直抒离愁，纷繁难解、难以名状。“别是一般滋味”，尤觉耐人涵咏。

集评

沈际飞曰：七情所至，浅尝者说破，深尝者说不破。破之浅，不破之深。“别是”句妙。

——《草堂诗余续集》卷下

陈廷焯曰：凄凉况味，欲言难言，滴滴是泪。

——《云韶集》卷一

王闿运曰：词之妙处，亦别是一般滋味。

——《湘绮楼词选》前编

---

[1]　“剪不断”二句：以乱丝喻离愁。

[2]　一般：一种。

俞陛云曰：后阕仅十八字，而肠回心倒，一片凄异之音，伤心人固别有怀抱。

——《五代词选释》

刘永济曰：上半阕言所处之寂寞。下半阕满腹离怨，无语可以形容，故朴直说出。“别是”句，尤为沉痛。盖亡国之君滋味，实尽人世悲苦之滋味无可与比者，故曰“别是一般”。

——《唐五代两宋词简析》

唐圭璋曰：此种无言之哀，更胜于痛哭流涕之泪。

——《唐宋词简释》

浪淘沙

帘外雨潺潺[1]。春意阑珊[2]。罗衾不耐五更寒。梦里不知身是客，一晌贪欢[3]。　独自莫凭阑。无限江山。别时容易见时难。流水落花春去也，天上人间。

说明

宋蔡絛《西清诗话》云："南唐李后主归朝后，每怀江国，且念嫔妾散落，郁郁不自聊。尝作长短句'帘外雨潺潺'（略）含思凄惋，未几下世。"此词交织短暂的梦中欢娱与悲凉的现实境遇，抒写亡国被囚的深悲巨痛。全篇由景入情，一任真意流泻。结响感慨深沉，声可裂帛。

集评

沈际飞曰："梦觉"语妙，那知半生富贵，醒亦是梦耶？末句，可言可不言，伤哉。

——《草堂诗余正集》卷一

[1] 潺（chán）潺：雨声。

[2] 阑珊：将尽。

[3] 一晌（shǎng）：片刻。

李攀龙曰：结句“春去也”，悲悼万状，为之泪不收久许。

——《草堂诗余隽》卷二

郭麐曰：绵邈飘忽之音，最为感人深至，李后主之“梦里不知身是客，一晌贪欢”所以独绝也。

——《灵芬馆词话》卷二

谭献曰：雄奇幽怨，乃兼二难，后起稼轩，稍伧父矣。

——《谭评词辨》卷二

陈廷焯曰：结得怨惋，尤妙在神不外散，而有流动之致。

——《词则·大雅集》卷一

王国维曰：“流水落花春去也，天上人间。”《金荃》、《浣花》能有此气象耶？

——《人间词话》

俞陛云曰：言梦中之欢，益见醒后之悲，昔日歌舞《霓裳》，不堪回首。结句“天上人间”三句怆然欲绝，此归朝后所作。

——《五代词选释》

又曰：《浪淘沙令》尤极凄黯之音，如峡猿之三声肠断也。

——《五代词选释》

俞平伯曰：上片系倒叙，由一晌贪欢而梦醒，由醒而觉得五更寒，由凄寒失寐而听雨声。

——《读词偶得》

唐圭璋曰：肝肠断绝，遗恨千古。

——《唐宋词简释》

虞美人

春花秋月何时了[1]，往事知多少。小楼昨夜又东风，故国不堪回首月明中。　雕栏玉砌应犹在[2]，只是朱颜改[3]。问君能有几多愁，恰似一江春水向东流。

说明

此词被俘入宋后所作。陆游《避暑漫钞》云："李煜归朝后郁郁不乐，见于词语，在赐第七夕，命故妓作乐，声闻于外，太宗怒。又传'小楼昨夜又东风'及'一江春水向东流'之句，并坐之，遂被祸。"词中明言"故国"，其亡国深痛，今昔巨悲，了无隐饰。起句无理情语，劈空而下，结拍化虚为实，乃千古言愁名喻。

集评

罗大经曰：有以水喻愁者，李颀曰："请量东海水，看取浅深愁。"李后主云："问君都有几多愁，恰似一江春水向东流"是也。贺方回云："试问闲

[1] 了：完了，尽。
[2] 雕栏玉砌：指南唐华丽的宫殿建筑。砌，台阶。
[3] 朱颜改：面容变得憔悴。王闿运《湘绮楼词选》云："朱颜本是山河，因归宋不敢言耳。"

愁知几许，一川烟草，满城风絮，梅子黄时雨。”盖以三者比愁之多也，尤为新奇，兼兴中有比，意味更长。

——《鹤林玉露》卷七

王楙曰：仆谓李后主之意，又有所自。乐天诗曰：“欲识愁多少，高于滟滪堆。”刘禹锡诗曰：“蜀江春水拍山流，水流无限似侬愁。”得非祖此乎？则知好处前人皆已道过，后人但翻而用之耳。

——《野客丛书》卷二十

陈郁曰：太白曰：“请君试问东流水，别意与之谁短长？”江南李主曰：“问君还有几多愁，却似一江春水向东流。”略加融点，已觉精彩。至寇莱公则谓：“愁情不断如春水”，少游云：“落红万点愁如海。”青出于蓝，而胜于蓝矣。

——《藏一话腴》内篇卷上

徐士俊曰：只一“又”字，宋元以来抄者无数，终不厌烦。

——《古今词统》卷八

王世贞曰：“问君能有几多愁，恰似一江春水向东流。”情语也。后主直是词手。

——《艺苑卮言》

陈廷焯曰：一声恸歌，如闻哀猿，呜咽缠绵，满纸血泪。

——《云韶集》卷一

王闿运曰：常语耳，以初见故佳，再学便滥矣。

——《湘绮楼词选》前篇

俞陛云曰：亡国之音，何哀思之深耶。……《后山诗话》谓秦少游词“飞红万点愁如海”出于后主“一江春水”句，《野客丛书》又谓白乐天之“欲识愁多少，高于滟滪堆”、刘禹锡之“水流无限似侬愁”，为后主词所祖。但以水喻愁，词家意所易到，屡见载籍，未必互相沿用。就词而论，李、刘、秦诸家之以水喻愁，不若后主之“春江”九字，真伤心人语也。

——《五代词选释》

俞平伯曰：就章法言之，三与一，四与二，隔句相承也；一、二与三、四，情境互发也。但一气读下，竟不见有章法。后主又乌知所谓章法哉，而自然有了章法，情生文也。

——《读词偶得》

唐圭璋曰：通首一气盘旋，曲折动荡，如怨如慕，如泣如诉。

——《唐宋词简释》

敦煌曲子词

清光绪二十六年（1900），甘肃敦煌莫高窟藏经洞发现大宗唐五代人写卷，从中清理出的燕乐曲子歌辞，世称“敦煌曲子词”。其写作时间约起迄于盛唐至五代，多为无名氏之作。体现了早期民间词特色。王重民辑有《敦煌曲子词集》。

望江南

天上月，遥望似一团银。夜久更阑风渐紧[1]。与奴吹散月边云[2]，照见负心人。

说明

此词见敦煌所出孔衍《春秋后语》纸背。抒写对负心汉的怨望之情。即景感怀，义兼比兴。宋罗烨《醉翁谈录》载梁意娘《相思歌》云：“我有一寸心，无人向君说。愿风吹散云，顶对天边月。”意略近之。

集评

况周颐曰：唐人词三首，永观堂为余书扇头。《望江南》云：“天上月（下

[1] 更阑：更残，夜深。
[2] 与：替，为。奴：女子自称。

略）”……并识云：词三阕，书于唐本《春秋后语》纸背，今藏上虞罗氏。

——《蕙风词话》卷四

刘永济曰：此怨词也。写怨情而带怒意。奴乃妇人自称，或作儿，音亦同奴。“云”原误作“银”。第二句中“似”字乃衬字。

——《唐五代两宋词简析》

菩萨蛮

枕前发尽千般愿[1]，要休且待青山烂[2]。水面上秤锤浮，直待黄河彻底枯。　　白日参辰现[3]，北斗回南面[4]。休即未能休，且待三更见日头。

说明

此词见敦煌写卷斯4331。或谓系两性相契之爱情誓辞，似不确。细玩“枕前发尽千般愿”词气句意。当为对“信誓旦旦”而“二三其德”者的抨击之作。不能与汉乐府《上邪》一例相待。

集评

俞平伯曰：这篇叠用许多人世断不可能的事作为比喻，和汉乐府《上邪》相似。但那诗山盟海誓是直说，这里反说，虽发尽千般愿，毕竟负了心，却是不曾说破。

——《唐宋词选释》

---

[1]　愿：盟誓。

[2]　休：罢休，断绝。

[3]　参（shēn）辰：二星名。参星在东，辰星在西，此出彼没，互不相见，更不可能在白昼同时出现。

[4]　北斗：星名，由七星组成，形状像斗，居北方。

浣溪沙

五两竿头风欲平[1]。长风举棹觉船行[2]。柔橹不施停却棹[3]，是船行。　满眼风波多闪灼[4]，看山恰似走来迎。子细看山山不动[5]，是船行。

说明

此词见敦煌写卷斯 2607、伯 3128。舟子之歌。写出航景色，寓行船心情。“看山”三句，乃疑动错觉。笔调轻快，韵味天成。

集评

俞平伯曰：“长风”似与上文“风欲平”矛盾，故或校作“张帆”。但张帆即无须举棹，这里恐是倒句。追叙风未平、未转顺风时的状况。逆风划船，走得很慢，所以说“觉船行”。“举棹”正和“停却棹”对，反起下文不摇船，顺风挂帆，船走快了，所以说“是船行”。两语相承，用“觉”、“是”两字分点，似复非复。

——《唐宋词选释》

---

[1]　五两：古代候风器。以五两（一说八两）鸡毛系在竿头，观测风力、风向，故名。

[2]　长风：大风，此指顺风。

[3]　棹（zhào）：桨。

[4]　闪灼：闪烁，波光明灭不定。

[5]　子细：仔细。

宋 词

王禹偁

王禹偁（954—1001），字元之，钜野（今山东巨野）人。家世业农。宋太宗太平兴国八年（983）进士。历长洲知县、右拾遗、翰林学士、知制诰等。遇事敢言，屡被贬谪。有《小畜集》等。词存一首，见《唐宋诸贤绝妙词选》。

点绛唇

雨恨云愁，江南依旧称佳丽[1]。水村渔市，一缕孤烟细[2]。　天际征鸿，遥认行如缀[3]。平生事。此时凝睇[4]。谁会凭栏意[5]。

说明

当作于知长洲县任上。此词即景兴感，寄寓用世抱负。鸿飞冥冥，触绪多端。此独聚“平生事”于“天际征鸿”的“凝睇”之中，不为乡愁恋情所牢笼。含蓄深沉，堂庑自别。

---

[1]　佳丽：南朝谢朓《入朝曲》：“江南佳丽地，金陵帝王州。”

[2]　烟：炊烟。

[3]　行（háng）如缀：指大雁队列整齐，像连缀在一起。

[4]　凝睇（dì）：注视。

[5]　会：理解，懂得。

集评

沈雄曰：宋初以词章早著名者，梓州苏易简作《越江吟》，载百琲明珠。蜀之大魁自此始。钜野王禹偁作《点绛唇》，见《小畜集》。谓其文章重于当世。

——《古今词话·词话上卷》

先著、程洪曰：“缀”字是古人拙处。

——《词洁》

冯金伯《词苑萃编》引《词苑》曰：王元之有《小畜集》，其《点绛唇》词“水村渔市，一缕孤烟细”之句，清丽可爱，岂止以诗擅名。

林　逋

林逋（967—1028），字君复，钱塘（今浙江杭州）人。少孤力学，初放游江淮间，归杭以后，在西湖孤山隐居二十年，足不涉城市。一生未娶，喜植梅养鹤，时人谓为“梅妻鹤子”，谥和靖先生。词存三首。

长相思

吴山青[1]，越山青[2]。两岸青山相对迎。争忍有离情。　君泪盈，妾泪盈。罗带同心结未成[3]。江边潮已平[4]。

说明

《长相思》，又名《双红豆》、《相思令》，此词咏词调本题，托为女子声口抒写别情。柔情似水，节短韵长，颇有民歌风致。

集评

彭孙遹曰：林处士梅妻鹤子，可称千古高风矣。乃其惜别词如“吴山青，越山青”一阕，何等风致。《闲情》一赋，讵必玉瑕珠颣耶。

——《金粟词话》

---

［1］　吴山：指今浙江杭州钱塘江北岸诸山。
［2］　越山：指钱塘江南岸诸山。春秋吴、越两国以钱塘江为界，故云。
［3］　同心结：用锦带打成连环回文样式的扣结，乃男女爱情的象征。此句中“结”字用作动词。
［4］　潮已平：江潮涨满，谓船将启航，别离在即。

范仲淹

范仲淹（989—1052），字希文，祖籍邠州（今陕西彬县），后徙吴县（今江苏苏州）。宋真宗大中祥符八年（1015）进士。官至枢密副使、参知政事。卒谥文正。有辑本《范文正公诗余》。

苏幕遮

碧云天，黄叶地。秋色连波，波上寒烟翠。山映斜阳天接水。芳草无情，更在斜阳外。　黯乡魂[1]，追旅思[2]。夜夜除非，好梦留人睡。明月楼高休独倚。酒入愁肠，化作相思泪。

说明

《花庵词选》题作“别恨”。此词写羁旅相思。上片写景，隐逗离情，下片直抒乡魂、旅思。笔底秋色，寥廓多彩，一扫衰飒之气。

集评

沈际飞曰：“芳草更在斜阳外”、“行人更在春山外”两句，不厌百回读。

——《草堂诗余正集》

---

[1]　黯乡魂：因思乡而心情忧郁。江淹《别赋》：“黯然销魂者，唯别而已矣。”

[2]　旅思（sì）：逆旅中情怀。

又曰：人但言睡不得尔，“除非好梦”，反言愈切。

——《草堂诗余正集》

又曰：“欲解愁肠还是酒，奈酒至、愁还又”，似此注脚。

——《草堂诗余正集》

彭孙遹曰：范希文《苏幕遮》一调，前段多入丽语，后段纯写柔情，遂成绝唱。

——《金粟词话》

许昂霄曰：（“酒入愁肠”二句）铁石心肠人亦作此消魂语。

——《词综偶评》

张惠言曰：此去国之情。

——《词选》

李佳曰：希文宋一代名臣，词笔婉丽乃尔，比之宋广平赋梅花，才人何所不可？不似世之头巾气重，无与风雅也。

——《左庵词话》

陈廷焯曰：工于写景，层折极多。“芳草”二语沈至。

——《词则》

谭献曰：大笔振迅。

——《谭评词辨》

唐圭璋曰：上片写景，下片抒情。上片，写天连水，水连山，山连芳草；天带碧云，水带寒烟，山带斜阳。自上及下，自近及远，纯是一片空灵境界，即画亦难到。下片，触景生情。“黯乡魂”四句，写在外淹滞之久与乡思之深。“明月”一句陡提，“酒入”两句拍合。“楼高”点明上片之景为楼上所见。酒入肠化泪亦新。

——《唐宋词简释》

渔家傲

塞下秋来风景异，衡阳雁去无留意[1]。四面边声连角起[2]。千嶂里[3]，长烟落日孤城闭。　　浊酒一杯家万里，燕然未勒归无计[4]。羌管悠悠霜满地[5]。人不寐，将军白发征夫泪。

说明

宋仁宗康定元年（1040），范仲淹出任陕西经略安抚副使兼知延州（治所在今陕西延安），抗击西夏。此词作于守边时期，抒写了边塞秋色与将士的戍边之苦、思乡之情、守土之责。情境苍凉悲壮。

---

[1] 衡阳雁去：指秋日南飞的大雁。湖南衡阳有回雁峰，相传北雁南飞，至此而止。

[2] 边声：边塞所特有的悲凉之声，所包很广如胡笳金鼓、风吼马嘶，等等。李陵《答苏武书》："胡笳互动，牧马悲鸣，吟啸成群，边声四起，晨坐听之，不觉泪下。"角，画角，军中乐器。

[3] 嶂：似屏障的山峰。

[4] 燕然未勒：指功名未就。燕然，山名，即今蒙古杭爱山。东汉窦宪北伐匈奴，追逐单于，"遂登燕然山，去塞三千余里，刻石勒功，纪汉威德，令班固作铭。"见《后汉书》卷五十三《窦融传》。

[5] 羌管：羌笛。王之涣《凉州曲》："羌笛何须怨杨柳，春风不度玉门关。"

集评

彭孙遹曰："将军白发征夫泪"，亦复苍凉悲壮，慷慨生哀。

——《金粟词话》

先著、程洪曰：一幅绝塞图，已包括于"长烟落日"十字中。唐人塞下诗最工、最多，不意词中复有此奇境。

——《词洁》

谭献曰：沈雄似张巡五言。

——《复堂词话》

刘永济曰：此词虽有思妇之情而无怨尤之意。盖抵御侵略，义不容辞，然征夫久戍，亦非所宜。故词旨虽雄壮而取境却苍凉也。

——《唐五代两宋词简析》

唐圭璋曰：起叙塞下秋景之异，雁去而人不得去，语已凄然。"四面"三句，实写塞下景象，苍茫无际，令人百感交集。千嶂落日，孤城自闭，其气魄之大，正与"风吹草低见牛羊"同妙。加之边声四起，征人闻之，愈难为怀。换头抒情，深叹征战无功，有家难归。"羌管"一句，点出入夜景色，霜华满地，严寒透骨，此时情况，较黄昏落日之时，尤为凄悲。末句直道将军与三军之愁苦，大笔凝重而沉痛。

——《唐宋词简释》

御街行

纷纷坠叶飘香砌[1]。夜寂静，寒声碎。真珠帘卷玉楼空[2]，天淡银河垂地。年年今夜，月华如练[3]，长是人千里。　　愁肠已断无由醉。酒未到，先成泪。残灯明灭枕头攲[4]，谙尽孤眠滋味[5]。都来此事[6]，眉间心上，无计相回避。

说明

一本题“秋日怀旧”。上片感秋，下片愁思。描绘秋夜寒寂，而能气象阔远；抒写消魂柔情，而能淋漓沉着。

集评

杨慎曰：韩魏公《点绛唇》词云（略）。范文正公《御街行》云（略）。二公一时勋德重望，而词亦情致如此。大抵人自情中生，焉能无情，但不过甚而已。

——《词品》

---

[1]　砌（qì）：台阶。
[2]　真珠：珍珠。
[3]　练：素绸。
[4]　攲（qī）：倾斜，斜倚。
[5]　谙（ān）：熟知。
[6]　都来：算来。

李攀龙曰：月光如昼，泪深于酒，情景两到。

——《草堂诗余隽》

王世贞曰：范希文“都来此事，眉间心上，无计相回避”，类易安而少逊之。其“天淡银河垂地”，语却自佳。

——《艺苑卮言》

沈际飞曰：“天淡”句空灵。

——《草堂诗余正集》

王士禛曰：俞仲茅小词云：“轮到相思没处辞，眉间露一丝。”视易安“才下眉头，却上心头”，可谓此儿善盗。然易安亦从希文“都来此事，眉间心上，无计相回避”语脱胎，李特工耳。

——《花草蒙拾》

沈谦曰：范希文“真珠帘卷玉楼空，天淡银河垂地”及“芳草无情，又在斜阳外”，虽是赋景，情已跃然。

——《填词杂说》

陈廷焯曰：“碎”字炼。笔致亦疏亦整，化境也。

——《云韶集》

又曰：（下片）淋漓沈着。《西厢·长亭》袭之，骨力远逊，且少味外味，此北宋所以为高。

——《白雨斋词话》

唐圭璋曰：从夜静叶落写起，因夜之愈静，故愈觉寒声之碎。“真珠”五句，极写远空皓月澄澈之境。“年年今夜”与“夜夜除非”之语，并可见久羁之苦。“长是人千里”一句，说出因景怀人之情。下片即从此生发，步步深婉。《苏幕遮》末句，犹谓酒入愁肠始化泪，而此则谓酒未到已先成泪，情更凄切。“残灯”两句，写屋内黯淡情景，与前片月光映照，亦倍增伤感。末三句，复就上句申说。陈亦峰所谓“淋漓沈着”者，此类是也。

——《唐宋词简释》

柳　永

柳永（987？—1055），字耆卿，原名三变，字景庄，崇安（今属福建）人。宋仁宗景祐元年（1034）进士。官至工部屯田员外郎，世称柳屯田。有《乐章集》。

雨霖铃

寒蝉凄切[1]。对长亭晚[2]，骤雨初歇。都门帐饮无绪[3]，留恋处，兰舟催发[4]。执手相看泪眼，竟无语凝噎[5]。念去去、千里烟波[6]，暮霭沉沉楚天阔[7]。　　多情自古伤离别。更那堪、冷落清秋节。今宵酒醒何处，杨柳岸，晓风残月[8]。此去经年，应是、良辰好景虚设。便纵有、千种风情，更与何人说。

---

[1]　寒蝉：秋蝉。蝉的一种，亦名寒螀、寒蜇。《礼记·月令》："孟秋之月，寒螀鸣。"

[2]　长亭：馆驿，古代送别之所。《释名》卷五："亭，停也，人所停集也。"庾信《哀江南赋》："十里五里，长亭短亭。"

[3]　都门：指北宋之汴京城外。帐饮：设帐饯行。古作"张（音同帐）饮"，见《汉书·高帝纪》及《疏广传》。《高帝纪》注引张晏曰："张帷帐也。"叶廷珪《海录碎事》卷六《酒门》："野次无宫室，故曰帐饮。"

[4]　兰舟：《太平御览》卷九五八木部七引任昉《述异记》："七里洲中有鲁班刻木兰为舟，至今在洲中。诗家所云木兰舟出于此。"此言舟之华美，并非实指。

[5]　凝噎：哽咽，气塞声阻。

[6]　"念去去"二句：孟浩然《送吴悦游韶阳》："去去日千里，茫茫天一隅。"去去，去而又去，即远去。

[7]　"暮霭"句：杜牧《题扬州禅智寺》："暮霭生深树。"霭：云气，亦通指烟雾。楚天：指南方的天空。刘长卿《石梁湖有寄》："相思楚天阔。"

[8]　晓风残月：韩琮《露》："晓风残月正潸然。"魏承班《渔歌子》："窗外晓莺残月。"

说明

此为别离之作。出都羁旅，临行依依。时地、神态、眼前、别后，妙笔熔炼，其境历历。委婉凄恻而闻激越之音，淋漓尽情而饶吞咽之致。

集评

俞文豹曰：东坡在玉堂，有幕士善讴，因问："我词比柳词何如?"对曰："柳郎中词，只好十七八女孩儿，执红牙拍板，唱'杨柳岸，晓风残月'。学士词，须关西大汉，执铁板，唱'大江东去'。"公为之绝倒。

——《说郛》卷二十四引《吹剑续录》

李攀龙曰："千里烟波"，惜别之情已骋；"千种风情"，相期之愿又赊。真所谓善传神者。

——《草堂诗余隽》

王世贞曰："今宵酒醒何处，杨柳岸，晓风残月。"与秦少游"酒醒处，残阳乱鸦"，同一景事，而柳尤胜。

——《艺苑卮言》

沈际飞曰：唐词"帘外晓莺残月"至矣，宋人让唐诗，而词多不让。

——《草堂诗余正集》

俞彦曰：古豪杰英爽都在，使屯田此际操觚，果可以"杨柳岸晓风残月"命句否。且柳词亦只此佳句，余皆未称。而亦有本，祖魏承班《渔歌子》"窗外晓莺残月"，第改二字增一字耳。

——《爰园词话》

沈谦曰：词不在大小浅深，贵于移情。"晓风残月"、"大江东去"，体制虽殊，读之皆若身历其境，惝怳迷离，不能自主，文之至也。

——《填词杂说》

李调元曰："今宵酒醒"，《子夜》、《懊侬》之余也。

——《雨村词话》卷四

柴虎臣曰：语境则"咸阳古道"、"汴水长流"，语事则"赤壁周郎"、"江州司马"，语景则"岸草平沙"、"晓风残月"，语情则"红雨飞愁"、"黄花比瘦"，可谓雅畅。

——田同之《西圃词说》引

周济曰：清真词多从耆卿夺胎，思力沉挚处，往往出蓝。然耆卿秀澹幽艳，是不可及。后人摭其乐章，訾为俗笔，真瞽说也。

——《宋四家词选》中《雨霖铃》批语

谢章铤曰：微妙则耐思，而景中有情，"寒鸦数点，流水绕孤村"，"杨柳岸，晓风残月"所以脍炙人口也。

——《赌棋山庄词话》

刘熙载曰：词有点有染，柳耆卿《雨霖铃》云："多情自古伤离别。更那堪、冷落清秋节。今宵酒醒何处，杨柳岸，晓风残月。"上二句点出离别。"冷落"、"今宵"二句，乃就上二句意染之。点染之间，不得有他语相隔。隔则警句亦成死灰矣。

——《艺概》卷四

黄苏曰：送别词，清和朗畅，语不求奇，而意致绵密，自尔稳惬。

——《蓼园词选》

吴衡照曰：词有袭前人语而得名者，虽大家不免。如……耆卿"杨柳岸，晓风残月"……惟善于调度，正不以有蓝本为嫌。

——《莲子居词话》卷一

蔡嵩云曰：《雨霖铃》调，在《乐章集》中，尚非绝诣。特以"杨柳岸，晓风残月"句得名耳。

——《柯亭词论》

俞陛云曰：首三句虚写送别时之秋景，后乃言留君不住，别泪沾巾，目送兰舟向楚水湘云而去，举别时情事，次第写之。后半起句用提空之笔，言南浦、阳关，为自古伤心之事，况凉秋远役，遥想酒醒梦回，扁舟摇漾，当在垂杨岸侧、晓风残月之中。客情之凄切，风景之清幽，怀人之绵邈，皆在"杨柳岸"七字之中，宜二八女郎红牙按拍，都唱屯田也。此七字已探骊得珠。后四句乃叙别后之情，以完篇幅。后阕以“自古伤离”、“更与何人说”二语作起结，提得起，勒得住，能手无弱笔也。

——《宋词选释》

陈匪石曰：“寒蝉”句点明秋令。“长亭”是启行之地。“骤雨”未歇，舟不能发，“初歇”则为下文“催发”张本也。此三句虽未言行事，已微含别意。“都门帐饮”，借用二疏事，点出别筵，即词所由作。“无绪”近影“凝咽”，远影“伤离别”。“留恋”是不忍别，“催发”是不得不别，半句一转。清真之“掩重关，遍城钟鼓”，实青出于蓝。“执手”两句，“留恋”情状。“相看”“无语”，形容极妙。“念去去”二句，于无语之时想到别后之望而不见。“烟波”之上，又有“暮霭”，“沉沉”字、“阔”字，皆“凝咽”之心理。话别正面，至此说尽矣。过变推开，先作泛论，见离别之情不自我始。“更那堪……”，用时令拍合，上应首句，于此处则为进一层。“今宵”以下，亦推想将来。其与前结不同者，“千里烟波”，不过四顾苍茫之象，此则由“帐饮”想入。“杨柳岸”七字，千古名句，从魏承班之“帘外晓莺残月”化出；而少游之“酒醒后、残阳乱鸦”，则又由柳词出。细细咀嚼，当知其味。盖不独写景工致，而一宵之易过，乍醒之情怀，说来极浑脱且极深厚也。“此去经年”四句，尽情倾吐，老笔纷披，北宋人拙朴本色，不得以率笔目之。至由“今宵”以推到“经年”，亦见层次。

——《宋词举》

刘永济曰：此乃别京都恋人之词，当是出为屯田员外郎时所作。上半阕叙临别时之情景；下半阕乃设想别后相思之苦。从今宵以至经年均一时想到。“今宵”二句，传诵一时，盖所写之景与别情相切合。今宵别酒醒时恰是明早舟行已远之处，而“杨柳岸，晓风残月”又恰是最凄凉之景，读之自然使人感到一种难堪之情，故一时传诵以为名句。

——《唐五代两宋词简析》

唐圭璋曰：此首写别情，尽情展衍，备足无余，浑厚绵密，兼而有之。宋于庭谓柳词多“精金粹玉”，殆谓此类。

——《唐宋词简释》

夜半乐

冻云黯淡天气[1]，扁舟一叶，乘兴离江渚。渡万壑千岩，越溪深处[2]。怒涛渐息，樵风乍起[3]，更闻商旅相呼。片帆高举。泛画鹢[4]，翩翩过南浦[5]。　　望中酒旆闪闪[6]，一簇烟村，数行霜树。残日下，渔人鸣榔归去[7]。败荷零落，衰杨掩映，岸边两两三三，浣纱游女。避行客，含羞笑相语。　　到此因念，绣阁轻抛，浪萍难驻。叹后约丁宁竟何据。惨离怀，空恨岁晚归期阻。凝泪眼，杳杳神京路[8]。断鸿声远长天暮。

说明

此为浪迹越中时所作之羁旅行役词。先记江行所经，次写舟望所见。第三叠“到此因念”，一语拍转，触景生情。通篇由纡徐蓄势而繁弦促节，铺叙有序。

---

[1]　冻云：下雪前积聚的阴云。方干《冬日》：“冻云愁暮色，寒日淡斜晖。”
[2]　越溪：此指若耶溪，在浙江绍兴南若耶山下。相传西施曾浣纱于此，故又名浣纱溪。
[3]　樵风：顺风。宋之问《游禹穴回出若耶》：“归舟何虑晚，日暮使樵风。”
[4]　画鹢：古时船家于船头画鹢首怪兽以惧江神，后人因指船为画鹢。鹢，鸟名，形如鹭而大。
[5]　南浦：指送别之所。屈原《九歌·河伯》：“子交手兮东行，送美人兮南浦。”
[6]　酒旆：酒旗。
[7]　鸣榔：潘岳《西征赋》：“鸣榔厉响。”李善注：“以长木叩舷为声……所以惊鱼入网也。”
[8]　神京：京城。此指宋都汴京。

集评

许昂霄曰：第一叠言道途所经，第二叠言目中所见，第三叠乃言去国离乡之感。“到此因念，绣阁轻抛”二句，接上一片。

——《词综偶评》

陈锐曰：柳词《夜半乐》云：“怒涛渐息……翩翩过南浦。”此种长调，不能不有此大开大阖之笔。

——《袌碧斋词话》

又曰：柳词《夜半乐》二首，时令虽不同，而机杼则一。盖一系初作，一系随时改定稿，而并存之。其他重文误字，不一而足，说见余审定柳词本。

——《袌碧斋词话》

蔡嵩云曰：柳词胜处，在骨气，不在字面。其写景处，远胜其抒情处。而章法大开大阖，为后起清真、梦窗诸家所取法，信为创调名家。如……《夜半乐》“冻云黯淡天气”……诸阕，写羁旅行役中秋景，均穷极工巧。

——《柯亭词论》

陈匪石曰：若合全篇观之，前段纡徐为妍，为末段蓄势；末段卓荦为杰，一句松不得，一字闲不得，为前两段归结。一词之中，兼两种作法。郑文焯论词，曰骨气，曰高健，端在于此。至其以清劲之气沉雄之魄，运用长句，尤耆卿特长。美成《西平乐》、梦窗《莺啼序》，全得力于柳词。盖耆卿之不可及者，在骨气不在字面，彼嗤为纤艳俚俗者，未深得三昧也。

——《宋词举》

唐圭璋曰：此首三片。上片记泛舟所经。中片记舟行所见。下片抒远游之感。大气磅礴，铺叙尽致，起首，点天气黯淡，乘兴泛舟。“渡万壑”两句，记舟行之远。“怒涛”三句，记舟行所遇。“片帆”三句，记舟行之速。中片写景如画，皆从“望中”二句生发。“霜树烟村，酒旆闪闪”，是远景；“渔人鸣榔，游女浣纱”，是近景。下片触景生情，语语深厚。初念抛家飘泊，继叹后约无凭，终恨岁晚难归，沉思千般，故不觉泪下。“到此”以下，皆曲处密处。至“凝泪眼”三句，乃用直笔展开，极疏荡浑灏之至。

——《唐宋词简释》

望海潮

东南形胜[1]，三吴都会，钱塘自古繁华[2]。烟柳画桥，风帘翠幕，参差十万人家[3]。云树绕堤沙[4]。怒涛卷霜雪[5]，天堑无涯[6]。市列珠玑[7]，户盈罗绮竞豪奢。　　重湖叠巘清嘉[8]。有三秋桂子[9]，十里荷花[10]。羌管弄晴[11]，菱歌泛夜[12]，嬉嬉钓叟莲娃。千骑拥高牙[13]。乘醉听箫鼓，

---

[1] 形胜：地势胜便。《史记》卷八《高祖本纪》："秦，形胜之国。"时杭州为两浙路治所，辖府二，州十二，当东南冲要，故云。

[2] 三吴：《水经注·浙江水》谓吴兴郡、吴郡、会稽郡"世号三吴"。都会：人民及货物集散之大都邑。钱塘：旧属吴郡。

[3] 参差：形容楼阁鳞次栉比，高低不齐。《西湖老人繁胜录》："回头看城内山上，人家层层叠叠，观宇楼台参差如花落仙宫。"十万人家：吴自牧《梦粱录》卷十九："柳永咏钱塘词曰：'参差十万人家。'此元丰前语也。自高庙（宋高宗）车驾自建康幸杭驻跸，几近二百余年，户口蕃息，近百万余家。"

[4] 堤：指钱塘江防潮汛的大堤。

[5] 霜雪：比喻浪花。周密《武林旧事》："浙江之潮，天下之伟观也，自既望以至十八日最为盛。方其远出海门，仅如银线，既而渐近，则玉城雪岭，际天而来，大声如雷霆，震撼激射，吞天沃日，势极雄豪。"

[6] 天堑：天然的壕沟。此指钱塘江。无涯：无边。

[7] 珠玑：此处泛指珠宝等珍贵物品。

[8] 重湖：西湖以白堤为界，分为外湖、里湖，故云。叠巘（yǎn）：重叠的山峰。清嘉：秀丽。

[9] 三秋桂子：宋之问《灵隐寺》："桂子月中落，天香云外飘。"白居易《忆江南》词："山寺月中寻桂子，郡亭枕上看潮头。"三秋，秋天。

[10] 十里荷花：白居易《余杭形胜》："绕郭荷花三十里，拂城松树一千株。"

[11] 羌管：此处泛指乐器。

[12] 菱歌：民间采菱之歌。卢照邻《七夕泛舟》："日晚菱歌唱，风烟满夕阳。"

[13] 千骑（jì）：汉乐府《陌上桑》："东方千余骑，夫婿居上头。"宋朝州郡长官兼知州军事，故以千骑为言。牙：牙旗，将军用的旗帜。《文选》张衡《东京赋》："牙旗缤纷。"薛综注："兵书曰：'牙旗者，将军之旌。'……竿上以象牙饰之，故云牙旗。"封演《封氏闻见录》卷五谓"军前大旗谓之牙旗"。

吟赏烟霞[1]。异日图将好景[2]，归去凤池夸[3]。

说明

宋仁宗皇祐五年（1053），为投献杭州太守孙沔所作（杨湜《古今词话》、罗大经《鹤林玉露》卷一谓此词乃投赠孙何之作，后世袭之，实误。参薛瑞生《乐章集校注》此词《附考》）。此词极写杭州繁华富庶、湖山胜概，善颂善祷，圆合题旨。“三秋桂子，十里荷花”，凝炼而不雕琢，摄录得神。

集评

陈振孙曰：音律谐婉，语意妥帖。承平气象，形容曲尽。

——《直斋书录解题》

王闿运曰：此词宜于红氍上扮演，非文人声口。此时凤池可望江潮。

——《湘绮楼评词》

刘永济曰：词皆铺叙杭州风景人物之富美。

——《唐五代两宋词简析》

---

［1］　烟霞：山水，景色。

［2］　图：描绘。

［3］　凤池：凤凰池，禁中池沼。中书省地在禁近，掌握政治机要，故以凤凰池为其代称。见《通典·职官三》。《晋书·荀勖传》：“勖久在中书，专管机事。及失之，甚罔罔怅怅。或有贺之者，勖曰：‘夺我凤凰池，诸君何贺也？’”

八声甘州

对潇潇暮雨洒江天[1]，一番洗清秋。渐霜风凄紧，关河冷落[2]，残照当楼。是处红衰翠减[3]，苒苒物华休[4]。唯有长江水，无语东流。　不忍登高临远，望故乡渺邈，归思难收[5]。叹年来踪迹，何事苦淹留[6]。想佳人、妆楼颙望，误几回、天际识归舟[7]。争知我、倚栏干处，正恁凝愁[8]。

说明

登楼临秋，抒思乡怀人之情。既气象阔大、高华俊爽，又波澜曲折、蕴藉深挚。郑文焯谓耆卿“长调尤能以沉雄之魄，清劲之气，寄奇丽之情，作挥绰之声”。(《大鹤山人词话》) 此词足以当之。

---

[1] 潇潇：形容风雨急骤。《诗·郑风·风雨》：“风雨潇潇。”

[2] 关河：此处泛指江山。

[3] 是处：处处。红衰翠减：指花叶凋零。李商隐《赠荷花》：“此荷此叶常相映，翠减红衰愁煞人。”

[4] 苒苒：通“冉冉”，逐渐。物华：美好的景物。

[5] “不忍”三句：宋玉《九辩》：“登山临水兮送将归。”王粲《登楼赋》：“虽信美非吾土兮，曾何足以少留。”陶潜《始作镇军参军经曲阿作》：“眇眇孤舟逝，绵绵归思纡。”

[6] 淹留：久留。《离骚》：“时缤纷其变易兮，又何可以淹留。”

[7] “想佳人”二句：温庭筠《梦江南》：“梳洗罢，独倚望江楼。过尽千帆皆不是，斜晖脉脉水悠悠，肠断白蘋洲。”谢朓《之宣城郡出新林浦向板桥》：“天际识归舟，云中辨江树。”颙（yóng）望：举首凝望。

[8] 恁：如此。

集评

苏轼曰：世言柳耆卿词俗，非也。如《八声甘州》云："霜风凄紧，关河冷落，残照当楼。"此语于诗句不减唐人高处。

——赵德麟《侯鲭录》卷七引

杨慎曰：《草堂诗余》不选此（指《八声甘州》），而选其如"愿奶奶兰心蕙性"之鄙俗，及"以文会友"、"寡信轻诺"之酸文，不知何见也。

——《词品》卷三

刘体仁曰：词有与古诗同妙者，如"关河冷落，残照当楼"，即《敕勒》之歌也。

——《七颂堂词绎》

田同之曰：耆卿词以"关河冷落，残照当楼"与"杨柳岸，晓风残月"为佳，非是则淫以亵矣。此不可不辨。

——《西圃词说》

邓廷桢曰：《八声甘州》之"渐霜风凄紧，关河冷落，残照当楼"，乃不减唐人语。昔东坡读孟郊诗作诗云："寒灯照昏花，佳处时一遭。孤芳擢荒秽，苦语馀诗骚。"吾于屯田词亦云。

——《双砚斋词话》

沈祥龙曰：词韶丽处，不在涂脂抹粉也。……诵耆卿"渐霜风凄紧，关河冷落，残照当楼"句，自觉神魂欲断。盖皆在神不在迹也。

——《论词随笔》

陈廷焯曰：风韵苍凉，虽令太白、飞卿执笔，亦不过如此。即杜少陵"今夜鄜州月"之意。

——《云韶集》

又曰：情景兼到，骨韵俱高，无起伏之痕，有生动之趣。古今杰构，耆卿集中仅见之作。

——《词则》

王国维曰：长调以周、柳、苏、辛为最工。美成《浪淘沙慢》二词，精壮顿挫，已开北曲之先声。若屯田之《八声甘州》、东坡之《水调歌头》，则伫兴之作，格高千古，不能以常调论也。

——《人间词话删稿》

蔡嵩云曰：柳词胜处，在气骨，不在字面。其写景处，远胜其抒情处。而章法大开大阖，为后起清真、梦窗诸家所取法，信为创调名家。如《甘州》（对潇潇暮雨洒江天）诸阕，写羁旅行役中秋景，均穷极工巧。

——《柯亭词论》

俞陛云曰：起二句有俊爽之致。“霜风”、“残照”三句音节悲抗，如江天闻笛，古戍吹笳，东坡极称之，谓唐人佳处，不过如此。以其有提笔四顾之概，类太白之“牛渚望月”，少陵之“夔府清秋”也。其下二句顺笔写之，至结句江水东流，复能振起。后半首分三叠写法，先言己之欲归不得，何事淹留，次言闺人念远，误认归舟，与温飞卿之“过尽千帆皆不是，斜晖脉脉水悠悠”，皆善写闺人心事。结句言知君忆我，我亦忆君。前半首之“霜风”、“残照”，皆在凝眸怅望中也。

——《宋词选释》

刘永济曰：此为羁旅离别之词。盖旅人每遇节候迁移，景物变换，即动归思，而秋气萧索，尤易生人悲感。故《楚辞·九辩》独于秋生悲。此词上半阕因秋雨引起离愁。“霜风”三句，乃秋雨望中远景，写得壮阔，故东坡称之。“红衰翠减”，即“物华休”，乃秋雨望中近景。“长江”二句，见景物皆变，不变者惟有“长江”耳。下半阕即写引起之归思。“年来”二句，言客中情味索然，以见归之不可缓。“想佳人”以下，又从对面着想，写家人念游人，不知游人此时亦正思家人也。观“倚栏干处”句，知首句“对潇潇暮雨”以下所见远近景物，皆倚栏干时眼中之物象也。全首布置井井，正其巧于铺叙之处。

——《唐五代两宋词简析》

唐圭璋曰：一起写雨后之江天，澄澈如洗。“渐霜风”三句，更写风紧日斜之境，凄寂可伤。以东坡之鄙柳词，亦谓此三句“唐人佳处，不过如此”。“是处”四句，复叹眼前景物凋残，惟有江水东流，自起首至此，皆写景。换头，即景生情。“不忍”句与“望故乡”两句，自为呼应。“叹年来”两句，自问自叹，与“为问新愁，何事年年有”句，同为恨极之语。“想”字贯至“收”处，皆是从对面着想，与少陵之“香雾云鬟湿，清辉玉臂寒”作法相同。小谢诗云：“天际识归舟”，屯田用其语，而加“误几回”三字，更觉灵动。收处归到“倚栏”，与篇首应。梁任公谓此首词境颇似“照花前后镜，花面交相映”，说亦至当。

——《唐宋词简释》

张　先

张先（990—1078），字子野，乌程（今浙江湖州）人。宋仁宗天圣八年（1030）进士。历吴江知县、都官郎中。有《张子野词》。

一丛花令

伤高怀远几时穷。无物似情浓。离愁正引千丝乱[1]，更东陌、飞絮濛濛[2]。嘶骑渐遥[3]，征尘不断，何处认郎踪。　双鸳池沼水溶溶。南北小桡通[4]。梯横画阁黄昏后，又还是、斜月帘栊。沉恨细思，不如桃杏，犹解嫁东风。[5]

说明

此为伤高怀远之闺怨词。“无物”句力透九札，与簸弄纤巧者迥别。“沉恨”三句，至情痴情者，方会此无理而妙之俊语。

---

[1]　丝：柳枝。
[2]　飞絮：杨花。
[3]　骑（jì）：备有鞍辔的马。
[4]　桡（ráo）：船桨。此代指船。
[5]　“沉恨”三句：李贺《南园》：“可怜日暮嫣香落，嫁与东风不用媒。”

集评

范公偁曰：子野郎中《一丛花》词云：“沉恨细思，不如桃杏，犹解嫁东风。”一时盛传，永叔尤爱之，恨未识其人。子野家南地，以故至都谒永叔，阍者以通，永叔倒屣迎之，曰：“此乃‘桃杏嫁东风’郎中。”

——《过庭录》

贺裳曰：唐李益诗曰：“嫁得瞿唐贾，朝朝误妾期；早知潮有信，嫁与弄潮儿。”子野《一丛花》末句云：“沉恨细思，不如桃杏，犹解嫁东风。”此皆无理而妙，吾亦不敢定为所见略同，然较之“寒鸦数点”，则略无痕迹矣。

——《皱水轩词筌》

天仙子

时为嘉禾小倅，以病眠不赴府会[1]

水调数声持酒听[2]，午醉醒来愁未醒。送春春去几时回，临晚镜，伤流景[3]，往事后期空记省。　沙上并禽池上暝[4]，云破月来花弄影[5]。重重帘幕密遮灯，风不定，人初静，明日落红应满径。

说明

宋仁宗庆历元年（1041）作，时任秀州通判。此词抒写流光易逝、来日无凭的伤春迟暮情怀。境界清绮灵动。“破”、“弄”二字下得细致警策。

---

[1] 嘉禾：秀州别称，治所在今浙江嘉兴。倅：副职。

[2] 水调：曲调名。《隋唐嘉话》：“炀帝凿汴河，自制《水调歌》。”

[3] “临晚镜”二句：杜牧《代吴兴妓春初寄薛军事》：“自悲临晓镜，谁与惜流年。”流景：流年。

[4] 暝：天黑，日暮。

[5] “云破”句：吴幵《优古堂诗话》：“张子野长短句‘云破月来花弄影’，往往以为古今绝唱，然予读古乐府唐氏谣《暗别离》云：‘朱弦暗度不见人，风动花枝月中影。’意子野本此。”叶盛《水东日记》：“张子野‘云破月来花弄影’，亦用白公（白居易）《三游洞序》‘云破月出’之句。”

集评

陈师道曰：尚书郎张先善著词，有云“云破月来花弄影”、“帘压卷花影”、“堕飞絮无影”，世称颂之，谓之“张三影”。

——《后山诗话》

陈师道引荆公语曰：尚书郎张先善著词，有云“云破月来花弄影”，不如李冠“朦胧淡月云来去”也。

——《后山诗话》

胡仔引《遁斋闲览》曰：张子野郎中以乐章擅名一时，宋子京尚书奇其才，先往见之。遣将命者谓：“尚书欲见‘云破月来花弄影’郎中。”子野屏后呼曰：“得非‘红杏枝头春意闹’尚书耶？”遂出置酒尽欢。盖二人所举，皆其警策也。

——《苕溪渔隐丛话前集》卷三十七

胡仔引《高斋诗话》曰：子野尝有诗云：“浮萍断处见山影”，又长短句云：“云破月来花弄影”，又云：“隔墙送过秋千影”，并脍炙人口，世谓“张三影”。

——《苕溪渔隐丛话前集》卷三十七

胡仔引《古今诗话》曰：有客谓子野曰：“人皆谓公‘张三中’，即心中事、眼中泪、意中人也。”公曰：“何不目之为‘张三影?’”客不晓，公曰：“‘云破月来花弄影’、‘娇柔懒起，帘压卷花影’、‘柳径无人，堕风絮无影’，此余平生所得意也。”

——《苕溪渔隐丛话前集》卷三十七

杨慎曰：“云破月来花弄影”，景物如画，画亦不能至此，绝倒绝倒！

——《词品》

卓人月曰：张先以“三影”名者，因其词中有三“影”字，故自誉也。然以“云破月来花弄影”为最，余二“影”字不及。

——《词统》

沈际飞曰：“云破月来”句，心与景会，落笔即是，着意即非，故当脍炙。

——《草堂诗余正集》

李渔曰："云破月来"句，词极尖新，而实为理之所有。

——《窥词管见》

李调元曰："张三影"已盛称人口矣，尚有一词云"无数杨花过无影"，合之应名"四影"。

——《雨村词话》

黄苏曰：听《水调》而愁，为自伤卑贱也。"送春"四句，伤其流光易去，而后期茫茫也。"沙上"之句，言其所居岑寂，以沙禽与花自喻也。"重重"三句，言多障蔽也。结句仍缴送春本题，恐其时之晚也。

——《蓼园词选》

沈祥龙曰：古人名句如"梅子黄时雨"、"云破月来花弄影"，不外自然而已。

——《论词随笔》

王国维曰："云破月来花弄影"，著一"弄"字，而境界全出矣。

——《人间词话》

唐圭璋曰：此首不作发越之语，而自然韵高。中间自午至晚，自晚至夜，写来情景宛然。首因听《水调》而愁，因愁而借酒图消，然愁重酒多，遂致沉醉。追沉醉既醒，眼看春去，又引起无穷感伤。"送春"四句，即写春去之感。人事多纷，流光易逝，往事则空劳回忆，后期则空劳梦想，抚今思昔，至难为怀。"沙上"两句，写入夜凄寂景象。"云破"句，写景灵动，古今绝唱。"重重"四句，写夜深人静，独处帘内，又因风起而念落花，仍回到惜春送春之意。李易安"应是绿肥红瘦"句，亦袭此，然太着迹，并不如此语之蕴藉有味矣。

——《唐宋词简释》

晏　殊

晏殊（991—1055），字同叔，抚州临川（今属江西）人。宋真宗景德二年（1005）以神童入试，赐同进士出身。累擢知制诰、翰林学士，官至同中书门下平章事兼枢密使。出知永兴军，徙河南。卒谥元献。范仲淹、韩琦、富弼、欧阳修等皆出其门。有《珠玉词》。

浣溪沙

一曲新词酒一杯。去年天气旧亭台[1]。夕阳西下几时回。　　无可奈何花落去，似曾相识燕归来[2]。小园香径独徘徊。

说明

此词写惜春伤时之感。由眼前实景触发的怅惘与沉思，当萦牵着含情不露的怀人之想。而敏察宇宙律动的时间生命意识，则是更堪玩味处。圆转谐婉，闲雅雍容。

[1]　“去年”句：谓天气、亭台跟去年相同。郑谷《和知己秋日伤怀》：“流水歌声共不回，去年天气旧池台。”

[2]　“无可”二句：晏殊另有《示张寺丞王校勘》七律诗云：“上巳清明假未开，小园幽径独徘徊。春寒不定斑斑雨，宿烟难禁滟滟杯。无可奈何花落去，似曾相识燕归来。游梁赋客多风味，莫惜青钱万选才。”一联而诗词两用。

集评

杨慎曰："无可奈何"二语工丽，天然奇偶。

——《词品》

沈际飞曰："无可奈何花落去"，律诗俊语也，然自是天成一段词，著诗不得。

——《草堂诗余正集》

卓人月曰：实处易工，虚处难工，对法之妙无两。

——《词统》

王士禛曰：或问诗词、词曲分界，余曰："无可奈何花落去，似曾相识燕归来"，定非香奁诗。"良辰美景奈何天，赏心乐事谁家院"，定非草堂词也。

——《花草蒙拾》

张宗橚曰：细玩"无可奈何"一联，情致缠绵，音调谐婉，的是倚声家语，若作七律，未免软弱矣。

——《词林纪事》

刘熙载曰：词中句与字有似触著者，所谓极炼如不炼也。晏元献"无可奈何花落去"二句，触著之句也；宋景文"红杏枝头春意闹"，"闹"字，触著之字也。

——《艺概》

陈廷焯曰：有一刻千金之感。触目生情，笔致妩媚。

——《云韶集》

俞陛云曰：首句但纪当日之事，入手处不侵占下文地位。次句即叙明本意，言风景不殊，亭台依旧，乃总括全篇。三句承"去年天气"而言，流光容易，又换今年，安得鲁阳挥戈，再反虞渊之日耶？下阕承前半首之意，言春不能留，花亦随之落去，花既无情，惜花者空付奈何一叹。"归燕"句承"旧亭台"之意，虽梁燕寻巢，似曾相识，若有情而实无情。花与鸟既无以慰情，徒增惆怅，伤离感旧之深，焉得逢人而语？惟有徘徊芳径，立尽斜阳耳。

——《宋词选释》

唐圭璋曰：此首谐不邻俗，婉不嫌弱。明为怀人，而通体不着一怀人之语，但以景衬情。

——《唐宋词简释》

清平乐

红笺小字[1]，说尽平生意。鸿雁在云鱼在水[2]，惆怅此情难寄。　斜阳独倚西楼，遥山恰对帘钩[3]。人面不知何处[4]，绿波依旧东流。

说明

此词怀人。淡语浓愁，蕴意深挚。起句“说尽”二字，已含情无限。而尺素难寄，人何以堪！“斜阳”二句，可闻心涛于无声。结穴拈来成句，略加点化，深长叹息，未有尽期。

集评

陈廷焯曰：低回婉曲。

——《词则》

俞陛云曰：言情深密处全在“红笺小字”。既鱼沈雁杳，欲寄无由，剩有

---

[1] 红笺：朱丝栏。绢纸之有红线格者。韩偓《偶见》：“小叠红笺书恨字，与奴方便寄卿卿。”

[2] “鸿雁”句：谓书信无法传递。古时有“雁足传书”（典出《汉书》卷五十四《李广苏建传》）和“鱼传尺素”（典出古乐府《饮马长城窟行》）之说。此处反用以上二典。

[3] 帘钩：此指轩窗。

[4] “人面”句：崔护《题都城南庄》：“去年今日此门中，人面桃花相映红。人面不知何处去，桃花依旧笑春风。”

流水斜阳，供人愁望耳。以景中之情作结束，词格甚高。

——《宋词选释》

唐圭璋曰：此首上片抒情，下片写景，一气舒卷，语浅情深。

——《唐宋词简释》

踏莎行

小径红稀[1]，芳郊绿遍[2]。高台树色阴阴见[3]。春风不解禁杨花，濛濛乱扑行人面。　　翠叶藏莺，朱帘隔燕。炉香静逐游丝转[4]。一场愁梦酒醒时，斜阳却照深深院[5]。

说明

此词写暮春景色，抒发时序迁流的感伤与惆怅。由郊原而院落，以景起，以景结。藏莺隔燕，炉香游丝，斜阳深院，寓无限情思于深静之境。

集评

沈际飞曰：结“深深”妙，着不得实字。

——《草堂诗余正集》

沈谦曰：“夕阳如有意，偏傍小窗明”，不若晏同叔“一场愁梦酒醒时，

[1]　红：指花。

[2]　绿：指草。

[3]　阴阴见（xiàn）：显露出一片幽森翠绿。见，呈现。

[4]　游丝：春日昆虫所吐的丝。因荡漾空中，故称。

[5]　却照：正照。

斜阳却照深深院”更自神到。

——《填词杂说》

李调元曰：晏殊《珠玉词》极流丽，而以翻用成语见长。如“垂杨只解惹春风，何曾系得行人住”，又“东风不解禁杨花，濛濛乱扑行人面”等句是也。翻覆用之，各尽其致。

——《雨村词话》

张惠言曰：此词亦有所兴，其欧公《蝶恋花》之流乎。

——《词选》

唐圭璋曰：此首通体写景，但于景中见情。上片写出游时郊外之景，下片写归来后院落之景。心绪不宁，故出入都无兴致。起句，写郊景红稀绿遍，已是春事阑珊光景。“春风”句，似怨似嘲，将物做人看，最空灵有味。“翠叶”三句，写院落之寂寞。“炉香”句，写物态细极静极。“一场”两句，写到酒醒以后景象，浑如梦寐，妙不着实字，而闲愁可思。

——《唐宋词简释》

宋 祁

宋祁（998—1061），字子京，开封雍丘（今河南杞县）人。宋仁宗天圣二年（1024）进士。历官太常博士、知制诰、工部尚书。与欧阳修等同修《新唐书》。卒谥景文。有《宋景文公长短句》辑本。

玉楼春

东城渐觉风光好。縠皱波纹迎客棹[1]。绿杨烟外晓寒轻，红杏枝头春意闹[2]。　浮生长恨欢娱少。肯爱千金轻一笑[3]。为君持酒劝斜阳，且向花间留晚照[4]。

说明

此词写景兴感，景是寻常春色，感是浮生常情。“闹”本熟字、俗字，置于“红杏”句末却化为神奇。李渔曰：“争斗有声之谓‘闹’，桃李争春则有之，红杏闹春，予实未之见也。‘闹’字可用，则‘吵’字、‘斗’字、‘打’字皆可用矣。”(《窥词管见》) 笠翁通人，何出此隔膜之论耶！

---

[1]　縠（hú）皱波纹：意谓细的水波如轻纱的皱纹。縠，有皱纹的纱。棹：桨，指船。
[2]　“红杏”句：和凝《菩萨蛮》：“暖觉杏梢红。”
[3]　“肯爱”句：王僧孺《咏宠姬》：“一笑千金买。”肯：怎肯、岂肯。爱：爱惜、吝惜。
[4]　“且向”句：李商隐《写意》：“且向花间留晚照。”

集评

沈际飞曰：香倩无比，安得不倾动一时。

——《蓼园词选》引

刘体仁曰："红杏枝头春意闹"，一"闹"字卓绝千古。

——《七颂堂词绎》

王士禛曰："红杏枝头春意闹"尚书，当时传为美谈。吾友公𤩽极叹之，以为卓绝千古。然实本《花间》"暖觉杏梢红"，特有青蓝冰水之妙耳。

——《花草蒙拾》

贺裳曰：词虽以险丽为工，实不及本色语之妙……"红杏枝头春意闹"尚书，安排一个字，费许大气力。

——《皱水轩词筌》

沈雄曰：宋子京词云：(略)。人谓"闹"字甚重，我觉全篇俱轻，所以成为"红杏尚书"。

——《古今词话》

黄苏曰：通首浓丽，然总以"春意闹"三字，尤为奇辟也。

——《蓼园词选》

刘熙载曰：词中句与字有似触著者，所谓极炼如不炼也……宋景文"红杏枝头春意闹"，"闹"字触著之字也。

——《艺概·词曲概》

王国维曰："红杏枝头春意闹"，著一"闹"字，而境界全出。

——《人间词话》

唐圭璋曰：此首随意落墨，风流闲雅。起两句，虚写春风春水泛舟之适。次两句，实写景物之丽。绿杨红杏，相映成趣。而"闹"字尤能撮出花繁之神，宜其擅名千古也。下片，一气贯注，亦是劝人轻财寻乐之意。

——《唐宋词简释》

欧阳修

欧阳修（1007—1072），字永叔，号醉翁，晚年又号六一居士，吉州庐陵（今江西吉安）人。宋仁宗天圣八年（1030）进士。历官礼部侍郎，翰林侍读学士，枢密副使，参知政事，以太子少师致仕，卒谥文忠。有《欧阳文忠公全集》。词有《近体乐府》、《醉翁琴趣外篇》。

采桑子

轻舟短棹西湖好[1]，绿水逶迤[2]。芳草长堤。隐隐笙歌处处随。　无风水面琉璃滑[3]，不觉船移。微动涟漪[4]。惊起沙禽掠岸飞。

说明

欧阳修于宋仁宗皇祐元年（1049）出任颍州（今安徽阜阳）知州，神宗熙宁四年（1071）致仕后归居颍州私第。颍州西湖为当时胜景，欧阳修曾作《采桑子》十首，联章歌咏之。此为第一首。立足舟中，写湖上风光，舟行感受。清新淡荡，下片尤妙。

---

[1] 短棹（zhào）：犹言扁舟，即小船。戴叔伦《泛舟》："短棹晚烟迷。"

[2] 逶迤（wēi yí）：曲折绵延貌。

[3] 琉璃滑：形容水面清澈如琉璃般平滑。琉璃，半透明矿石质材料名。梁简文帝《西斋行马诗》："水净琉璃波。"白居易《泛太湖书事》："碧琉璃水净无风。"

[4] 涟漪：水面微波。

集评

许昂霄曰：闲雅处自不可及。

——《词综偶评》

俞陛云曰：下阕四句，极肖湖上行舟波平如镜之状。“不觉船移”四字，下语尤妙。

——《宋词选释》

采桑子

群芳过后西湖好[1]，狼籍残红[2]。飞絮濛濛[3]。垂柳阑干尽日风。　笙歌散尽游人去，始觉春空[4]。垂下帘栊[5]。双燕归来细雨中。

说明

此为第四首，写颍州西湖暮春景色，不落伤春惜春窠臼。“群芳过后”，以扫为生，对美景别有会心。拍合词人静观自适的幽微心境。

集评

陈廷焯曰：（“始觉春空”）四字猛省。

——《词则》

谭献曰：“群芳过后”句，扫处即生。“笙歌散尽游人去”句，悟语是恋语。

——《谭评词辨》

[1]　群芳：百花。
[2]　狼籍：散乱貌。
[3]　飞絮：飞扬的柳絮。
[4]　春空：春意消失。
[5]　帘栊：窗帘。栊，窗棂。

俞陛云曰：此词独写静境，别有意味。

——《宋词选释》

刘永济曰：此词虽意在写暮春景物，而作者胸怀恬适之趣，同时表达出之。作者此词皆从世俗繁华生活中之渗透一层着眼。盖世俗之人多在群芳正盛之时游观西湖，作者却于飞花、飞絮之外，得出寂静之境。世俗之游人皆随笙歌散去，作者却于人散、春空之后，领略自然之趣。

——《唐五代两宋词简析》

唐圭璋曰：上片言游冶之盛，下片言人去之静。通篇于景中见情，文字极疏隽。风光之好，太守之适，并可想象而知也。

——《唐宋词简释》

生查子

去年元夜时[1]，花市灯如昼。月上柳梢头，人约黄昏后。　　今年元夜时，月与灯依旧。不见去年人，泪满春衫袖。

说明

此首别误作朱淑真词，又误作秦观词。上下片分写去岁今年元宵灯节，抒境是人非、旧情难续之感伤情怀。重章并列而寓变化，语义显豁而留有想象空间。回旋咏叹，余意不尽。

集评

徐士俊曰：元曲之称绝者，不过得此法。

——《古今词统》卷三

[1] 元夜：元宵夜。正月十五为元宵节，亦称上元节。隋唐以来，有元夜观灯风俗。

浪淘沙

把酒祝东风。且共从容[1]。垂杨紫陌洛城东[2]。总是当时携手处，游遍芳丛[3]。　　聚散苦匆匆。此恨无穷。今年花胜去年红。可惜明年花更好，知与谁同。

说明

此词作于宋仁宗明道元年（1032）春西京留守推官任上，写偕友旧地同游的感受。“今年”三句，语意翻转折进，蕴含世事茫茫、人生多变的深沉喟叹。

集评

李攀龙曰：意自“明年此会知谁健”中来。

——《草堂诗余隽》

沈际飞曰：末三句虽少含蕴，不失为情语。

——《草堂诗余正集》

沈雄曰：欧阳公云“把酒祝东风，且共从容”与东坡《虞美人》云“持

---

[1]　“把酒”二句：司空图《酒泉子》：“黄昏把酒祝东风，且从容。”从容：留连。

[2]　紫陌：帝都的道路。洛城：洛阳城（今属河南），为北宋西京。

[3]　芳丛：花丛。

杯邀劝天边月，愿月圆无缺”同一意致。

——《古今词话》

黄苏曰：末二句忧盛危明之意，持盈保泰之心，在天道则亏盈益谦之理，俱可悟得。大有理趣，却不庸腐，粹然儒者之言。令人玩味不尽。

——《蓼园词选》

陈廷焯曰：想到明年，真乃匪夷所思，非有心人如何道得。

——《词则》

俞陛云曰：因惜花而怀友，前欢寂寂，后会悠悠，至情语以一气挥写，可谓深情如水，行气如虹矣。

——《宋词选释》

王安石

王安石（1021—1086），字介甫，晚号半山，抚州临川（今属江西）人。宋仁宗庆历二年（1042）进士。神宗朝两度为相，主持变法。封舒国公，改封荆国公。晚居金陵。卒谥文。有辑本《临川先生歌曲》。

桂枝香

登临送目。正故国晚秋[1]，天气初肃[2]。千里澄江似练[3]，翠峰如簇。征帆去棹残阳里，背西风、酒旗斜矗。彩舟云淡，星河鹭起[4]，画图难足。　　念往昔、繁华竞逐。叹门外楼头[5]，悲恨相续。千古凭高对此，漫嗟荣辱。六朝旧事随流水，但寒烟芳草凝绿。至今商女，时时犹唱，后庭遗曲[6]。

说明

《花庵词选》题“金陵怀古”。一如登临怀古之作常规，此词亦从目接履践之形胜措笔，其不凡处在遒举警策，境界朗肃。兴衰代谢亦为题

[1] 故国：指金陵，六朝旧都，今江苏南京。

[2] 肃：肃杀。《诗·七月》：“九月肃霜。”毛传：“肃，缩也，霜降而收缩万物。”

[3] “千里”句：谢朓《晚登三山还望京邑》：“余霞散成绮，澄江静如练。”练：白绢。

[4] 星河：银河。此借指长江。

[5] 门外楼头：杜牧《台城曲》：“门外韩擒虎，楼头张丽华。”颜师古《大业拾遗记》载，隋将韩擒虎率军灭陈，兵临金陵城下时，陈后主与宠妃张丽华还在宫内歌宴。

[6] “至今”三句：杜牧《泊秦淮》：“商女不知亡国恨，隔江犹唱后庭花。”商女：歌女。后庭遗曲：指陈后主所作《玉树后庭花》，后人视此曲为亡国之音。

中应有之义，此词则摆脱了浮泛的类型化喟叹，将“繁华竞逐”、“悲恨相续”与“至今商女，时时犹唱，后庭遗曲”，聚焦并置，遂使历史兴感转为现实忧思。

集评

杨湜曰：金陵怀古，诸公寄词于《桂枝香》，凡三十余首，独介甫最为绝唱。东坡见之，不觉叹息曰：“此老乃野狐精也。”

——《古今词话》

端木埰曰：情韵有美成、耆卿所不能到。

——《续词选批注》

陈廷焯曰：笔力苍秀。

——《词则》

梁启超曰：李易安谓介甫文章似西汉，然以作歌词，则人必绝倒。但此作颉颃清真、稼轩，未可漫诋也。

——《艺蘅馆词选》

唐圭璋曰：此首为金陵怀古之词，以笔力峭劲，为东坡所叹赏。上片写金陵之景，下片抒怀古之情。“登临送目”四字，笼照全篇。“正故国”两句，言时令与天气。“千里”两句，言山水之美。“征帆”以下，皆为江天景色。换头，历述古今盛衰之感，清空一气。

——《唐宋词简释》

晏几道

晏几道（1038—1110），字叔原，号小山，抚州临川（今属江西）人，晏殊第八子。历颍昌府许田镇监、开封府推官，仕宦连蹇，而不一傍贵人之门。有《小山词》。

临江仙

梦后楼台高锁[1]，酒醒帘幕低垂。去年春恨却来时[2]。落花人独立，微雨燕双飞[3]。　记得小蘋初见[4]，两重心字罗衣[5]。琵琶弦上说相思[6]。当时明月在，曾照彩云归[7]。

说明

此为追忆之作。从“梦后”、“酒醒”起笔，“去年”一波，“记得”复推前一波。妙能以景写情，极深婉沉着之致。“当时明月在，曾照彩云

---

[1]　“梦后”句：许浑《客有卜居不遂薄游汧陇因题》：“楼台深锁无人到，落尽春风第一花。”

[2]　却来：又来。

[3]　“落花”二句：用五代翁宏《春残》诗中成句。翁诗云：“又是春残也，如何出翠帷？落花人独立，微雨燕双飞。寓目魂将断，经年梦亦非。那堪向愁夕，萧飒暮蝉辉。”

[4]　小蘋：晏几道《小山词序》：“始时，沈十二廉叔、陈十君龙，家有莲、鸿、蘋、云，品清讴娱客，每得一解，即以草授诸儿。吾三人持酒听之，为一笑乐耳。”小蘋，即莲、鸿、蘋、云之蘋。

[5]　心字罗衣：杨慎《词品》卷二：“心字罗衣则谓心字香熏之尔。或谓女人衣曲领如‘心’字。”

[6]　“琵琶”句：白居易《琵琶行》：“低眉信手续续弹，说尽心中无限事。”

[7]　彩云：此喻指小蘋。李白《宫中行乐词》：“只恐歌舞散，化作彩云飞。”

归”，虚笔收住，宕出远神。

集评

陈廷焯曰：“落花”十字，工丽芊绵。结笔依依不尽。

——《云韶集》

又曰：“落花”十字，自是天生好言语。回首可怜。

——《词则》

又曰：小山词如“去年春恨却来时。落花人独立，微雨燕双飞”，“当时明月在，曾照彩云归”，既闲婉，又沈著，当时更无敌手。

——《白雨斋词话》

谭献曰：“落花”二句，名句千古，不能有二。末二句，可谓柔厚在此。

——《谭评词辨》

夏敬观曰：吐属华贵，脱口而出。

——《吷庵词评》

俞陛云曰：“落花”二句正春色恼人，紫燕犹解“双飞”，而愁人翻成“独立”。论风韵如微风过箫，论词采如红蕖照水。

——《宋词选释》

陈匪石曰：情语艳语，必如此乃深厚闲雅。

——《宋词举》

唐圭璋曰：此首感旧怀人，精美绝伦。一起即写楼台高锁，帘幕低垂，其凄寂无人可知。而梦后酒醒，骤见此境，尤难为怀。盖昔日之歌舞豪华，一何欢乐，今则人去楼空，音尘断绝矣。即此两句，已似一篇《芜城赋》。“去年”一句，疏通上文，引起下文。“落花”两句，原为唐末翁宏之诗，妙在拈置此处，衬副得宜，且不明说春恨，而自以境界会意。落花，微雨，境极美；人独立，燕双飞，情极苦。此上片文字颇致密，换头，乃易之以疏淡。“记得”两句，忆去年人之服饰。“琵琶”一句，言苦忆无已，乃一寓之弦上。“当时”

两句，则因见今时之月，想到当时之月，曾照人归楼台，回应篇首，感喟无限。而出语之俊逸，更无敌手。

——《唐宋词简释》

蝶恋花

醉别西楼醒不记。春梦秋云[1]，聚散真容易。斜月半窗还少睡，画屏闲展吴山翠[2]。　衣上酒痕诗里字[3]。点点行行。总是凄凉意。红烛自怜无好计，夜寒空替人垂泪[4]。

说明

一本题作“别恨”。此词忆昔醉别，慨叹聚散如梦。“不记”二字，轻轻撇去具体情事，重笔渲染别后凄凉怀抱。

集评

先著、程洪曰：如小山父子及德麟辈，用事亦未尝不轻，但有厚薄浓淡之分。后人一再过，不复留余味，而古人隽永不已。

——《词洁》

陈廷焯曰：一字一泪，一字一珠。

——《词则》

---

[1]　春梦秋云：白居易《花非花》：“来如春梦不多时，去似秋云无觅处。”
[2]　吴山：指画屏上的江南山水。
[3]　“衣上”句：白居易《故衫》：“袖中吴郡新诗本，襟上杭州旧酒痕。”
[4]　“红烛”二句：杜牧《赠别》：“蜡烛有心还惜别，替人垂泪到天明。”

夏敬观曰：熟意炼生。

——《吷庵词评》

唐圭璋曰："红烛"两句，用杜牧之"蜡烛有心还惜别，替人垂泪到天明"诗。但"自怜"、"空替"等字，皆能于空际传神。二晏并称，小晏精力尤胜，于此可见。

——《唐宋词简释》

阮郎归

旧香残粉似当初，人情恨不如。一春犹有数行书，秋来书更疏。　衾凤冷[1]，枕鸳孤[2]。愁肠待酒舒。梦魂纵有也成虚，那堪和梦无[3]。

说明

此词写孤寂、相思之怀。从“人情恨不如”一语盘旋生发。上、下片结处，皆用折进法，跌宕层深。小山惯用此法，如“纵得相逢留不住，何况相逢无处”（《清平乐》）等，以擒纵显波澜，情透纸背。

集评

唐圭璋曰：此首起两句，言物是人非。“一春”两句，正写人不如之实，殊觉怨而不怒。换头，言独处之孤冷。“梦魂”两句，言和梦都无，亦觉哀而不伤。又此首上下片结处文笔，皆用层深之法，极为疏隽。少游云“衡阳犹有雁传书，郴阳和雁无”，亦与此意同。

——《唐宋词简释》

---

[1]　衾凤：凤衾。绣有凤凰的被子。

[2]　枕鸳：鸳枕。绣有鸳鸯的枕头。

[3]　和：连。

张舜民

张舜民，生卒年不详，字芸叟，号浮休居士，又号矴斋，邠州（今陕西邠县）人。宋英宗治平二年（1065）进士。历秘阁校理、监察御史、吏部侍郎，坐元祐党籍，谪楚州团练副使，商州安置。有《画墁集》。词存四首。

卖花声

题岳阳楼[1]

木叶下君山[2]，空水漫漫。十分斟酒敛芳颜[3]。不是渭城西去客，休唱阳关[4]。　　醉袖抚危栏，天淡云闲。何人此路得生还。回首夕阳红尽处，应是长安[5]。

说明

宋神宗元丰五年（1082）十月，谪监郴州茶盐酒税，途经岳阳，题此。登楼感赋，满纸迁客骚人情怀。点化成句，自裁新篇。抑郁盘旋而时露逼人之气。然“何人”句后，用“回首长安”结拍，遂由峭拔复归

---

[1] 岳阳楼：在今湖南岳阳西门，面对洞庭湖。

[2] “木叶”句：屈原《九歌·湘夫人》：“袅袅兮秋风，洞庭波兮木叶下。”君山：在洞庭湖中。

[3] 十分斟酒：酒斟得很满。敛芳颜：敛眉、敛芳容，显出严肃的表情。

[4] “不是”二句：王维《送元二使安西》：“渭城朝雨浥轻尘，客舍青青柳色新。劝君更尽一杯酒，西出阳关无故人。”此处作者因是贬官南迁，不是西行，故云。

[5] “回首”二句：白居易《题岳阳楼》：“夕波红处近长安。”长安：借指汴京。

于温厚。

集评

费衮曰：张芸叟词云："回首夕阳红尽处，应是长安。"人喜诵之。乐天《题岳阳楼》诗云："春岸绿时连梦泽，夕波红处近长安。"盖芸叟用此换骨也。

——《梁溪漫志》

周辉曰：亦岂无去国流离之思，殊觉婉而不伤也。

——《清波杂志》

麦孺博曰：声可裂石。

——《艺蘅馆词选》

俞陛云曰：观其"此路生还"及"回首长安"句，殊有迁谪之感。但芸叟由谏官洊擢侍郎，初未放逐，此殆登楼送友之作，代为致慨也。

——《宋词选释》

唐圭璋曰：此首写登临之感，语颇悲壮。

——《唐宋词简释》

苏 轼

苏轼（1037—1101），字子瞻，号东坡进士，眉州眉山（今属四川）人。宋仁宗嘉祐二年（1057）进士。历杭州通判，密、徐、湖三州知州，“乌台诗案”贬居黄州。哲宗朝官至礼部尚书，先后出知杭、颍、扬、定等州。又贬谪惠州、儋州。与父洵、弟辙并称“三苏”。有《东坡乐府》。

江城子

乙卯正月二十日夜记梦[1]

十年生死两茫茫[2]。不思量，自难忘。千里孤坟[3]，无处话凄凉。纵使相逢应不识，尘满面，鬓如霜。　　夜来幽梦忽还乡。小轩窗，正梳妆。相顾无言，惟有泪千行。料得年年肠断处，明月夜，短松冈[4]。

说明

此词悼亡。起笔直抒人天永隔之悲凉，“纵使”三句，别寓世途坎坷之叹。几经跌宕，逼出下片梦境。结尾折回现实。娓娓如倾衷肠，真情

---

[1] 乙卯：宋神宗熙宁八年（1075）。

[2] 十年：苏轼妻王弗卒于宋英宗治平二年（1065），归葬故里眉州彭山，至作此词时，正十年。

[3] 千里：苏轼写此词时在密州知州任上，与故乡眉州相隔遥遥，故云。

[4] “料得”三句：孟棨《本事诗·征异》录唐开元中幽州牙将张姓妻孔氏诗：“欲知肠断处，明月照孤坟。”短松冈：此指王弗墓地。古人葬地多种松柏。仲长统《昌言》卷下：“古之葬，松柏梧桐以识其坟。”

至情，凄然神伤。

集评

唐圭璋曰：此首为公悼亡之作。真情郁勃，句句沉痛，而音响凄厉，诚后山所谓“有声当彻天，有泪当彻泉”也。起言死别之久。“千里”两句，言相隔之远。“纵使”二句，设想相逢不识之状。下片，忽折到梦境，轩窗梳妆，犹是十年以前景象。“相顾”两句，写相逢之悲，与起句“生死两茫茫”相应。“料得”两句，结出“肠断”之意。“明月”、“松冈”，即“千里孤坟”之所在也。

——《唐宋词简释》

江城子

密州出猎[1]

老夫聊发少年狂。左牵黄，右擎苍[2]。锦帽貂裘[3]，千骑卷平冈[4]。为报倾城随太守[5]，亲射虎，看孙郎[6]。　酒酣胸胆尚开张[7]。鬓微霜，又何妨。持节云中，何日遣冯唐[8]。会挽雕弓如满月[9]，西北望，射天狼[10]。

---

[1] 密州出猎：题一作《猎词》。苏轼曾因旱去常山祈雨，后果得雨，再往常山祭谢。归途中与同官梅户曹会猎于铁沟。另有《祭常山回小猎》诗。密州，今山东诸城。

[2] “左牵黄”二句：《梁书》卷二十一《张充传》记张充“出猎，左手臂鹰，右手牵狗”。黄：黄犬。苍：苍鹰。

[3] 锦帽貂裘：锦蒙帽、貂鼠裘，原为汉羽林军的装束，此指随从武士。

[4] 骑（jì）：一人一马的合称。

[5] 报：酬谢。倾城：全城的人。太守：作者自指。宋时知州的职权略等汉时的太守，故称。

[6] “亲射虎”二句：《三国志》卷四十七《吴孙权传》：“（建安）二十三年十月，权将如吴，亲乘马射虎于庱（líng）亭（今江苏丹阳东）。马为虎所伤，权投以双戟，虎却废。”此以孙权自比。

[7] “酒酣”句：苏舜钦《舟中感怀》：“胸胆森开张。”尚：更加。

[8] “持节”二句：《史记》卷一百零二《张释之冯唐列传》载，汉文帝时魏尚为云中太守，抵御匈奴，颇有战功。却因“坐上功首虏差六级（多报六个杀敌人数）”，被“下之吏，削其爵，罚作之”。冯唐向文帝劝谏，“文帝说（悦）。是日令冯唐持节赦魏尚，复以为云中守，而拜唐为车骑都尉，主中尉及郡国车士。”节：符节，古代使者所持以作凭信。云中：古郡名，治所在云中（今内蒙古托克托东北）。按：一般以为此以魏尚自喻，俞平伯《唐宋词选释》释此条以为“自比冯唐为较惬当”，可参。

[9] 会：将要。

[10] 天狼：星名，古代用以代表贪残侵掠，此代指宋朝西北边境的辽和西夏。屈原《九歌·东君》：“举长矢兮射天狼。”

说明

宋神宗熙宁八年（1075）作，时任密州知州。《与鲜于子骏（侁）书》："数日前猎于郊外，所获颇多，作得一阕，令东州壮士抵掌顿足而歌之，吹笛击鼓以为节，颇壮观也。"当即指此词。横槊赋诗，壮志凌云形象，为词坛别拓新境。

集评

夏承焘曰：这首词一洗绮罗香泽之态，突破了晚唐以来儿女情词的局限。词中不但描写了打猎时的壮阔场景，同时也表现了他要为国杀敌的雄心壮志。

——《唐宋词欣赏》

水调歌头

丙辰[1]中秋，欢饮达旦，大醉，作此篇，兼怀子由[2]

明月几时有，把酒问青天[3]。不知天上宫阙[4]，今夕是何年[5]。我欲乘风归去[6]，又恐琼楼玉宇[7]，高处不胜寒[8]。起舞弄清影[9]，何似在人间。　转朱阁，低绮户[10]，照无眠[11]。不应有恨，何事长向别时圆。人有悲欢离合，月有阴晴圆缺，此事古难全。但愿人长久，千里共婵娟[12]。

---

[1] 丙辰：宋神宗熙宁九年（1076）。

[2] 子由：苏轼弟名辙，字子由。

[3] “明月”二句：屈原《天问》：“天何所沓？十二焉分？日月安属？列星安陈？”李白《把酒问月》：“青天有月来几时？我今停杯一问之。”把酒：端起酒杯。

[4] 天上宫阙：指月宫。

[5] “今夕”句：唐人小说《周秦行纪》：“香风引到大罗天，月地云阶拜洞仙。共道人间惆怅事，不知今夕是何年。”又，戴叔伦《二灵寺守岁》：“不知今夕是何年。”吕岩《忆江南》（瑶池上）词：“不知今夕是何年。”

[6] 乘风：语出《列子・黄帝》：“乘风而归……不知风乘我耶？我乘风乎？”

[7] 琼楼玉宇：指月宫。王嘉《拾遗记》：“瞿乾祐于江岸玩月。或问‘此中何有？’瞿笑曰：‘可随我观之。’俄见月规半天，琼楼玉宇灿然。”

[8] 高处不胜寒：郑处诲《明皇杂录》载：中秋之夜，方士叶静能邀玄宗游月宫，及至，“寒凛特异，上不能禁”。不胜，禁受不住。

[9] 起舞弄清影：李白《月下独酌》：“我歌月徘徊，我舞影零乱。”

[10] 低绮户：谓月光低照，洒进雕花的门窗。

[11] 无眠：失眠的离人。

[12] 婵娟：美好貌，亦作美人解，此指嫦娥，代指月亮。《文选》卷十三谢庄《月赋》：“美人迈兮音尘阙，隔千里兮共明月。”又，许浑《怀江南同志》：“唯应洞庭月，万里共婵娟。”

说明

此词对月遣怀，作于密州知州任上。皓月当空，苍穹无垠，酒负神思，想薄天外，包含着人生纷扰、寻求解脱的思理内涵，展示了循应物理、圆通达观的超旷情怀。清雄而飘逸，空灵而韶秀。

集评

蔡絛曰：歌者袁绹，乃天宝之李龟年也。宣和间，供奉九重，尝为吾言：东坡公昔与客游金山，适中秋夕，天宇四垂，一碧无际，加江涛涌。俄月色如昼，遂共登金山山顶之妙高台，命绹歌其《水调歌头》曰："明月几时有？把酒问青天。"歌罢，坡为起舞，而顾问曰："此便是神仙矣！"吾谓文章人物，诚千载一时，后世安所得乎！

——《铁围山丛谈》

胡仔曰：中秋词，自东坡《水调歌头》一出，余词尽废。

——《苕溪渔隐丛话·后集》

张炎曰：清空中有意趣，无笔力者未易到。

——《词源》

李冶曰：东坡《水调歌头》："我欲乘风归去，只恐琼楼玉宇，高处不胜寒。起舞弄清影，何似在人间。"一时词手，多用此格。如鲁直云："我欲穿花寻路，直入白云深处，浩气展虹蜺。只恐花深里，红露湿人衣。"盖效坡语也。近世闲闲老人（赵秉文）亦云："我欲骑鲸归去，只恐神仙官府，嫌我醉时真。笑拍群仙手，几度梦中身。"

——《敬斋古今黈》

卓人月曰："明月几时有"二词，画家大斧皴，书家擘窠体也。

——《词统》

刘体仁曰："琼楼玉宇"，《天问》之遗也。

——《七颂堂词绎》

先著、程洪曰：此词前半自是天仙化人之笔，惟后半"悲欢离合"、"阴晴圆缺"等字，苛求者未免指此为累。然再三读去，抟捖运动，何损其佳？少陵《咏怀古迹》诗云"支离东北风尘际，漂泊西南天地间"，未常以"风尘"、"天地"、"西南"、"东北"等字窒塞，有伤是诗之妙。诗家最上一乘，固有以神行者矣，于词何独不然？

——《词洁》卷三

黄苏曰：按通首只是咏月耳。前阕是见月思君，言天上宫阙，高不胜寒，但仿佛神魂归去，几不知身在人间也。次阕言月何不照人欢洽，何似有恨，遍（偏）于人之离索之时而圆乎？复又自解，人有离合，月有圆缺，皆是常事，惟望长久共婵娟耳。缠绵惋恻之思，愈转愈曲，愈曲愈深，忠爱之思，令人玩味不尽。

——《蓼园词选》

李佳曰：此老不特兴会高骞，直觉有仙气缥缈于毫端。

——《左庵词话》

刘熙载曰：词以不犯本位为高。东坡《满庭芳》"老去君恩未报，空回首、弹铗悲歌"，语诚慷慨，然不若《水调歌头》"我欲乘风归去，又恐琼楼玉宇，高处不胜寒"，尤觉空灵蕴藉。

——《艺概》

陈廷焯曰：落笔高超，飘飘有凌云之气。谪仙而后，定以髯苏为巨擘矣。笔致疏散。

——《云韶集》

又曰：纯以神行，不落《骚》、《雅》窠臼。太白之诗，东坡之词，皆是异样出色。结得忠厚。

——《词则》

王闿运曰："人有"三句，大开大阖之笔，亦他人所不能。

——《湘绮楼词选》

郑文焯曰：发端从太白仙心脱化，顿成奇逸之笔。湘绮诵此词，以为此“全”字韵可当三语掾（即“人有”三句），自来未经人道。

——龙榆生《东坡乐府笺》卷一引《手批东坡乐府》

王国维曰：长调自以周、柳、苏、辛为最工。美成《浪淘沙慢》二词，精壮顿挫，已开北曲之先声。若屯田之《八声甘州》，东坡之《水调歌头》，则伫兴之作，格高千古，不能以常调论也。

——《人间词话》卷下

俞陛云曰：明月生于何时？天上有无宫阙？甲子悠悠，谁为编纪？三者皆玄妙之语，可谓云思霞想，高接混茫。起笔如俊鹘破空疾下，此调本高亢之音，得公椽笔，压倒豪杰矣。“琼楼玉宇”二句，以高危自警，即其赠子由词“早退为戒之意，上清虽好，不如戢影人间”也。下阕怀子由，谓明月且难长满，何况浮生焉能长聚，达人安命，愿与弟共勉之。全篇若云鹏天马，一片神行，公之能事也。

——《宋词选释》

唐圭璋曰：此首中秋词。上片，因月而生天上之奇想；下片，因月而感人间之事实。挥洒自如，不假雕琢，而浩荡之气，超绝尘凡……起句，破空而来，奇崛异常，用意自太白“青天有月来几时，我欲停杯一问之”化出。“不知”两句，承上意，更作疑问，既不知月几时有，故亦不知至今天上为何年也。“我欲”三句，盖因问之不得其解，乃有乘风归去之愿，“我欲”与“惟恐”相呼应。“琼楼玉宇，高处不胜寒”，就本意说固高妙，就寓意说亦极蕴藉。“起舞”两句，仍承上来，落到眼前情事，言既不得乘风归去，惟有徘徊于月下。自首至此，一气奔放，诚觉有天风海雨逼人之势。换头，实写月光照人无眠。以下愈转愈深，自成妙谛。“不应”两句，写月圆人不圆，颇有恼月之意。“人有”三句一转，言人月无常，从古皆然，又有替月分解之意。“但愿”两句，更进一解，言人与月既然从古难全，惟有各自善保千金之躯，藉月盟心，长毋相忘。原意虽从谢庄《月赋》“隔千里兮共明月”句化出，然坡公加“但愿”二字，则情更深，意更厚矣。

——《唐宋词简释》

浣溪沙

簌簌衣巾落枣花[1]。村南村北响缫车[2]。牛衣古柳卖黄瓜[3]。　酒困路长惟欲睡，日高人渴漫思茶[4]。敲门试问野人家[5]。

说明

宋神宗元丰元年（1078），徐州春旱，后得雨，知州苏轼到石潭谢神，作《浣溪沙》五首，此其四。写初夏农村情景，极富田家气息。敲门乞浆，于平易简朴中别具洒脱风致。此境独绝，非东坡不易到。

集评

曾慥曰：东坡长短句云“村南村北响缫车”，参寥诗云“隔林仿佛闻机杼，知有人家住翠微”，秦少游云“菰蒲深处疑无地，忽有人家笑语声”。三诗大同小异，皆奇句也。

——《高斋诗话》

---

［1］　“簌（sù）簌”句：此句句法倒装。元稹《连昌宫词》：“风动落花红簌簌。”簌簌：纷纷下落貌。

［2］　缫（sāo）车：缫丝车。缫，同“缲”。

［3］　牛衣：形容粗劣的衣服。《汉书》卷二十四《食货志》：“贫民常衣牛马之衣，而食犬彘之食。”曾季貍《艇斋诗话》、龚颐正《芥隐笔记》均谓见苏轼墨迹作“半依”。

［4］　漫思茶：想随意喝点茶。皮日休《闲夜酒醒》：“酒渴漫思茶。”漫，随意地。

［5］　野人：指村民。

王士禛曰：“牛衣古柳卖黄瓜”，非东坡仙无此胸次。

——《花草蒙拾》

俞平伯曰：下片就自己来说……日高人渴，应该是很想喝茶，却用“漫”字。漫者，随随便便，并无“很”、“甚”等字义，这里有“胡乱”的意思。正因十分渴，胡乱地想喝点水，所以不管哪个人家，就去敲门借茶，即所谓“漫”也。作者有《偶至野人汪氏之居》一诗，其首句云“酒渴思茶漫扣门”，与本篇正同。诗意自分明。词分为两句，将“漫”字用在上句，作为思茶之形容，便觉得不大好懂，其实意思完全一样。

——《唐宋词选释》

永遇乐

徐州梦觉，北登燕子楼作[1]

明月如霜，好风如水，清景无限。曲港跳鱼，圆荷泻露，寂寞无人见。紞如三鼓[2]，铿然一叶[3]，黯黯梦云惊断[4]。夜茫茫，重寻无处，觉来小园行遍。　　天涯倦客，山中归路，望断故园心眼。燕子楼空，佳人何在，空锁楼中燕[5]，古今如梦，何曾梦觉，但有旧欢新怨。异时对，黄楼夜景[6]，为余浩叹。

说明

宋神宗元丰元年（1078）十月作。此词将红粉艳情题材升华为古今同梦的人生思考。情景澄澈，理路超绝。惟既云“梦云惊断”，又云“觉来”，微嫌犯重。

---

[1] 燕子楼：据说在徐州官廨内。唐张愔（多误作其父张建封）镇守徐州时，为爱妾关盼盼所建。张氏死后，盼盼念旧爱不嫁，独居燕子楼十余年。白居易《燕子楼》诗三首中有“满窗明月满帘霜，被冷灯残拂卧床。燕子楼中霜月夜，秋来只为一人长”之句。词序一作“彭城夜宿燕子楼，梦盼盼，因作此词”。

[2] 紞（dǎn）如：击鼓声。

[3] 铿然：金石声。此形容树叶落地声，反衬深夜的安静。

[4] 梦云：宋玉《高唐赋》谓楚王梦巫山神女，神女自称“旦为朝云，暮为行雨”。此喻梦见盼盼。

[5] “燕子”三句：写张愔、关盼盼故事。

[6] 黄楼：苏轼在徐州时所改建。秦观《黄楼赋·引》：“太守苏公守彭城之明年（元丰元年），既治河决之变，民以更生；又因修缮其城，作黄楼于东门之上。以为水受制于土，而土之色黄，故取名焉。”

集评

曾敏行曰：东坡守徐州，作燕子楼乐章。方具稿，人未知之。一日，忽哄传于城中，东坡讶焉。诘其所从来，乃谓发端于逻卒。东坡召而问之，对曰：“某稍知音律，尝夜宿张建封庙，闻有歌声，细听乃此词也。记而传之，初不知何谓。”东坡笑而遣之。

——《独醒杂志》卷三

张炎曰：词中用事最难，要体认着题，融化不涩。如东坡《永遇乐》云“燕子楼空，佳人何在？空锁楼中燕”，用张建封事。……此皆用事而不为事所使。

——《词源》

沈际飞曰：“燕子”三句，见称晁无咎，可不睹全篇。

——《草堂诗余别集》

先著、程洪曰：“野云孤飞，去留无迹”，石帚之词也。此词亦当不愧此品目。仅叹赏“燕子楼空”十三字者，犹属附会浅夫。

——《词洁》

郑文焯曰：公以“燕子楼空”三句语秦淮海，殆以示咏古之超宕，贵神情不贵迹象也。

——《手批东坡乐府》

唐圭璋曰：此首为坡公梦登燕子楼，翌日往寻其地之作。上片，述梦与夜景；下片，述寻其地之感。起三句，写夜深之明月如霜，好风如水，已觉幽绝。“曲港”三句，写月下之鱼跳露泻，更觉万籁无声，非复人世。以坡公之心境澄澈，故能体物微妙如此，“纨如”三句，言梦为鼓声叶声惊醒。“夜茫茫”三句，言惊醒后寻梦无处，故行遍小园以自遣耳。前六句正写小园景象，此六句则追述也。下片，因昨夜之梦，遂思及人生无常，古今如梦。“天涯”三句，自叹为客已久，颇有思归之意。“燕子”三句，则兴登楼之感，人去楼空，亦如一梦。十三字咏古超宕，说尽古今盛衰情事。自与少游“十三个字只说得一个人骑马楼前过”，大不相侔。“古今”三句，叹梦觉者少。“异时”两句，设想后人亦会临夜念己。

——《唐宋词简释》

江城子

别徐州

天涯流落思无穷。既相逢。却匆匆。携手佳人[1]，和泪折残红。为问东风余几许，春纵在，与谁同。　隋堤三月水溶溶[2]。背归鸿[3]。去吴中。回首彭城[4]，清泗与淮通[5]。寄我相思千点泪，流不到，楚江东。

说明

宋神宗元丰二年（1079）调知湖州，留别徐州田叔通、寇元弼、石坦夫，又题作《恨别》。聚散匆匆，思绪无穷，依依惜别，一片纯情。

集评

黄苏曰：彭城即徐州，泗水、汴水皆在焉。其形胜东接齐鲁，北属赵魏，南通江淮，西控梁楚。意此时东坡于彭城遇旧好，又别之而赴淮阳临别赠言也。先从自己流落写起，言旧好遇于彭城，又匆匆折残红以泣别，别后虽有

---

[1] 佳人：代指徐州友人。

[2] 隋堤：隋代开通济渠（引汴水入河，与淮水沟通），沿渠筑堤，堤上植柳，后称隋堤。

[3] 背：春天大雁飞回北方，作者自徐州至湖州则南行，故谓“背”。

[4] 彭城：徐州。

[5] 清泗：指泗水。淮：淮河。

春不能共赏矣。隋堤，汴堤也，通于淮，言我沿隋堤而下维扬，回望彭城，相去已远，纵泗水流与淮通，而泪亦寄不到为可伤也。楚江东，谓扬州，古称“吴头楚尾”也，故曰“吴中”，又曰“楚江东”。

——《蓼园词选》

定风波

三月七日沙湖道中遇雨[1]。雨具先去，同行皆狼狈，余独不觉。已而遂晴，故作此词

莫听穿林打叶声。何妨吟啸且徐行。竹杖芒鞋轻胜马[2]，谁怕。一蓑烟雨任平生。　　料峭春风吹酒醒[3]，微冷。山头斜照却相迎。回首向来萧瑟处[4]，归去。也无风雨也无晴。

说明

宋神宗元丰五年（1082）作，时在黄州。途中遇雨微事，兴发超旷襟怀。此词连类思索自然晴雨、处境顺逆，抒写宠辱不惊、坦然自若的人生态度。气度洒脱，哲理深邃。

---

[1]　沙湖：《东坡题跋》卷三《书清泉寺词》："黄州东南三十里为沙湖，亦曰螺师店。"

[2]　"竹杖"句：苏轼《宿石田驿南野人舍》："芒鞋竹杖自轻歌，蒲荐松床亦香滑。"芒鞋：草鞋。

[3]　料峭：微寒貌。

[4]　"回首"句：苏轼《独觉》诗："翛然独觉午窗明，欲觉犹闻醉鼾声。回首向来萧瑟处，也无风雨也无晴。"萧瑟：指雨声。

集评

郑文焯曰：此足征是翁坦荡之怀，任天而动。琢句亦瘦逸，能道眼前景。以曲笔直写胸臆，倚声能事尽之矣。

——《手批东坡乐府》

刘永济曰：此词乃写途中遇雨之事。中途遇雨，事极寻常，东坡却能于此寻常事故中写出其平生学养。上半阕可见作者修养有素，履险如夷，不为忧患所摇动之精神。下半阕则显示其对于人生经验之深刻体会，而表现出忧乐两忘之胸怀。

——《唐五代两宋词简析》

念奴娇

赤壁怀古[1]

大江东去，浪淘尽、千古风流人物[2]。故垒西边，人道是、三国周郎赤壁[3]。乱石穿空，惊涛拍岸，卷起千堆雪[4]。江山如画，一时多少豪杰。　遥想公瑾当年[5]，小乔初嫁了[6]，雄姿英发[7]。羽扇纶巾[8]，谈笑间、

---

[1] 赤壁：此指黄州赤鼻矶。三国时赤壁之战所在地，一说在今湖北武昌县西之赤矶山（王象之《舆地纪胜》卷七十九），一说在今蒲圻县西北（顾祖禹《读史方舆纪要》卷七十六）。苏轼对黄州赤鼻矶是否三国古战场亦有怀疑。其《与范子丰书》云："黄州少西，山麓斗入江中，石室如丹，传云曹公败所，所谓赤壁者，或曰非也。"朱彧《萍洲可谈》卷二、陆游《入蜀记》卷四亦言苏轼有"疑"。但以黄州赤鼻矶为三国古战场，诗歌吟咏中早见，如杜牧《齐安郡晚秋》有"可怜赤壁争雄渡，唯有蓑翁坐钓鱼"句。

[2] 浪淘尽：洪迈《容斋续笔》卷八《诗词改字》条："向巨原云：元不伐家有鲁直所书东坡《念奴娇》，与今人歌不同者数处，如'浪淘尽'为'浪声沉'。"朱彝尊《词综》卷六："按他本'浪声沉'作'浪淘尽'，与调未协。"先著、程洪《词洁》卷四："予谓'浪淘'字虽粗，然'声沉'之下，不能接'千古风流人物'六字，盖此句之意，全属'尽'字，不在'淘'、'沉'二字分别。"

[3] 周郎：周瑜，字公瑾。建安三年（198），孙策亲自迎请周瑜，授建威中郎将，"瑜时年二十四，吴中皆呼为周郎"(《三国志》卷五十四《周瑜传》)。破曹军之年，周瑜三十四岁。

[4] 千堆雪：李煜《渔父》词："浪花有意千重雪。"

[5] 当年：当时。或解作盛壮之年，亦可通。

[6] "小乔"句：《三国志》卷五十四《周瑜传》载，周瑜从孙策攻皖，"时得桥公两女，皆国色也。(孙）策自纳大桥，瑜纳小桥"。"桥"通"乔"，后人遂作"乔"。

[7] 雄姿：《三国志》卷五十四《周瑜传》："瑜长壮有姿貌。"英发：指谈吐不凡，识见超群。《三国志》卷五十四《吕蒙传》载，孙权论吕蒙的学问、筹略可与周瑜相比，"但言议英发不及之耳"。苏轼《送欧阳推官赴华州监酒》："知音如周郎，议论亦英发。"

[8] 羽扇纶（guān）巾：指便装而非戎装，形容风度潇洒。此指周瑜。程大昌《演繁露》卷八《羽扇》条引东晋裴启《语林》曰："诸葛武侯与晋宣帝战于渭滨，乘素车，着葛巾，挥白羽扇，指麾三军。"《三国志·蜀志》写诸葛亮与司马懿交战时，"葛巾毛扇，指麾三军，皆从其进止"。但"羽扇纶巾"并非诸葛亮所独有，为儒将的一般装束。纶巾，用丝带做的便巾。

樯橹灰飞烟灭[1]。故国神游[2]，多情应笑我，早生华发[3]。人间如梦，一尊还酹江月[4]。

说明

苏轼因“乌台诗案”，谪贬黄州团练副使安置，宋神宗元丰五年（1082），屡游城西赤壁之下，有前、后《赤壁赋》，此词似为同期所作。怀古抒慨，遥想周瑜之年轻有为，建不世功业，自叹忧患余生、老大无成。通篇大笔挥洒，气象磅礴，又能济以谐婉，张弛回流。

集评

胡仔曰：东坡“大江东去”赤壁词，语意高妙，真古今绝唱。

——《苕溪渔隐丛话》

又曰：子瞻佳词最多，其间杰出者，如“大江东去，浪淘尽千古风流人物”……皆绝去笔墨畦径间，直造古人不到处，真可使人一唱而三叹。若谓以诗为词，是大不然。

——《苕溪渔隐丛话》

---

［1］　灰飞烟灭：李白《赤壁歌送别》：“二龙争战决雄雌，赤壁楼船扫地空。烈火张天照云海，周瑜于此破曹公。”邵伯温《邵氏闻见后录》卷十九：“东坡《赤壁词》‘灰飞烟灭’之句，《圆觉经》中佛语也。”

［2］　故国神游：神游故国。故国，指旧地、古战场。

［3］　“多情”二句：“应笑我多情早生华发”的倒装。《六一诗话》载：“闽人有谢伯初者，字景山……诗有‘多情未老已白发，野思到春如乱云’之句。”华发：花白头发。

［4］　酹（lèi）：洒酒祭奠。此处是对江中月影而言，故云“酹”。

张侃曰：苏文忠《赤壁赋》不尽语，裁成“大江东去”词。

——《拙轩词话》

俞文豹曰：东坡在玉堂，有幕士善讴，因问：“我词比柳词何如?”对曰：“柳郎中词，只好十七八女孩儿，执红牙拍板，唱‘杨柳外，晓风残月’；学士词须关西大汉，执铁板，唱‘大江东去’。”公为之绝倒。

——《吹剑续录》

又曰：“大江东去”词，三“江”、三“人”、二“国”、二“生”(按：“人间如梦”句，一本作“人生如梦”)、二“故”、二“如”、二“千”字，以东坡则可，他人固不可。然语意到处，他字不可代，虽重无害也。今人看人文字，未论其大体如何，先且指点重字。

——《吹剑录》

元好问曰：夏口之战，古今喜称道之。东坡《赤壁词》殆戏以周郎自况也。词才百许字，而江山人物无复余蕴，宜其为乐府绝唱。

——《题闲闲书赤壁赋后》

沈际飞曰：语语高妙闲冷，初不以英气凌人。

——《草堂诗余正集》

王楙曰：淮东将领王智夫言：尝见东坡亲染所制水调词，其间谓“羽扇纶巾谈笑处，樯橹灰气烟灭”，知后人讹为“强虏”。仆考《周瑜传》，黄盖烧曹公船，时风猛，悉延烧岸上营落，烟焰涨天，知“樯橹”为信然。

——《野客丛书》

先著、程洪曰：坡公才高思敏，有韵之言多缘手而就，不暇琢磨。此词脍炙千古，点检将来，不无字句小疵，然不失为大家。

——《词洁》

黄苏曰：题是怀古，意是谓自己消磨壮心殆尽也。开口“大江东去”二句，叹浪淘人物，是自己与周郎俱在内也。“故垒”句至次阕“灰飞烟灭”句，俱就赤壁写周郎之事，“故国”三句是就周郎拍到自己，“人生似梦”二句总结以应起二句。总而言之，题是赤壁，心实为己而发，周郎是宾，自己是主，借宾定主，寓主于宾，是主是宾，离奇变幻，细思方得其主意处，不可但诵其词而不知其命意所在也。

——《蓼园词选》

俞陛云曰：起笔入门下马，已气压江东。“乱石”三句壮健称题。“江山”二句尤深雄慨。题为《赤壁怀古》，故下阕追怀瑜亮英姿，笑谈摧敌。“华发”句抚今思昔，有少陵“看镜”、“倚楼”之思。结句感前朝之如梦，洒杯酒而招魂，瑜亮有知，当凌云一笑也。

——《宋词选释》

刘永济曰：词中主题虽系怀古，而于怀念古代英豪之中，写感叹自身失意之情。但东坡胸怀豁达，故才一涉己身，便以“人间如梦”推开，不欲发泄胸中牢骚，亦有鉴于前此因诗得罪也。

——《唐五代两宋词简析》

唐圭璋曰：上片即景写实，下片因景生情，极豪放之致。起笔，点江流浩荡，高唱入云，无穷兴亡之感，已先揭出。“故垒”两句，点赤壁。“乱石”三句，写赤壁景色，令人惊心骇目。“江山”两句，折到人事，束上起下。换头逆入。“遥想”四句，记公瑾当年之雄姿。“故国”以下平出。述吊古之情，别出明月，与江波相映。此境此情，真不知人间何世矣。

——《唐宋词简释》

水龙吟

次韵章质夫杨花词[1]

似花还似非花[2]，也无人惜从教坠[3]。抛家傍路，思量却是，无情有思[4]。萦损柔肠，困酣娇眼，欲开还闭。梦随风万里，寻郎去处，又还被、莺呼起[5]。　　不恨此花飞尽，恨西园、落红难缀[6]。晓来雨过，遗踪何在，一池萍碎[7]。春色三分，二分尘土，一分流水[8]。细看来，不是杨花，点点是离人泪。

说明

此词咏杨花，亦花亦人，亦物亦情，而妙在虚处运笔，不离不即，其貌、其态、其思，神光凝聚，统摄于“似花还似非花”一语。

---

[1]　章质夫：章楶（jié），字质夫，浦城（今属福建）人。历官吏部郎中、同知枢密院事，谥庄简。

[2]　似花还似非花：柳絮被称为花但又不像花。古诗中称柳絮为柳花者屡有所见，晋伍辑之有《柳花赋》；但亦有不认为柳絮为花者，梁元帝《咏阳云楼檐柳》诗：“杨花非花树。”

[3]　从教：听任，任凭。

[4]　有思（sì）：有情。

[5]　“梦随”三句：金昌绪《春怨》：“打起黄莺儿，莫教枝上啼。啼时惊妾梦，不得到辽西。”

[6]　缀：收拾。

[7]　一池萍碎：苏轼自注：“杨花落水为浮萍，验之信然。”其《再次韵曾仲锡荔支》诗亦有“柳花着水万浮萍”句，并自注云：“柳至易成，飞絮落水中经宿即为浮萍。”陆佃《埤雅》卷十六《释草》“苹”下云：“世说杨花入水化为浮萍。”似此说不确，姚宽《西溪丛话》卷下、王念孙《广雅疏证》卷十（上）曾驳化萍之说。

[8]　“春色”三句：叶清臣《贺圣朝·留别》：“三分春色二分愁，更一分风雨。”

集评

朱弁曰：章楶质夫作《水龙吟·咏杨花》，其命意用事，清丽可喜。东坡和之，若豪放不入律吕。徐而视之，声韵谐婉，便觉质夫词有织绣工夫。

——《曲洧旧闻》

张炎曰：（“似花”二句，“春色”三句）平易中句法。东坡次章质夫杨花《水龙吟》韵，机锋相摩，起句便合让东坡出一头地。后片愈出愈奇，真是压倒古今。

——《词源》

李攀龙曰：如虢国夫人不施粉黛，而一段天姿，自是倾城。

——《草堂诗余隽》

沈际飞曰：“随风万里寻郎”，悉杨花神魂。读他文字，精灵尚在文字里面。坡老只见精灵，不见文字。

——《草堂诗余正集》

沈谦曰：东坡“似花还似非花”一篇，幽怨缠绵，直是言情，非复赋物。

——《填词杂说》

先著、程洪曰：“晓来”以下，真是化工神品。

——《词洁》

许昂霄曰：与原作均是绝唱，不容妄为轩轾。

——《词综偶评》

黄苏曰：首四句是写杨花形态。“萦损”以下六句，是写望杨花之人之情绪。二阕用议论，情景交融，笔墨入化，有神无迹矣。

——《蓼园词选》

刘熙载曰：东坡《水龙吟》起云：“似花还似非花”，此句可作全词评语，盖不离不即也。

——《艺概》

陈廷焯曰：身世流离之感，而出以温婉语，令读者喜悦悲歌，不能自已。

——《词则》

王国维曰：东坡《水龙吟》咏杨花，和韵而似原唱；章质夫词，原唱而似和韵。才之不可强也如此。

——《人间词话》

又曰：咏物之词，自以东坡《水龙吟》为最工。

——《人间词话》

郑文焯曰：煞拍画龙点睛，此亦词中一格。

——《手批东坡乐府》

俞陛云曰：起二句已吸取杨花之全神。“无情有思”句以下，人与花合写，情味悠然。转头处别开一境。“西园落红”句隐喻人亡邦瘁，怒然忧国之思。“遗踪萍碎”句仍归到本题。“春色”三句万紫千红，同归尘劫，不仅为杨花惜也。结句怨悱之怀，力透纸背，既伤离索，兼有迁谪之感。质夫原唱，亦清丽可诵。晁叔用云：“东坡如嫱，施之天姿，天下妇人莫及，质夫岂可比耶！”

——《宋词选释》

陈匪石曰：统观全篇，格律精细，固不容豪放者藉口；而紧着题融化不涩，亦咏物之正法眼藏。谁谓才大者不受羁勒哉！

——《宋词举》

唐圭璋曰：此首咏杨花，遗貌取神，压倒古今。

——《唐宋词简释》

蝶恋花

花褪残红青杏小。燕子飞时，绿水人家绕[1]。枝上柳绵吹又少[2]。天涯何处无芳草[3]。　　墙里秋千墙外道。墙外行人，墙里佳人笑。笑渐不闻声渐悄。多情却被无情恼[4]。

说明

一本题“春景”。此词约作于贬居惠州前后。写惜春意绪，哀而不伤。“天涯何处无芳草”的旷达之情，一扫司空见惯的衰飒之气。摄取生活小景，情趣哲理兼到，颇耐咀嚼。

---

[1]　绕：一作“晓”。魏庆之《诗人玉屑》卷二十一引《词话》云：“予得真本于友人处，‘绿水人家绕’作‘绿水人家晓’。……而‘绕’与‘晓’自霄壤也。”沈际飞《草堂诗余正集》卷二则曰：“有燕子句，合用‘绕’字，若‘晓’字，少着落。”俞彦《爰园词话》：“古人好词即一字未易弹，亦未易改。子瞻‘绿水人家绕’，别本作‘晓’，为古今词话所赏。愚谓‘绕’字虽平，然是实境；‘晓’字无皈着，试通咏全章便见。”

[2]　柳绵：柳絮。

[3]　“天涯”句：《离骚》：“何所独无芳草兮，尔何怀乎故宇。”

[4]　“多情”句：《诗人玉屑》卷二十一：“盖行人多情，佳人无情耳，此二字极有理趣。”恼：撩拨。

集评

王士禛曰："枝上柳绵"，恐屯田（柳永）缘情绮靡，未必能过。孰谓坡但解作"大江东去"耶？髯直是轶伦绝群。

——《花草蒙拾》

先著、程洪曰：坡公于有韵之言，多笔走不守之憾。后半手滑，遂不能自由，少一停思，必无此失。

——《词洁》卷二

黄苏曰："柳绵"自是佳句，而次阕尤为奇情四溢也。

——《蓼园词选》

俞陛云曰：絮飞花落，每易伤春，此独作旷达语。下阕墙内外之人，干卿底事，殆偶闻秋千笑语，发此妙想，多情而实无情，是色是空，公其有悟耶？

——《宋词选释》

李之仪

李之仪（1038—1117），字端叔，晚号姑溪居士，沧州无棣（今山东无棣）人。宋神宗熙宁三年（1070）进士，为枢密院编修官，曾从苏轼于定州幕府。徽宗初，以文章获罪，编管太平州（今安徽当涂）卒。有《姑溪词》。

卜算子

我住长江头，君住长江尾。日日思君不见君，共饮长江水。　　此水几时休，此恨何时已。只愿君心似我心，定不负相思意[1]。

说明

此首情词，深得乐府神韵。浅语，淡语，至情语，天然语。一带江水，为复叠回环的形式，注入了生命；使依依相思的倾吐，增添了灵性。

集评

毛晋曰："我住长江头"云云，直是古乐府俊语也。

——《宋六十名家词·姑溪词跋》

[1]　"只愿"二句：顾夐《诉衷情》："换我心，为你心，始知相忆深。"

陈廷焯曰：清雅，得古乐府遗意。但不善学之，必流于滑易矣。

——《词则》

唐圭璋曰：此首因长江以写真情，意新语妙，直类古乐府。起言相隔之远，次言相思之深。换头，仍扣定长江，言水无休时，恨亦无已时。末句，言两情不负，实本顾太尉语。

——《唐宋词简释》

黄庭坚

黄庭坚（1045—1105），字鲁直，自号山谷道人，晚号涪翁，洪州分宁（今江西修水）人。宋英宗治平四年（1067）进士。历校书郎、《神宗实录》检讨官、起居舍人。贬涪州别驾，羁管宜州卒。有《山谷琴趣外篇》。

清平乐

春归何处。寂寞无行路。若有人知春去处，唤取归来同住。　　春无踪迹谁知，除非问取黄鹂[1]。百啭无人能解[2]，因风飞过蔷薇[3]。

说明

此为惜春之作。发问起调，回波宕折，由问春而寻春，其情眷恋，其笔爽健。思致新妙，结韵悠然。

集评

胡仔曰：山谷词云："春归何处。寂寞无行路。若有人知春去处，唤取归

[1]　黄鹂：黄莺。
[2]　百啭（zhuàn）：形容鸣声婉转。
[3]　因：顺着。

来同住。”王逐客云：“若到江南赶上春，千万和春住。”体山谷语也。

——《苕溪渔隐丛话》

沈际飞曰：“赶上”“和春住”，“唤取归来同住”，千古一对情痴，可思而莫可解。

——《草堂诗余别集》

吴衡照曰：山谷云：“春归何处。寂寞无行路。若有人知春去处，唤取归来同住。”通叟云：“若到江南赶上春，千万和春住。”碧山云：“怕此际春归，也过吴中路。君行到处。便快折，河边千条翠柳，为我系春住。”三词同一意，山谷失之笨，通叟失之俗，碧山差胜。

——《莲子居词话》

李佳曰：黄山谷《清平乐》词，亦寓言也。

——《左庵词话》

俞平伯曰：全篇宛转一意，但何以特提出黄莺呢？冯贽《云仙杂记》卷二引《高隐外书》：“戴颙携黄柑斗酒，人问何之，曰：往听黄鹂声。此俗耳针砭，诗肠鼓吹，汝知之乎？”这里借寓自己身份怀抱，恐亦非泛泛之笔。

——《唐宋词选释》

秦　观

秦观（1049—1100），字少游，一字太虚，别号淮海居士，高邮（今属江苏）人。宋神宗元丰八年（1085）进士，授蔡州教授，官至秘书省正字兼国史院编修。哲宗绍圣元年（1094），以“影附苏轼，增损《实录》”，坐元祐党籍，先后谪居处、郴、横、雷四州。徽宗朝放还，至藤州卒。有《淮海居士长短句》。

八六子

倚危亭[1]。恨如芳草[2]，萋萋刬尽还生[3]。念柳外青骢别后，水边红袂分时，怆然暗惊。　　无端天与娉婷[4]。夜月一帘幽梦，春风十里柔情。怎奈向[5]、欢娱渐随流水，素弦声断，翠绡香减；那堪片片飞花弄晚，濛濛残雨笼晴。正销凝[6]。黄鹂又啼数声。

说明

此为怀人之作。起首直抒离恨，“念柳外”三句，补笔分携情景。下片回忆昔日欢会，“怎奈向”五句，事去情在，睹物思人，转入今境。最

---

[1]　危亭：高耸的亭子。此指斗野亭，在扬州、高邮之间。
[2]　恨如芳草：李煜《清平乐》：“离恨恰如春草，更行更远还生。”
[3]　刬（chǎn）：铲。
[4]　娉婷：指佳人。
[5]　怎奈向：怎奈，奈何。晏殊《殢人娇》：“怎奈向、千留万留不住。”
[6]　销凝：“销魂凝魂”之约辞。感伤出神。

后以黄鹂鸣声作结，一片浓情，托诸景语。全词清峭而婉曲，极情景交炼之妙。

集评

洪迈曰：秦少游《八六子》词云："片片飞花弄晚，濛濛残雨笼晴。正销凝，黄鹂又啼数声。"语句清峭，为名流推激。

——《容斋四笔》卷十三

张炎曰：离情当如此作，全在情景交炼，得言外意。有如"劝君更尽一杯酒，西出阳关无故人"。

——《词源》卷下

杨慎曰：周美成词"愁如春后絮，来相接"，与"恨如芳草，刬尽还生"，可谓极善形容。

——批点《草堂诗余》

陈霆曰：少游《八六子》尾阕云："正销凝，黄鹂又啼数声。"唐杜牧之一词，其末云："正销魂，梧桐又移翠阴。"秦词全用杜格。然秦首句云："倚危亭，恨如芳草，萋萋刬尽还生。"二语妙甚，故非杜可及也。

——《渚山堂词话》卷一

李攀龙曰："别后"、"分时"，忆来情多。"花弄晚"、"雨笼晴"，又是一番景色一番愁。全篇句句写个"怨"意，句句未曾露个"怨"字，正是"诗可以怨"。

——《草堂诗余隽》卷四

沈际飞曰：恨如刬草还生，愁如春絮相接。言愁，愁不可断；言恨，恨不可已。长短句偏入四六，《何满子》外复见此。

——《草堂诗余正集》卷三

黄苏曰：寄托耶？怀人耶？词旨缠绵，音调凄惋如此。

——《蓼园词选》

周济曰：（“倚危亭”句）神来之笔。

——《宋四家词选》

陈廷焯曰：寄慨无端。

——《词则·大雅集》卷二

俞陛云曰：结句清婉，乃少游本色。起笔三句独用重笔，便能振起全篇。

——《宋词选释》

陈匪石曰：此词起处突兀，中间委婉曲折，道出心中菀结，而确是别后追念之情。“可堪”以下，不再说情，专就景描写，而一往情深，令人读之魂销意尽。至造句工炼，写景细腻，犹其余事。此从唐、五代词得来者，观之可知变化之由。而“怎奈向”五句，大气贯注，亦与耆卿同工。

——《宋词举》

唐圭璋曰：起处突兀，中间叙情委婉，末以景结，倍见含蓄。

——《唐宋词简释》

江城子

西城杨柳弄春柔[1]。动离忧。泪难收。犹记多情，曾为系归舟[2]。碧野朱桥当日事，人不见，水空流。　韶华不为少年留[3]。恨悠悠。几时休。飞絮落花时候一登楼。便做春江都是泪，流不尽，许多愁。

说明

此为暮春怀人抒慨之作。旧地重到，牵动离忧。词从西城杨柳起笔，由物及情，上片兴人事已非之感，下片延伸为人生易暮之叹。结拍三句翻出李煜《虞美人》“问君能有几多愁，恰似一江春水向东流”，词意而逼进一层，遂自成警策。

集评

杨慎曰：此结语又从坡公结语转出，更进一步。（按：坡公结语指苏轼《江城子·别徐州》：“欲寄相思千点泪，流不到，楚江东。”）

——批点本《草堂诗余》

李攀龙曰：只为人不见，转一番思。种种景，种种情，如怨如诉。碧野

---

[1] 弄春柔：王雱《眼儿媚》：“杨柳丝丝弄轻柔，烟缕织成愁。”

[2] 系归舟：此以柳喻人之多情。杨济翁《蝶恋花》：“弱柳系船都不住，为君愁绝听鸣橹。”

[3] 韶华：美好年华，青春。

朱桥，正是离别之处。飞絮落花言其景，“春江”二句言其情也。

——《草堂诗余隽》卷二

沈际飞曰：前结似谢，后结似苏，易其名，几不能辨。李后主“问君能有几多愁，恰似一江春水向东流”，少游翻之，文人之心，濬于不竭。

——《草堂诗余正集》卷二

陈廷焯曰：“飞絮”九字凄咽。以下尽情发泄，却终未道破。

——《词则·大雅集》卷二

俞陛云曰：结尾二句与李后主之“恰似一江春水向东流”、徐师川之“门外重重叠叠山，遮不断愁来路”，皆言愁之极致。

——《宋词选释》

鹊桥仙

纤云弄巧，飞星传恨，银汉迢迢暗度[1]。金风玉露一相逢[2]，便胜却人间无数。　　柔情似水[3]，佳期如梦，忍顾鹊桥归路[4]。两情若是久长时，又岂在朝朝暮暮[5]。

说明

此词咏牛郎织女七夕相会事。句句天上双星，句句世间纯情。不落陈套，自出机抒。结尾“两情若是久长时，又岂在朝朝暮暮”，以理语揭出题旨，命意超绝。

---

[1]　银汉：银河。传说每年七月初七，牛郎织女双星渡过银河相会一次。见吴均《续齐谐记》。迢迢（tiáo）：遥远。

[2]　“金风”句：指七夕牛郎织女相会事。金风：秋风。玉露：如玉的露珠，指秋露。李世民《秋日》：“菊散金风起，荷疏玉露圆。”李商隐《辛未七夕》：“由来碧落银河畔，可要金风玉露时。”

[3]　柔情似水：寇准《夜度娘》：“日暮汀洲一望时，柔情不断如春水。”

[4]　忍顾：怎忍回头看。鹊桥：韩鄂《岁华纪丽》卷三引《风俗通》：“织女七夕当渡河，使鹊为桥。”

[5]　朝朝暮暮：宋玉《高唐赋》：“朝朝暮暮，阳台之下。”

集评

李攀龙曰：相逢胜人间，会心之语。两情不在朝暮，破格之谈。七夕歌以双星会少别多为恨，独少游此词谓“两情若是久长”二句，最能醒人心目。

——《草堂诗余隽》卷三

沈际飞曰：七夕以双星会少别多为恨，独谓情长不在朝暮，化臭腐为神奇。

——《草堂诗余正集》卷二

黄苏曰：按七夕歌以双星会少别多为恨，少游此词谓两情若是久长，不在朝朝暮暮，所谓化臭腐为神奇。凡咏古题，须独出心裁，此固一定之论。少游以坐党被谪，思君臣际会之难，因托双星以写意，而慕君之念，婉转缠绵，令人意远矣。

——《蓼园词选》

千秋岁

水边沙外，城郭春寒退。花影乱，莺声碎[1]。飘零疏酒盏，离别宽衣带[2]。人不见，碧云暮合空相对[3]。　忆昔西池会[4]，鹓鹭同飞盖[5]。携手处，今谁在。日边清梦断[6]，镜里朱颜改[7]。春去也，飞红万点愁如海[8]。

说明

此词宋哲宗绍圣二年（1095）作于处州（今浙江丽水），时少游谪监处州酒税，尝游府治南园，因念在京时与同官宴集西池的盛况。上片写今，下片忆昔。抒发政治蹭蹬的谪戍之悲，词情凄厉怨愤。

---

[1]　“花影”二句：化用杜荀鹤《春宫怨》：“风暖鸟声碎，日高花影重。”

[2]　“离别”句：谓别离相思而消瘦。《古诗十九首》：“相去日已远，衣带日已缓。”柳永《凤栖梧》：“衣带渐宽终不悔，为伊消得人憔悴。”

[3]　“碧云”句：江淹《休上人怨别》：“日暮碧云合，佳人殊未来。”

[4]　西池：指金明池。《汴京遗迹志》卷八：“金明池在城西郑门外西北，周回九里余。”秦观《淮海集》卷九：“西城宴集，元祐七年三月上巳，诏赐馆阁花酒，以中浣日游金明池、琼林苑，又会于国夫人园。会者二十有六人。”

[5]　鹓鹭：形容朝官之行列整齐有序，犹如飞行的鹓鸟与白鹭。《隋书・音乐志》：“怀黄绾白，鹓鹭成行。”飞盖：疾行的车辆。盖，车篷。

[6]　日边：皇帝身边，指帝京。李白《行路难》其一：“闲来垂钓碧溪上，忽复乘舟梦日边。”

[7]　朱颜改：谓容颜衰老。李煜《虞美人》：“雕阑玉砌应犹在，只是朱颜改。”

[8]　“飞红”句：杜甫《曲江对酒》：“一片花飞减却春，风飘万点正愁人。”

集评

胡仔曰：山谷尝叹其句意之善，欲和之而以“海”字难押。陈无已言此词用李后主“问君那有几多愁？恰似一江春水向东流”，但以“江”为“海”耳。

——《苕溪渔隐丛话》后集卷三十九

曾季貍曰：秦少游词云：“春去也，落红万点愁如海。”今人多能歌此词。方少游作此词时，传至余家丞相（曾布）。丞相曰：“秦七必不久于世，岂有‘愁如海’而可存乎？”已而少游果下世。

——《艇斋诗话》

罗大经曰：诗家有以山喻愁者。杜少陵云：“忧端如山来，澒洞不可掇。”赵嘏云：“夕阳楼上山重叠，未抵春愁一倍多。”是也。有以水喻愁者，李颀云：“请量东海水，看取浅深愁。”李后主云：“问君都有几多愁？恰似一江春水向东流。”秦少游云：“落红万点愁如海。”是也。

——《鹤林玉露》乙编卷一

沈际飞曰：“飘零疏酒盏”两句，是汉魏人诗。直用“一江春水向东流”意而以“海”易“江”，裁长作短，人自莫觉。王平甫之子云“今语例袭陈言，但能转移”，太难为作者。

——《草堂诗余正集》卷二

先著、程洪曰：“春去也”三字，要占胜。前面许多攒簇，在此收煞。“落红万点愁如海”七字，衔接得力，异样出精彩。

——《词洁》卷二

黄苏曰：按此乃少游谪虔州（按：当是处州）思京中友人而作也。起从虔州写起，自写情怀落寞也。“人不见”，即指京中友，故下阕直接“忆昔”四句。“日边”，比京师也。“梦断”、“颜改”、“愁如海”，俱自叹也。

——《蓼园词选》

夏桐孙曰：此词以“愁如海”一语生色，全体皆振，乃所谓警句也。

——俞陛云《宋词选释》引

浣溪沙

漠漠轻寒上小楼[1]。晓阴无赖似穷秋[2]。淡烟流水画屏幽。　自在飞花轻似梦，无边丝雨细如愁。宝帘闲挂小银钩。

说明

此词写春愁。笔致清幽，意境空灵。飞花似梦，丝雨如愁，确是妙譬奇语。结句着一“闲”字、“小”字，便融情入景，尽在不言。诚如王国维所评：“境界有大小，然不以是而分高下。”“‘宝帘闲挂小银钩’，何遽不若‘雾失楼台，月迷津渡’也。”(《人间词话》)

集评

卓人月曰：“自在”二语，夺南唐席。

——《词统》

陈廷焯曰：宛转幽怨，温、韦嫡派。

——《词则·大雅集》卷二

[1] 漠漠：弥漫貌。

[2] 无赖：犹无奈、讨厌。徐陵《乌栖曲》：“唯憎无赖汝南鸡，天河未落犹争啼。”穷秋：晚秋。鲍照《代白纻曲》：“穷秋九月荷叶黄，北风驱雁天雨霜。”

梁启超曰：（“晓阴”句）奇语。

——《艺蘅馆词选》

俞陛云曰：清婉而有余韵，是其擅长处。此调凡五首，此首最胜。

——《宋词选释》

唐圭璋曰：“宝帘”一句，唤醒全篇。盖有此一句，则帘外之愁境及帘内之愁人，皆分明矣。

——《唐宋词简释》

鹧鸪天

枝上流莺和泪闻。新啼痕间旧啼痕。一春鱼鸟无消息[1]，千里关山劳梦魂。　　无一语，对芳尊。安排肠断到黄昏。甫能炙得灯儿了[2]，雨打梨花深闭门。

说明

录自毛晋汲古阁本《淮海词》，调下附注“旧刻逸”。疑宋哲宗绍圣间被放后作。或题“春闺”。此词写孤怨凄苦愁怀，浅语深致，情景双绘。

集评

王世贞曰：秦少游“安排肠断到黄昏。甫能炙后（‘得’之误）灯儿了，雨打梨花深闭门”，则十二时无间矣。此非深于闺恨者不能也。

——《弇州山人词评》

李攀龙曰：新痕间旧痕，一字一血！结两句有言外无限深意。

——《草堂诗余隽》卷一

---

［1］　鱼鸟：犹鱼雁，指书信。

［2］　甫：方才，刚才。

陆云龙曰：锦心绣口，出语皆菁！“安排”二字，楚绝！

——《词菁》卷二

黄苏曰：孤臣思妇，同难为情。“雨打梨花”句，含蓄得妙，超诣也。

——《蓼园词选》

沈祥龙曰：“雨打梨花深闭门”、“落红万点愁如海”，皆情景双绘，故称好句而趣味无穷。

——《词论随笔》

俞陛云曰：《古今词话》极赏此词，谓形容愁怨之意最工。结笔二句，颇有言外之意。

——《宋词选释》

贺　铸

贺铸（1052—1125），字方回，号庆湖遗老，卫州共城（今河南辉县）人。宋太祖贺皇后五代族孙。宋神宗熙宁中以门荫入仕，初为武阶，后改文资。官至泗州、太平州通判。晚年退居苏州。秉性刚直，不阿权贵。有《东山词》。

半死桐

重过阊门万事非[1]。同来何事不同归。梧桐半死清霜后[2]，头白鸳鸯失伴飞。　原上草，露初晞[3]。旧栖新垅两依依[4]。空床卧听南窗雨，谁复挑灯夜补衣。

说明

《半死桐》乃词人自拟新名，即《鹧鸪天》调。此词悼亡，当作于宋徽宗建中靖国元年（1101）。多为赋笔，兼用比兴。神宗元丰三年（1080），方回有《问内》诗云："庚伏厌蒸暑，细君弄针缕。乌绨百结裘，茹茧加弥补。"此篇结拍，最为感人。

---

[1] 阊门：阊阖门，苏州西城门。

[2] 梧桐半死：喻丧偶。白居易《为薛台悼亡》："半死梧桐老病身。"

[3] 露初晞（xī）：乐府古辞《薤露》："薤上露，何易晞？露晞明朝更复落，人死一去何时归？"晞，蒸发干。

[4] 旧栖：指昔日寓苏州时故居。新垅：此指赵氏夫人的新坟。

集评

陈廷焯曰：此词最有骨，最耐人玩味。

——《云韶集》

又曰：结二语清而有骨，亦有味。

——《云韶集》

又曰：悲惋于直截处见之，当是悼亡作。

——《词则》

俞陛云曰：此在悼亡词中情文相生，等于孙楚。“鸳鸯”句与潘安仁诗“如彼翰林鸟，双飞一朝只”正同。下阕从“新垅”、“旧栖”见意。“原上草”二句，悲“新垅”也。“空床”二句，悲“旧栖”也。郭频伽（麐）词：“挑灯影里，还认那人无睡！”宜其抚寒衣而陨涕矣。

——《宋词选释》

芳心苦

杨柳回塘[1]，鸳鸯别浦[2]。绿萍涨断莲舟路。断无蜂蝶慕幽香，红衣脱尽芳心苦[3]。　　返照迎潮，行云带雨。依依似与骚人语。当年不肯嫁春风[4]，无端却被秋风误。

说明

调名即《踏莎行》。此词借咏莲以寄慨。将一腔不合流俗、仕途多阻的际遇之叹，融入亦物亦我的意象之中，托意遥深，浑化无迹。

集评

许昂霄曰：（“断无”二句）身份。（“当年”二句）有美人迟暮之慨。

——《词综偶评》

陈廷焯曰：此词必有所指，特借荷寓言耳。通首如怨如慕，如泣如诉，有多少惋惜，有多少慨叹！淋漓顿挫，一唱三叹，真能压倒今古。

——《云韶集》

---

[1]　回塘：曲折的堤岸。

[2]　别浦：《艺文类聚》卷九引《风土记》：“大水小口别通为浦。”

[3]　红衣：荷花花瓣。庾信《入彭城馆》：“莲浦落红衣。”羊士谔《玩荷花》：“红衣落尽暗香残。”芳心苦：指莲心。

[4]　“当年”句：韩偓《寄恨》：“莲花不肯嫁春风。”

又曰：此词骚情雅意，哀怨无端，读者亦不自知何以心醉，何以泪堕。

——《白雨斋词话》

俞陛云曰：屏除簪绂，长揖归田，已如莲花之褪尽红衣，乃洗净铅华，而仍含莲子中心之苦，将怨谁耶？故下阕言当初不嫁春风，本冀秋江自老，岂料秋风不恤，仍横被摧残，盖申足上阕之意也。

——《宋词选释》

刘永济曰：此词表面系咏荷花，实则以荷花自比。此义在托闺词以抒情之外别立一格，古所谓“索物言情也。”

——《唐五代两宋词选释》

浣溪沙

闲把琵琶旧谱寻[1]。四弦声怨却沈吟。燕飞人静画堂深。　　欹枕有时成雨梦，隔帘无处说春心。一从灯夜到如今[2]。

说明

此词写闺情。深闺独处，怀春相思。前五句，一句一意，一句一境，笔笔渲染，情怀悱恻，末句点醒时间维度，则前述之魂牵梦萦，由来久矣。

集评

陈廷焯曰：贺老小词工于结句，往往有通首渲染，至结处一笔叫醒，遂使全篇实处皆虚，最属胜境……“一从灯夜到如今”。妙处全在结句，开后人无数章法。

——《白雨斋词话》

俞平伯曰：首两句借事言情，淡淡说起。下句“燕飞”，现在光景，亦只略点。“欹枕”句宕开，“有时”言非一时。“隔帘”句关合上文燕子，言燕虽细语，还隔帘栊，纵知人意，亦无处可说。本事盖与灯节有关，结尾一语将全篇点醒。

——《唐宋词选释》中卷

[1]　“闲把”句：韦庄《谒金门》：“闲抱琵琶寻旧曲。”寻：重温。

[2]　灯夜：指元宵。例于正月十五前后放灯。

晁补之

晁补之（1053—1110），字无咎，晚号归来子，济州钜野（今山东巨野）人。宋神宗元丰二年（1079）进士，历澶州司户参军、北京国子监教授、秘书省正字、校书郎。与黄庭坚、秦观、张耒同为苏门四学士。宋哲宗绍圣元年（1094）坐党籍。徽宗初，遇赦还朝，官至国史编修。有《晁氏琴趣外篇》。

忆少年

别历下[1]

无穷官柳，无情画舸[2]，无根行客。南山尚相送[3]，只高城人隔[4]。　罨画园林溪绀碧[5]。算重来、尽成陈迹。刘郎鬓如此，况桃花颜色[6]。

说明

宋哲宗绍圣二年（1095），无咎因坐元祐党籍，由齐州知州贬应天府

[1] 历下：即齐州，治历城（今山东济南）。

[2] 画舸（gě）：船的美称。

[3] 南山：历山，一名千佛山，在历城县南。

[4] 高城人隔：欧阳詹《初发太原途中寄太原所思》："高城已不见，况复城中人。"

[5] 罨（yǎn）画：杂色彩画。绀（gàn）碧：天青色。

[6] "刘郎"二句：相传东汉刘晨、阮肇入天台山采药迷路，于桃花溪边遇二仙女，被邀至家，半年始归，子孙已过七代。后重入天台，仙女踪迹杳然。见刘义庆《幽明录》。又唐刘禹锡《再游玄都观绝句·序》谓玄都观"有道士手植仙桃，满观如红霞"，后"重游玄都，荡然无复一树，唯兔葵燕麦，动摇于春风耳"。

通判。此词为告别历下而作，抒写宦迹无定的无限感慨，或亦包孕着一段惜别的情事。

集评

卓人月曰：谢逸《柳梢青》“无限离情，无穷江水”类此。

——《词统》

沈雄曰：结句如《水龙吟》之“作霜天晓”、“系斜阳缆”亦是一法。如《忆少年》之“况桃花颜色”、《好事近》之“放珍珠帘隔”，紧要处，前结如奔马收缰，须勒得住，又似住而未住；后结如泉流归海，要收得尽，又似尽而不尽者。

——《古今词话》

先著、程洪曰：“花无人戴，酒无人劝，醉也无人管”，与晁补之《忆少年》起句“无穷官柳，无情画舸，无根行客”同一警绝。唐以后特地有词，正以有如许妙语，诗家收拾不尽耳。

——《词洁》

周邦彦

周邦彦（1056—1121），字美成，自号清真居士，钱塘（今浙江杭州）人。宋神宗元丰（1078—1085）中，献《汴都赋》，自太学诸生一命为正。哲宗朝教授卢州，知溧水县，还京为国子主簿，除秘书省正字。徽宗朝，历考功员外郎、徽猷阁待制，提举大晟府，出知顺昌府、徙知处州。旋以提举南京鸿庆宫卒于斋厅。所著《清真先生文集》、《清真杂著》、《操缦集》，今并佚。词别行，有《清真集》(一名《片玉集》) 传世。

少年游

并刀如水[1]，吴盐胜雪[2]，纤手破新橙。锦幄初温[3]，兽香不断[4]，相对坐调笙[5]。　　低声问向谁行宿[6]。城上已三更。马滑霜浓，不如休去，直是少人行。

说明

此词“似饮妓馆之作”。旧说多附会李师师事，则不足为据。上片写室内情景，下片托为女子口吻。旖旎温馨，不涉鄙亵。当得“本色

[1]　并刀：并州（今山西太原）所产的刀。以锋利著称。
[2]　吴盐：指淮盐，一种优质盐。李白《梁园吟》：“吴盐如花皎白雪。”
[3]　锦幄：锦帐。
[4]　兽：兽形香炉。
[5]　调笙：指吹笙。
[6]　谁行：何处、哪边。行，犹言边。柳永《木兰花令》：“若言无意向咱行，为甚梦中频相见。”

佳制”。

集评

毛先舒曰：起句“并刀如水”四字，若掩却下文，不知何为陡著此语。“吴盐”、“新橙”，写境清晰。“锦幄”数语，似为上下文太淡宕，故著浓耳。后阕绝不作了语，只以“低声问”三字贯彻到底，蕴藉袅娜，无限情景都自纤手破橙口中说出，更不必别著一语。意思幽微，篇章奇妙，真神品也。

——王又华《古今词论》引

沈谦曰：“马滑霜浓，不如休去，直是少人行。”言马、言他人，而缠绵偎倚之情自见。若稍涉牵裾，鄙矣。

——《填词杂说》

周济曰：此亦本色佳制也。本色至此便足，再过一分，便入山谷恶道矣。

——《宋四家词选》

孙麟趾曰：恐其平直，以曲折出之，谓之婉。如清真“低声问”数句，深得婉字之妙。

——《词径》

陈廷焯曰：秀艳。情急而语甚婉约，妙绝古今。

——《云韶集》

谭献曰：丽极而清，清极而婉。然不可忽过“马滑霜浓”四字。

——《谭评词辨》

俞平伯曰：此词醒快，说之则陋。但如“并刀如水，吴盐胜雪”，状冬闺静物，至“明”而且“清”，与感觉心象，匀融无间，写景之圣也。说“如画”，画似不到；说是“如见”，见似亦不到。盖画逊其肖，见逊其妙也。

——《清真词释》上卷

玉楼春

桃溪不作从容住[1]。秋藕绝来无续处。当时相候赤栏桥，今日独寻黄叶路。　　烟中列岫青无数[2]。雁背夕阳红欲暮。人如风后入江云，情似雨余粘地絮[3]。

说明

此词或宋哲宗元祐四年（1089）将离庐州（今安徽合肥）时作。借刘、阮天台故事寄寓自身一段艳情，抒写惆怅心境。通篇全用对偶，色泽瑰丽，气机流走。

集评

周济曰：只赋天台事，态浓意远。

——《宋四家词选》

陈廷焯曰：只纵笔直写，情味愈出。

——《云韶集》

---

［1］　桃溪：河名。在庐州舒城县北，源出六州界，入巢湖，见明《一统志》。又，东汉刘晨、阮肇入天台采药，于桃花溪畔遇仙女，留居半年而返。见刘义庆《幽明录》。

［2］　岫（xiù）：峰峦。

［3］　“情似”句：参寥子《书裙带》：“禅心已作粘泥絮，不逐春风上下狂。”絮：柳絮。

又曰：美成词有似拙实工者，如《玉楼春》结句云："人如风后入江云，情似雨余粘地絮。"上言人不能留，下言情不能已，呆作两譬，别绕姿态，却不病其板，不病其纤，此中消息难言。

——《白雨斋词话》

陈洵曰：上阕大意已足，下阕加以渲染，愈见精彩。

——《海绡说词》

俞陛云曰：上、下阕之后二句，寓情味于对偶句中，"江云"、"雨絮"，取譬尤隽。

——《宋词选释》

俞平伯曰：通篇语语含情，惟此两句（按：指过片"烟中列岫青无数，雁背夕阳红欲暮"）独否，此其所以可说为穿插也。然细辨之，始知许多情致语以得此两句而始妙。否则直头布袋，无味是一；脂粉气多，腻人是二；呻吟絮聒，感伤是三也。马东篱曰："青山正补墙头缺。"文章亦有此乐耳。

——《清真词释》上卷

瑞龙吟

章台路[1]。还见褪粉梅梢，试花桃树[2]。愔愔坊陌人家[3]，定巢燕子，归来旧处。　黯凝伫。因念个人痴小[4]，乍窥门户[5]。侵晨浅约宫黄[6]，障风映袖，盈盈笑语。　前度刘郎重到[7]，访邻寻里，同时歌舞。惟有旧家秋娘[8]，声价如故。吟笺赋笔，犹记燕台句[9]。知谁伴、名园露饮[10]，东城闲步。事与孤鸿去。探春尽是，伤离意绪。官柳低金缕。归骑晚，纤纤池塘飞雨。断肠院落，一帘风絮。

说明

宋哲宗绍圣四年（1097）自溧水还汴京任国子主簿时作。于眷念旧

---

［1］　章台：秦宫台观名，汉时章台街在其地。旧时用为冶游之地的代称。

［2］　试花桃树：桃花初开。张籍《新桃行》："植之三年余，今年初试花。"

［3］　愔（yīn）愔：安静貌。

［4］　个人：那人、伊人。

［5］　乍窥门户：谓初涉红尘，倚门卖笑。宋人称妓院为门户或门户人家。

［6］　浅约宫黄：淡施脂粉之意。宫黄，用以涂额作妆饰的黄粉，因原出之于宫廷，故云。

［7］　前度刘郎：相传东汉刘晨、阮肇入天台山采药，遇仙女，留居半年，归来世上已过七世，后重入天台访女，踪迹杳然。见《太平御览》卷四十一引刘义庆《幽明录》。词用此典，兼用刘禹锡《再游玄都观》"种桃道士归何处，前度刘郎今又来"字面。

［8］　秋娘：杜秋，唐金陵女，年十五为李锜妾，后锜叛灭，籍之入宫。杜牧有《杜秋娘诗》。此借指伊人。

［9］　燕台句：指深情绵邈的诗句。唐李商隐《梓州罢吟寄同舍》："长吟远下燕台去，惟有衣香染未销。"李商隐曾作《燕台》诗四首，为洛中妓柳枝所倾慕，约与偕归，后因事不果，柳枝别嫁。见李商隐《柳枝五首并序》。

［10］　露饮：露顶而饮，极言其欢纵。

游的今昔之感中融入了十年流徙州县的世事沧桑。第二叠忆当年初遇，风姿传神。全篇景起景结，笔法脱换，跳荡缜密。

集评

沈义父曰：结句须要放开，含有余不尽之意。以景结情最好。如清真之“断肠院落，一帘风絮”，又“掩重关，遍城钟鼓”之类是也。

——《乐府指迷》

周济曰：“事与孤鸿去”，只一句，化去町畦。

——《宋四家词选》

又曰：不过桃花人面，旧曲翻新耳。看其由无情入，结归无情，层层脱换，笔笔往复处。

——《宋四家词选》

陈廷焯曰：笔笔回顾，情味隽永。

——《词则》

陈洵曰：第一段地，“还见”逆入，“旧处”平出。第二段人，“因记”逆入，“重到”平出，作第三段起步。以下抚今追昔，层层脱卸。

——《海绡说词》

夏敬观曰：词中对偶句，最忌堆砌板重。如此词“褪粉”二句，“名园”二句，皆极流动，所以妙也。“愔愔”、“侵晨”挺接。末段挺接处尤妙，用“潜气内转”之笔行之。

——评《清真集》

俞陛云曰：通篇宛转写来，情景两融。“孤鸿”句至结句，景中见情，妙在不说破，其味无穷。

——《宋词选释》

俞平伯曰：以景起，以景结，春景为一篇之枢纽。先述归来所见，后方点出归来旧处，倒叙有力。见春物之恬静，遂想个人当年光景来。第三叠方仔细叙述本事，妙在吞吐回环，欲言又止，神味无穷。“探春”句八字放笔为直干，以下仍细写春色，笔有余妍，闰庵所谓妙在不说破也。

——《清真词释》中卷

唐圭璋曰：“探春”二句，揭出作意，唤醒全篇。前言所至之处，所见之景，所念之人，所记之事，无非伤离意绪，“尽是”二字，收拾无遗。“官柳”二句，写归途之景，回应篇首“章台路”。“断肠”二句，仍寓情于景，以风絮之悠扬，触起人情思之悠扬，亦觉空灵，耐人寻味。

——《唐宋词简释》

兰陵王

柳

柳阴直。烟里丝丝弄碧。隋堤上[1]，曾见几番，拂水飘绵送行色[2]。登临望故国。谁识。京华倦客。长亭路[3]，年去岁来，应折柔条过千尺[4]。　　闲寻旧踪迹。又酒趁哀弦，灯照离席。梨花榆火催寒食[5]。愁一箭风快，半篙波暖，回头迢递便数驿。望人在天北。　　凄恻。恨堆积。渐别浦萦回[6]，津堠岑寂[7]。斜阳冉冉春无极。念月榭携手[8]，露桥闻笛。沉思前事，似梦里，泪暗滴。

说明

此词借柳起兴，抒写离别京华之伤离意绪。久客汴梁，今番别离，其倦游、眷恋之怀，抑郁沉重，纠结难梳。全篇虚实相济，顺逆兼用，回环吞吐，收纵自如。

---

［1］　隋堤：隋炀帝开通济渠，沿渠筑堤植柳，谓之隋堤。宋代汴京隋堤，在开封城外三里，见清《一统志》。

［2］　飘绵：柳絮飞扬。行色：行旅出发时的情景。

［3］　长亭：饯别的处所。

［4］　应折柔条：谓折柳送别。《三辅黄图・桥》："霸桥在长安东，跨水作桥，汉人送客至此，折柳赠别。"后遂成习俗。

［5］　榆火：寒食例禁火，节后朝廷新取榆柳之火以赐百官。见《春明退朝录》卷中。

［6］　别浦：此指行人离别启程的水岸。

［7］　津堠（hòu）：指码头。堠，守望之所。

［8］　月榭：月下的楼台。

集评

毛开曰：绍兴初，都下盛行周清真《兰陵王慢》，西楼南瓦皆歌之，谓之《渭城三叠》。以周词凡三换头，至末段声尤激越，惟教坊老笛师能倚之以节歌者。

——《樵隐笔录》

沈际飞曰：闲寻旧迹以下，不沾题而宣写别怀，无抑塞。

——《草堂诗余正集》

周济曰：客中送客。一“愁”字代行者设想，以下不辨是情是景，但觉烟霭苍茫。“望”字、“念”字尤幻。

——《宋四家词选》

谭献曰：已是磨杵成针手段，用笔欲落不落。“愁一箭风快”等句之喷醒，非玉田所知。“斜阳冉冉春无极”七字，微吟千百遍，当入三昧，出三昧。

——《谭评词辨》

陈廷焯曰：意与人同，而笔力之高，压遍今古。又沈郁，又劲直，有独往独来之概。

——《云韶集》

又曰：美成词极其感慨，而无处不郁，令人不能遽窥其旨。如《兰陵王》：“登临望故国，谁识京华倦客。”二语是一篇之主，上有“隋堤上曾见几番，拂水飘绵送行色”之句，暗伏“倦客”之根，是其法密处。故下文接云：“长亭路年去岁来，应折柔条过千尺。”久客淹留之感，和盘托出。他手至此，以下便直书愤懑矣。美成则不然，“闲寻旧踪迹”二叠，无一语不吞吐，只就眼前景物约略点缀，而不写淹留之故，却无处非淹留之苦。直至收笔云：“沈思前事，似梦里，泪暗滴。”遥遥挽合，妙在才欲说破，便自咽住，其味正自无穷。

——《白雨斋词话》

梁启超曰：“斜阳”七字，绮丽中带悲壮，全首精神振起。

——《艺蘅馆词选》

陈洵曰：托柳起兴，非咏柳也。“弄碧”一留，却出“隋堤”。“行色”一留，却出“故国”。“长亭路”复“隋堤”上，“年去岁来”复“曾见几番”，“柔条千尺”复“拂水飘绵”，全为“京华倦客”四字出力。第二段“旧踪”往事，一留。“离席”今情，又一留。于是以“梨花榆火”一句脱开，“愁一箭”至“数驿”三句逆提，然后以“望人在天北”一句，复上“离席”作歇拍。第三段“渐别浦”至“岑寂”，证上“愁一箭”至“波暖”二句。盖有此“渐”，乃有此“愁”也。“愁”是倒提，“渐”是逆挽。“春无极”遥接“催寒食”，“催寒食”是脱，“春无极”是复。结则所谓“闲寻旧踪迹”也。“踪迹”虚提，“月榭”、“露桥”实证。

——《海绡说词》

俞陛云曰：上阕但赋“柳”字，而有清刚之气。中阕之“梨花”句，下阕之“斜阳”句，闰庵云：“有此二语顿挫之力，以下便一气奔赴。”余亦谓然。无此二语，则中阕于别后，即言行舟迅发；下阕在客途，即言回首前欢，便少纡徐之致。赖此顿挫，非特涵养局势，且句中风韵悠然，名作也。

——《宋词选释》

陈匪石曰：以“柳”命题却说别情，咏物而不说物，专说与物相关之事，此亦兴体作法，视《六丑》、《花犯》为别一机杼，更与《乐府补题》不同。

——《宋词举》

唐圭璋曰：别浦、津堠，斜阳冉冉，另开拓一绮丽悲壮之境界，振起全篇。“念月榭”两句，忽又折入前事，极吞吐之妙。“沈思”较“念”字尤深，伤心之极，遂迸出热泪。文字亦如百川归海，一片苍茫。

——《唐宋词简释》

苏幕遮

燎沉香[1]，消溽暑[2]。鸟雀呼晴，侵晓窥檐语[3]。叶上初阳干宿雨[4]。水面清圆[5]，一一风荷举[6]。　故乡遥，何日去。家住吴门[7]，久作长安旅[8]。五月渔郎相忆否。小楫轻舟[9]，梦入芙蓉浦[10]。

说明

雨后风荷，故乡归梦；词境清润，思致悠长。抒久客思归之情，而略无凄惶愁苦之色。结拍融景入情，不着痕迹。“举”字尤得宿雨初干、清风亭立的荷之神理。

---

[1]　燎：细燃。沉香：一种名贵熏香料，能沉于水，又名沉水、水沉。

[2]　溽（rù）暑：湿热的暑气。

[3]　侵晓：拂晓。侵，接近。窥檐：隋炀帝杨广《晚春》：“窥檐燕争入，穿林鸟乱飞。”

[4]　宿雨：昨夜的雨。

[5]　清圆：指荷叶。

[6]　“一一”句：言荷在晨风中舒展亭立之态。

[7]　吴门：作者乃钱塘人。钱塘古属吴郡，故称之。

[8]　长安：借指都城汴京。

[9]　楫（jí）：短桨。

[10]　芙蓉浦：流水别通的荷花塘。芙蓉，荷花。

集评

周济曰：上阕，若有意，若无意，使人神眩。

——《宋四家词选》

陈廷焯曰：不必以词胜，而词自胜。风致绝佳，亦见先生胸襟恬淡。

——《云韶集》

王国维曰：美成《青玉案》(当作《苏幕遮》)词："叶上初阳干宿雨，水面清圆，一一风荷举。"此真能得荷之神理者。觉白石《念奴娇》、《惜红衣》二词，犹有隔雾看花之恨。

——《人间词话》

俞陛云曰："叶上"三句笔力清挺，极体物浏亮之致。

——《宋词选释》

西河

金陵怀古

佳丽地[1]。南朝盛事谁记[2]。山围故国绕清江[3]，髻鬟对起[4]。怒涛寂寞打孤城[5]，风樯遥度天际。　断崖树，犹倒倚。莫愁艇子曾系[6]。空余旧迹郁苍苍，雾沉半垒。夜深月过女墙来[7]，伤心东望淮水[8]。　酒旗戏鼓甚处市。想依稀、王谢邻里。燕子不知何世。入寻常、巷陌人家[9]，相对如说兴亡，斜阳里。

---

[1] 佳丽地：指金陵，今江苏南京。谢朓《入朝曲》："江南佳丽地，金陵帝王州。"

[2] 南朝：此指建都于金陵的吴、东晋、宋、齐、梁、陈等朝代。

[3] 山围故国：刘禹锡《石头城》："山围故国周遭在，潮打空城寂寞回。淮水东边旧时月，夜深还过女墙来。"故国，故都，指金陵。

[4] 髻鬟：状山之形。

[5] 孤城：指金陵石头城。

[6] 莫愁：南朝女子名。《旧唐书》卷二十九《乐志二》："石城有女子名莫愁，善歌谣。……故歌云：'莫愁在何处？莫愁石城西。艇子打两桨，催送莫愁来。'"石城在今湖北钟祥县境。此词咏金陵而用莫愁事，今南京水西门外亦有莫愁湖，盖误石城为金陵石头城所致。又，《乐府诗集》卷八十五梁武帝《河中之水歌》："河中之水向东流，洛阳女儿名莫愁。"是则洛阳亦有莫愁。

[7] 女墙：城垣上的短墙。

[8] "伤心"句：伤心，一本作"赏心"，指赏心亭。《景定建康志》："赏心亭在下水门城上，下临秦淮，尽观览之胜。"亭为北宋丁谓所建。淮水：指秦淮河，横贯金陵城中，为南朝都人士女游宴之地。

[9] "想依稀"三句：王、谢为东晋时大族，其府第均"在（江宁）县东南四里"（《六朝事迹类编》）之乌衣巷。唐刘禹锡《乌衣巷》："朱雀桥边野草花，乌衣巷口夕阳斜。旧时王谢堂前燕，飞入寻常百姓家。"

说明

此词当作于知溧水期间。于兴衰之感中起句，依次写山川形胜、历史陈迹，最后将人事代谢、沧桑变化的咏叹之情，溶进“斜阳里”三字作结。意境开阔，格调凝重，檃括前人诗句，浑然天成。

集评

沈际飞曰：介甫《桂枝香》独步不得。吴彦高“旧时王谢，堂前燕子，飞向谁家”逊婉切。

——《草堂诗余正集》

卓人月曰：瞿宗吉《西湖十景》云：“铃音自语，也似说成败。”许伯扬《咏隋河柳》云：“如将亡国恨，说与路人知。”都与此词末句一例。

——《词统》

许昂霄曰：檃括唐句，浑然天成。“山围故国绕清江”四句，形胜。“莫愁艇子曾系”三句，古迹。“酒旗戏鼓甚处市”至末，目前景物。

——《词综偶评》

陈廷焯曰：此词纯用唐人成句融化入律，气韵沈雄，苍凉悲壮，直是压遍古今。金陵怀古词，古今不可胜数，要当以美成此词为绝唱。

——《云韶集》

梁启超曰：张玉田谓清真最长处，在融化古人诗句，如自己出。读此词，可见词中三昧。

——《艺蘅馆词选》

俞陛云曰：闰庵评此词前二段云：“佳处在境界之高。若仅以点化唐人诗意论之，尚浅。”余谓第三段“燕子”、“斜阳”数语，在神韵之远，若仅以点化“王谢堂前”诗意论之，尚浅。

——《宋词选释》

唐圭璋曰：此首金陵怀古、檃括刘禹锡诗意，但从景上虚说，不似王半山之“门外楼头”、陈西麓之“后庭玉树”，搬弄六朝史实也。起言“南朝盛事谁记”，即撇去史实不说。“山围”四句，写山川形胜，气象巍峨。第二片，仍写莫愁与淮水之景象，一片空旷，令人生哀。第三片，藉斜阳、燕子，写出古今兴亡之感。全篇疏荡而悲壮，足以方驾东坡。

——《唐宋词简释》

朱敦儒

朱敦儒（1081—1159），字希真，洛阳（今属河南）人。早年隐居。南渡后流亡江左，辗转至粤西一带。宋高宗绍兴五年（1135），赐进士出身，为秘书省正字，擢兵部郎中，迁两浙东路提点刑狱。后以“交通”主战派李光而被劾。晚应秦桧召，除鸿胪少卿。有《樵歌》三卷。

相见欢

金陵城上西楼[1]。倚清秋。万里夕阳垂地、大江流[2]。　中原乱[3]，簪缨散[4]，几时收。试倩悲风吹泪、过扬州[5]。

说明

此词伤时念乱。词人登金陵城楼，极目远眺，上片景象阔大，下片慷慨生哀。以悲风吹泪过扬州作结，系念中原，寄意深长。

---

[1]　金陵：今江苏南京。

[2]　大江流：谢朓《暂使下都夜发新林至京邑赠西府同僚》：“大江流日夜，客心悲未央。”

[3]　中原乱：指宋钦宗靖康二年（1127）汴京沦陷、金兵占领北宋中原地区的变乱。

[4]　簪缨：贵人的帽饰。指代世族。

[5]　扬州：今属江苏，宋南渡时屡遭金兵侵扰。

集评

陈廷焯曰：希真词最清淡。惟此章笔力雄大，气韵苍凉，悲歌慷慨，情见乎词。

——《云韶集》

又曰：短调中具有万千气象。

——《词则》

又曰：二帝蒙尘，偷安南渡，苟有人心者，未有不拔剑斫地也。南渡后词，如……朱敦儒《相见欢》云："中原乱，簪缨散。几时收。试倩悲风吹泪过扬州。"……此类皆慷慨激烈，发欲上指，词境虽不高，然足以使懦夫有立志。

——《白雨斋词话》

赵 佶

赵佶（1082—1135），即宋徽宗，神宗第十一子，哲宗弟，建元建中靖国、崇宁、大观、政和、重和、宣和，在位二十六年。钦宗靖康二年（1127），汴京城破，为金兵掳去，卒于金五国城（今黑龙江依兰），工书画。近人曹元忠辑有《宋徽宗词》。

燕山亭

裁剪冰绡[1]，打叠数重[2]，冷淡胭脂匀注。新样靓妆[3]，艳溢香融，羞杀蕊珠宫女[4]。易得凋零，更多少、无情风雨。愁苦。闲院落凄凉，几番春暮。　　凭寄离恨重重，这双燕，何曾会人言语[5]。天遥地远，万水千山，知他故宫何处。怎不思量，除梦里、有时曾去。无据[6]。和梦也、有时不做[7]。

说明

或题“北行见杏花”，为靖康之变被虏后所作。上片写杏花，运笔工

---

[1]　冰绡（xiāo）：洁白的薄绸。此处形容杏花花瓣。

[2]　打叠：犹安排、收拾。

[3]　靓（jìng）妆：美丽的妆饰。晋王廙《洛都赋》：“若乃暮春嘉禊，三巳之辰，丽服靓妆，祓乎洛滨。”

[4]　蕊珠宫：道家谓天上上清宫内有蕊珠宫，为神仙所居。见《十洲记》。

[5]　会：理会。

[6]　无据：无所依托，不可靠。

[7]　和：连。秦观《阮郎归》：“衡阳犹有雁传书，郴阳和雁无。”晏几道《阮郎归》：“梦魂纵有也成虚，那堪和梦无。”

细，下片由杏花凋零抒发亡国之君的哀感离恨，层转层深。“和梦也、有时不做”，婉转而绝望。

集评

杨慎曰：宋徽宗北随金虏，后见杏花，作燕山亭一词云（词略），词极凄惋，亦可怜矣。

——《词品》卷五

沈际飞曰：猿鸣三声，征马踟蹰，寒鸟不飞。

——《草堂诗余正集》

贺裳曰：南唐主《浪淘沙》曰：“梦里不知身是客，一晌贪欢。”至宣和帝《燕山亭》则曰：“无据。和梦也、有时不做。”其情更惨矣。呜呼，此犹《麦秀》之后有《黍离》也。

——《皱水轩词筌》

王国维曰：尼采谓“一切文学，余爱以血书者。”后主之词，真所谓以血书者也。宋道君皇帝《燕山亭》词亦略似之。

——《人间词话》

梁启超曰：昔人言宋徽宗为李后主后身，此词感均顽艳，亦不减“帘外雨潺潺”诸作。

——《饮冰室评词》

唐圭璋曰：忽吞咽，忽绵邈，促节繁音，回肠荡气。

——《唐宋词简释》

李清照

李清照（1084—？），号易安居士，济南章丘（今属山东）人。父格非，以文章受知于苏轼，官至礼部员外郎、京东路提点刑狱。清照聪慧有才藻，年十八，嫁诸城太学生赵明诚。明诚历知州县，清照常随居任所，志同道合。宋高宗建炎三年（1129），明诚卒于建康任上，清照流离于越、杭、金华等地，绍兴二十五年（1155）以后逝世，年约七十余。著有《李易安集》，早佚，今存辑本《漱玉词》。

如梦令

昨夜雨疏风骤。浓睡不消残酒[1]。试问卷帘人[2]，却道海棠依旧。知否。知否。应是绿肥红瘦[3]。

说明

此词写闺中生活片断，蕴藉了好花不常的惜春之情。设为问答，于短幅中寓曲折。“绿肥红瘦”，琢炼新颖而不失天然。

---

［1］　残酒：残醉，残存的酒意。

［2］　卷帘人：指侍婢。

［3］　绿肥红瘦：谓叶盛花残。绿，指叶；红，指花。

集评

胡仔曰：近时妇人能文词如李易安，颇多佳句。小词云："绿肥红瘦"，此语甚新。

——《苕溪渔隐丛话》前集卷六十

王士禛曰：前辈谓史梅溪之句法，吴梦窗之字面，固是确论。尤须雕组而不失天然，如"绿肥红瘦"、"宠柳娇花"，人工天巧，可称绝唱。若"柳腴花瘦"、"蝶凄蜂惨"，即工，亦巧匠琢山骨矣。

——《花草蒙拾》

查初白曰：可与唐庄宗《如梦令》叠字争胜。

——《词林纪事》卷十九引

黄苏曰：一问极有情，答以依旧，答得极淡，跌出"知否"二句来。而"绿肥红瘦"，无限凄婉，却又妙在含蓄。短幅中藏无数曲折，自是圣于词者。

——《蓼园词选》

陈廷焯曰：只数语中层次曲折有味。世徒称其"绿肥红瘦"一语，犹是皮相。

——《云韶集》卷十

俞平伯曰：全篇淡描，结句着色，更觉浓艳醒豁。

——《唐宋词选释》中卷

一剪梅

红藕香残玉簟秋[1]。轻解罗裳，独上兰舟[2]。云中谁寄锦书来[3]，雁字回时[4]，月满西楼。　花自飘零水自流。一种相思[5]，两处闲愁。此情无计可消除，才下眉头，却上心头。

说明

此词写相思愁怀。“轻解”、“独上”，暗逗离情；“雁回”、“月满”，遐思神迷。下片转为胸臆直抒。“此情”三句，或从范仲淹《御街行》“都来此事，眉间心上，无计相回避”脱胎，一经点化，有出蓝之胜。

集评

王世贞曰：孙夫人“闲把绣丝挦，认得金针又倒拈”。可谓看朱成碧矣。

---

[1] 玉簟（diàn）：竹席的美称。簟，席。卢仝《自君之出矣》：“玉簟寒凄凄。”

[2] 兰舟：此当指床榻。（采谢桃坊说，见所著《宋词概论》）

[3] 锦书：一称锦字书。《晋书》卷九十六《列女传·窦滔妻苏氏传》：“窦滔妻苏氏，始平人也，名蕙，字若兰。善属文。滔，苻坚时为秦州刺史，被徙流沙，苏氏思之，织锦为回文旋图诗以赠滔。”后用作书信的美称。刘兼《征妇怨》：“曾寄锦书无限意，塞鸿何事不归来。”

[4] 雁字：《汉书》卷五十四《苏建传》附《苏武传》有托称雁足传书事。雁群飞行时组成行列，如“人”字或“一”字形，因称“雁字”。

[5] 一种：一样。

李易安“此情无计可消除，才下眉头，却上心头”。可谓憔悴支离矣。秦少游“安排肠断到黄昏，甫能炙得灯儿了，雨打梨花深闭门”。则十二时无间矣。此非深于闺恨者不能也。

——《艺苑卮言》

杨慎曰：离情欲泪。读此始知高则诚、关汉卿诸人，又是效颦。

——批点《草堂诗余》卷三

李廷机曰：此词颇尽离别之情。语意飘逸，令人省目。

——《草堂诗余评林》

王士禛曰：俞仲茅小词云：“轮到相思没处辞，眉间露一丝”，视易安“才下眉头，却上心头”，可谓此儿善盗，然易安亦从范希文“都来此事，眉间心上，无计相回避”语脱胎，李特工耳。

——《花草蒙拾》

许昂霄曰：希文“眉间心上，无计相回避”。易安袭用而语较工。

——《词综偶评》

陈廷焯曰：易安佳句如《一剪梅》起七字云：“红藕香残玉簟秋”，精秀特绝，真不食人间烟火者。

——《白雨斋词话》

梁绍壬曰：易安《一剪梅》词起句“红藕香残玉簟秋”七字，便有吞梅嚼雪，不食人间烟火气象，其实寻常不经意语也。

——《两般秋雨庵随笔》卷三

醉花阴

薄雾浓云愁永昼[1]。瑞脑消金兽[2]。佳节又重阳，玉枕纱厨[3]，半夜凉初透。　东篱把酒黄昏后[4]。有暗香盈袖[5]。莫道不销魂[6]，帘卷西风，人比黄花瘦[7]。

说明

此词写重阳佳节孤独寂寞的思亲感受。“永昼”、“半夜”、“黄昏”，愁云挥之不去。“莫道不销魂”三句，深情雅调，形神俱到。

集评

杨慎曰：凄语，怨而不怒。

——杨慎评点本《草堂诗余》

---

[1]　永：长。

[2]　瑞脑：冰片，一种香料。《酉阳杂俎》前集卷一：“天宝末，交趾贡龙脑如蝉蚕形，波斯言老龙脑树节方有，禁中呼为瑞龙脑。上惟赐贵妃十枚，香气彻十余步。”金兽：兽形铜香炉。

[3]　纱厨：纱帐。

[4]　“东篱”句：谓饮酒赏菊。陶渊明《饮酒》：“采菊东篱下，悠然见南山。”

[5]　暗香：幽香。此句暗用《古诗十九首》“馨香盈怀袖，路远莫致之”意。

[6]　消魂：哀愁神伤貌。江淹《别赋》：“黯然销魂者，惟别而已矣。”

[7]　黄花：指菊花。

王世贞曰：词内“人瘦也，比梅花、瘦几分”，又“天还知道，和天也瘦”，又“莫道不销魂，帘卷西风，人比黄花瘦”，三“瘦”字俱妙。

——《艺苑卮言》

茅暎曰：但知传诵结语，不知妙处全在“莫道不销魂”。

——《词的》卷一

许宝善曰：幽细凄清，声情双绝。

——《自怡轩词选》

许昂霄曰：结句亦从“人与绿杨俱瘦”脱出，但语意较工妙耳。

——《词综偶评》

陈廷焯曰：无一字不雅，深情苦调，元人词曲往往宗之。

——《云韶集》卷十

王闿运曰：此语若非出女子自写照，则无意致。

——《湘绮楼词选》

唐圭璋曰：此首情深词苦，古今共赏。起言永昼无聊之情景，次言重阳佳节之感人。换头，言向晚把酒。着末，因花瘦而触及己瘦，伤感之至。尤妙在“莫道”二字唤起，与方回之“试问闲愁知几许”句，正同妙也。

——《唐宋词简释》

凤凰台上忆吹箫

香冷金猊[1]，被翻红浪[2]，起来慵自梳头[3]。任宝奁尘满[4]，日上帘钩。生怕离怀别苦[5]，多少事、欲说还休。新来瘦，非干病酒[6]，不是悲秋。　　休休。这回去也，千万遍《阳关》[7]，也则难留。念武陵人远[8]，烟锁秦楼[9]。惟有楼前流水，应念我、终日凝眸[10]。凝眸处，从今又添，一段新愁。

说明

此词为思念赵明诚而作。婉曲淋漓、吞吐含情，说尽别意心神。“非干”、“不是”，以扫为生之法也。妙语、痴语，均是至情语。

---

[1] 金猊（ní）：狮形铜香炉。猊，狻猊，即狮子。《潜确类书》：“金猊，宝鼎，焚香器也。”

[2] 红浪：形容红锦被未铺叠之状。柳永《凤栖梧》：“鸳鸯绣被翻红浪”。

[3] 慵自梳头：意谓懒得梳妆。

[4] 宝奁（lián）：华贵的镜匣。

[5] 生怕：犹最怕。

[6] 非干病酒：意谓与酒醉无关。干，关涉。病酒，指醉酒。

[7] 阳关：曲名。王维《送元二使安西》：“渭城朝雨浥轻尘，客舍青青柳色新。劝君更尽一杯酒，西出阳关无故人。”后来歌入乐府，以为送别之曲。此句与清照《蝶恋花》“四叠阳关，唱到千千遍”意同。极言不忍遽别之情。

[8] 武陵人：武陵，郡名，今湖南常德一带。陶渊明《桃花源记》写武陵渔人到桃花源事。后来以桃花、流水、仙境等与《续齐谐记》所载东汉刘晨、阮肇入天台山遇仙女事相类似而牵合。如王之涣《惆怅》：“晨肇重来事已迷，碧桃花谢武陵溪。”此借刘、阮指所怀远人。

[9] 秦楼：即凤台，相传春秋秦穆公之女弄玉所住，见《列仙传》。此指词人自己的住所。

[10] 凝眸（móu）：注视、出神、企盼之情态。

集评

杨慎曰：（评“欲说还休”）与“怕伤郎、又还休道”同意。

——杨慎评点本《草堂诗余》

李攀龙曰：写其一腔临别心神，新瘦新愁，真如秦女楼头，声声有和鸣之奏。

——《草堂诗余隽》卷二

沈际飞曰：懒说出妙，瘦为甚的，尤妙。“千万遍”，痛甚。转转折折，忤合万状。清风朗月，徒化为楚雨巫云；阿阁洞房，并变为离亭别墅；至文也。

——《草堂诗余正集》卷三

李廷机曰：宛转见离情别意，思致巧成。

——《草堂诗余评林》卷三

茅暎曰：出自然，无一字不佳。

——《词的》卷四

张祖望曰：“惟有楼前流水，应念我，终日凝眸。”痴语也。如巧匠运斤，毫无痕迹。

——王又华《古今词话》引

陈廷焯曰：此种笔墨，不减耆卿、叔原，而清俊疏朗过之。“新来瘦”三语，婉转曲折，煞是妙绝。笔致绝佳，余韵尤胜。

——《云韶集》卷十

唐圭璋曰：此首述别情，哀伤殊甚。起三句，言朝起之懒。“任宝奁”句，言朝起之迟。“生怕”二句，点明离别之苦，疏通上文；“欲说还休”，含凄无限。“新来瘦”三句，申言别苦，较病酒悲秋为尤苦。换头，叹人去难留。“念武陵”四句，叹人去楼空，言水念人，情意极厚。末句，补足上文，余韵更隽永。

——《唐宋词简释》

永遇乐

落日镕金，暮云合璧，人在何处。染柳烟浓，吹梅笛怨[1]，春意知几许。元宵佳节，融和天气，次第岂无风雨[2]。来相召、香车宝马，谢他酒朋诗侣[3]。　中州盛日[4]，闺门多暇，记得偏重三五[5]。铺翠冠儿[6]，捻金雪柳[7]，簇带争济楚[8]。如今憔悴，风鬟雾鬓[9]，怕见夜间出去[10]。不如向、帘儿底下，听人笑语。

说明

南渡后暂寓临安（今浙江杭州）时作。因今日之元宵，追忆汴京之元宵，饱含今昔盛衰之感。“听人笑语”，情辞酸楚，愈见悲凉。

---

[1] “吹梅”句：有《梅花落》笛曲。

[2] “次第”句：意谓转眼恐有风雨。次第：转眼。

[3] 谢：谢绝。

[4] 中州：今河南省地。此特指北宋都城汴京（今河南开封）。

[5] 三五：此指正月十五元宵节。

[6] 铺翠：用翠鸟羽毛作妆饰。

[7] 捻金雪柳：剪贴之纸花，乃元宵妇女妆饰。《东京梦华录》正月十六日条：“市人卖玉梅、夜蛾、蜂儿、雪柳。”《宣和遗事·十二月预赏元宵》：“京师民有似云浪，尽头上戴着玉梅、雪柳、闹蛾儿，直到鳌山下看灯。”

[8] 簇带：插戴。济楚：齐整。

[9] 风鬟雾鬓：形容头发零乱。

[10] 怕见：怕得，懒得。见，犹“得”。

集评

张端义曰：南渡以来，常怀京洛旧事。晚年赋元宵《永遇乐》词云：“落日镕金，暮云合璧”，已自工致。至于“染柳烟轻，吹梅笛怨，春意知几许”气象更好。后叠云：“于今憔悴，风鬟霜鬓，怕见夜间出去”，皆以寻常语度入音律。炼句精巧则易，平淡入调者难。

——《贵耳集》卷上

谢章铤曰：李易安“落日”、“暮云”，虑周而藻密，综述性灵，敷写器象，盖骎骎乎大雅之林矣。

——《赌棋山庄词话》

吴梅曰：大抵易安诸作，能疏俊而少沉着。即如《永遇乐》元宵词，人咸谓绝佳。此事感怀京洛，须有沉痛语方佳。词中如“如今憔悴，风鬟雾鬓，怕向花间重去”，固是佳语，而上下文皆不称。上云：“铺翠冠儿，捻金雪柳，簇带争济楚。”下云：“不如向、帘儿底下，听人笑语。”皆太质率，明者自能辨之。

——《词学通论》

声声慢

寻寻觅觅，冷冷清清，凄凄惨惨戚戚。乍暖还寒时候，最难将息[1]。三杯两盏淡酒，怎敌他晚来风急。雁过也，正伤心，却是旧时相识。　　满地黄花堆积，憔悴损，如今有谁堪摘[2]。守着窗儿，独自怎生得黑[3]！梧桐更兼细雨，到黄昏点点滴滴。这次第[4]，怎一个愁字了得。

说明

此词作于赵明诚谢世后，人亡家破，满纸悲情。起笔连下十四叠字，将感受、心态和盘托出，孤寂清冷氛围笼罩全篇。层层渲染，推向极致。

集评

张端义曰：此乃公孙大娘舞剑手。本朝非无能词之士，未曾有一下十四叠字者，用《文选》诸赋格。后叠又云："梧桐更兼细雨，到黄昏、点点滴滴"，又使叠字，俱无斧凿痕。更有一奇字云："守着窗儿，独自怎生得

---

[1]　将息：将养休息，即调养之意。

[2]　有谁堪摘：意谓无甚可摘。谁，何，什么。

[3]　生：语助词。

[4]　这次第：犹言这情形，这光景。

黑。”“黑”字不许第二人押。

——《贵耳集》卷上

吴灏曰：其《声声慢》一阕，张正夫称谓公孙大娘舞剑器手，以其连下十四叠字也。此却不是难处，因调名声声慢，而刻意播弄之耳。其佳处后又下“点点滴滴”四字，与前照应有法，不是草草落句，玩其笔力，本自矫拔，词家少有，庶几苏、辛之亚。

——《历朝名媛诗词》

茅暎曰：连用十四叠字，后又四叠字，情景婉绝，真是绝唱。后人效颦，便觉不妥。

——《词的》卷四

刘体仁曰：柳七最尖颖，时有俳狎，故子瞻以是呵少游。若山谷亦不免，如“我不合太捆就”类，下此则蒜酪体也。唯易安居士“最难将息”，“怎一个愁字了得”，深妙稳雅，不落蒜酪，亦不落绝句，真此道本色当行第一人也。

——《七颂堂词绎》

万树曰：从来此体，皆收易安所作，盖其遒逸之气，如生龙活虎，非描塑可拟。其用字奇横而不妨音律，故卓绝千古。人若不及其才而故学其笔，则未免类狗矣。

——《词律》

周济曰：双声叠韵字要著意布置。有宜双不宜叠、宜叠不宜双处。重字则既双且叠，尤宜斟酌。如李易安之“凄凄惨惨戚戚”，三叠韵，六双声，是锻炼出来，非偶然拈得也。

——《宋四家词选序论》

陆蓥曰：叠字之法最古，义山尤喜用之，然如菊诗“暗暗淡淡紫，融融冶冶黄”，转成笑柄。宋人中易安居士善用此法，其《声声慢》一词，顿挫凄绝。二阕共十余个叠字，而气机流动，前无古人，后无来者，可谓词家叠字之法。

——《问花楼词话》

陈廷焯曰：“黑”字警。后幅一片神行，愈唱愈妙。

——《云韶集》

梁启超曰：这词是写从早到晚一天的实感，那种茕独凄惶的景况，非本人不能领略。所以一字一泪，都是咬着牙根咽下。

——《中国韵文里头所表现的情感》

又曰：此词最得咽字诀，清真不及也。

——《艺蘅馆词选》

唐圭璋曰：纯用赋体，写竟日愁情，满纸呜咽。起下十四个叠字，总言心情之悲伤。中心无定，如有所失，故曰“寻寻觅觅”。房栊寂静，空床无人，故曰“冷冷清清”。“凄凄惨惨戚戚”六字，更深一层，写孤独之苦况，愈难为怀。以下分三层申言可伤之情景。“乍暖”两句，言气候寒暖不定之可伤。“三杯”两句，言晓风逼人之可伤。“雁过”两句，言雁声入耳之可伤。换头三句，仍是三层可伤之事。“满地”两句，言懒摘黄花之可伤。“守着”两句，言日长难黑之可伤。“梧桐”两句，言雨滴梧桐之可伤。末句，总束以上六层可伤之事。

——《唐宋词简释》

武陵春

风住尘香花已尽，日晚倦梳头。物是人非事事休。欲语泪先流。

闻说双溪春尚好[1]，也拟泛轻舟[2]。只恐双溪舴艋舟[3]，载不动，许多愁。

说明

约绍兴五年（1135）避地金华时作。此词抒写暮年飘零之痛，“物是人非”，故目之所接，心之所思，无不关愁。纡徐顿挫，回荡不尽。

集评

李攀龙曰：眉批：未语先泪，此怨莫能载矣。　评语：景物尚如旧，人情不似初，言之于邑，不觉泪下。

——《草堂诗余隽》卷二

王士禛曰：“载不动，许多愁”与“载取暮愁归去”、“只载一船离恨向西州”，正可互观。“八桨别离船，驾起，一天烦恼”，不免径露矣。

——《花草蒙拾》

吴衡照曰：易安《武陵春》，其作于祭湖州以后欤？悲深婉笃，犹令人感

---

[1]　双溪：水名，在金华（今属浙江）城南，一曰东港，一曰南港。

[2]　拟：想，打算。

[3]　舴艋（zé měng）舟：小船。张志和《渔父》：“钓台渔父褐为裘，两两三三舴艋舟。”

伉俪之重。

——《莲子居词话》卷二

陈廷焯曰：易安《武陵春》后半阕云："闻说双溪春尚好，也拟泛轻舟。只恐双溪舴艋舟，载不动，许多愁。"又凄婉，又劲直。

——《白雨斋词话》卷二

吕本中

吕本中（1084—1145），初名大中，字居仁，世称东莱先生。祖籍寿州（今安徽寿县），徙居开封（今属河南），遂为开封人。宋高宗绍兴六年（1136）赐进士出身，官至中书舍人兼权直学士院，以忤秦桧劾罢，提举太平观。尝作《江西诗社宗派图》，有《东莱集》等。近人赵万里辑有《紫微词》。曾季貍曰："东莱晚年长短句，尤浑然天成，不减唐花间之作。"(《艇斋诗话》)

采桑子

恨君不似江楼月，南北东西。南北东西，只有相随无别离。　　恨君却似江楼月，暂满还亏[1]。暂满还亏，待得团圆是几时。

说明

此词写别情怀远。托喻明月，取譬双柄，"不似"、"却似"，正说反说，俱是"恨君"愁绪。重唱复沓，富有民歌风味。

[1] 亏：缺。

集评

沈际飞曰：语语无饰，似女子口授，不由笔写者。情语不在艳而在真，此也。

——《草堂诗余别集》

向子諲

向子諲（1085—1152），字伯恭，自号芗林居士，汴（河南开封）人，后卜居临江军清江（今江西清江）。宋哲宗元符三年（1100），以恩荫补假承奉郎，历淮南转运判官、京畿转运副使。高宗朝，官徽猷阁一直学士，出知平江府，忤秦桧，致仕。有文集三十卷，久佚。其词《酒边集》，分“江南新词”（指南渡后所作）和“江北旧词”（指南渡前所作）两部分，似为子諲生前所自编手定。宋世之钞本、刻本俱传于世。

阮郎归

绍兴乙卯大雪行鄱阳道中[1]

江南江北雪漫漫。遥知易水寒[2]。同云深处望三关[3]。断肠山又山。
天可老，海能翻。消除此恨难。频闻遣使问平安[4]。几时鸾辂还[5]？

说明

是年冬，向子諲由清江赴江东转运使（置司建康府，即今南京）任

---

[1] 绍兴乙卯：宋高宗绍兴五年（1135）。鄱阳：今江西波阳。

[2] 易水寒：战国时，荆轲曾在易水边告别燕太子丹入秦报仇，临行作歌曰：“风萧萧兮易水寒，壮士一去兮不复还。”见《史记》卷八十六《刺客列传》。易水，水名，源于河北易县。

[3] 同云：即彤云，阴云。《诗经·小雅·信南山》：“上天同云，雨雪雰雰。”三关：此指盖津关、淤口关、瓦桥关，均在今河北境易水一带。

[4] “频闻”句：南宋高宗朝曾于建炎三年（1129）、绍兴二年（1132）、绍兴四年（1134）遣使金国，以慰问被俘的宋徽宗、钦宗。

[5] 鸾辂（lù）：皇帝的车驾，代指徽、钦二帝。

途经鄱阳，遇大雪，联想二帝蒙尘漠北之苦寒，遽兴故国故君之思，作此词。上片层层翻进，下片设譬反衬。以问句作结，悲愤深沉，语敛意刚。

集评

冯煦曰：绍兴乙卯大雪行鄱阳道中《阮郎归》一阕，为二帝在北作也。眷恋旧君，与鹿虔扆之“金锁重门”，谢克家之“依依宫柳”，同一辞旨怨乱。不知寿皇见之，亦有慨于心否？宜为贼桧所嫉也。终是爱君，独一“琼楼玉宇”之苏轼哉？彼以词骀宕不可为者，殆第见屯田、山谷诸作，而未见此耳。

——《蒿庵论词》

陈与义

陈与义（1090—1138），字去非，号简斋，洛阳（今属河南）人。宋徽宗政和三年（1113）登上舍甲科，授开德府教授，除太学博士，著作佐郎。南渡后，累官至参知政事。与黄庭坚、陈师道并称为江西诗派"三宗"。有《简斋集》、《无住词》。《四库全书总目提要》称"其词不多，且无长调，而语超绝"，"吐言天拔，不作柳亸莺娇之态"。

临江仙

夜登小阁，忆洛中旧游

忆昔午桥桥上饮[1]，坐中都是豪英。长沟流月去无声[2]。杏花疏影里，吹笛到天明。　　二十余年如一梦，此身虽在堪惊[3]。闲登小阁看新晴。古今多少事，渔唱起三更[4]。

说明

宋高宗绍兴五年（1135）或六年寄居湖州青墩镇僧舍时作。忆洛中旧游，抒盛衰身世之感。换头由昔跃今，二十余年烟云，囊括净尽。结

[1]　午桥：即午桥庄，在洛阳城南，唐裴度晚年曾筑别业于此。《邵氏闻见录》谓："盖自唐以来为游观之地。"

[2]　长沟流月：河水映月，水流好像月亮也在流动。

[3]　"二十余年"二句：陈与义自政和三年（1113）登第至此，共二十余年。中经靖康之难，曾"避乱襄汉，转湖湘，逾岭桥"，道路坎坷，故有此语。

[4]　渔唱：渔歌。

穴化悲慨为苍凉。万千往事，唱叹出之。笔意浑成空灵。

集评

胡仔曰：（上片）此数语奇丽。《简斋集》后载数词，惟此词最优。

——《苕溪渔隐丛话》后集卷三十四

张炎曰："杏花疏影里，吹笛到天明"之句，真是自然而然。

——《词源》卷下

王世贞曰："杏花疏影里，吹笛到天明"，爽语也。其词浓与淡之间也。

——《艺苑卮言》

沈际飞曰：意思超越，腕力排奡，可摩坡仙之垒。流月无声，巧语也；吹笛天明，爽语也；渔唱三更，冷语也。功业则歉，文章自优。

——《草堂诗余正集》

黄苏曰：按"长沟流月"即"月涌大江流"之意，言自去滔滔而兴会不歇。首一阕是忆旧，至第二阕则感怀也。

——《蓼园词选》

刘熙载曰：词之好处，有在句中者，有在句之前后际者。陈去非《虞美人》："吟诗日日待春风，及至桃花开后却匆匆。"此好在句中者也。《临江仙》："杏花疏影里，吹笛到天明。"此因仰承"忆昔"，俯注"一梦"，故此二句不觉豪酣，转成怅悒，所谓好在句外者也。傥谓现在如此，则呆甚矣。

——《艺概》卷四

陈廷焯曰："长沟流月"，七字警绝；"杏花"二语，自然流出，若不关人力者；"古今"二语，有多少感慨！情景兼到，骨韵苍凉，下字亦警绝。

——《云韶集》

又曰：笔意超绝，逼近大苏。

——《白雨斋词话》卷一

唐圭璋曰：此首豪旷，可匹东坡。上片言昔事，下片言今情。"忆昔"两句，言地言人。“长沟”三句，言景言情。一气贯注，笔力疏宕。换头，忽转悲凉。“二十”两句，言旧事如梦。“闲登小阁”三句，仍以景收，叹惋不置。

——《唐宋词简释》

张元幹

张元幹（1091—1161），字仲宗，自号真隐山人、芦川居士，永福（今福建永泰）人。宋徽宗时为太学生，后任陈留县丞。靖康元年（1126），东京留守兼亲征行营使李纲辟为僚属，参加抗金。宋高宗绍兴元年（1131），以将作监丞致仕。绍兴二十一年（1151）遭秦桧迫害，削籍下狱。晚年流寓江浙，客死异乡。有《芦川词》、《芦川归来集》。

贺新郎

寄李伯纪丞相[1]

曳杖危楼去[2]。斗垂天[3]、沧波万顷，月流烟渚[4]。扫尽浮云风不定，未放扁舟夜渡。宿雁落、寒芦深处。怅望关河空吊影，正人间、鼻息鸣鼍鼓[5]。谁伴我，醉中舞[6]。　十年一梦扬州路[7]。倚高寒，愁生故国，气

[1] 李伯纪：李纲（1083—1140），字伯纪，福建邵武人。《宋史》有传。

[2] 曳（yè）杖：拖着拐杖。危楼：高楼。

[3] 斗：指北斗星座。

[4] 烟渚（zhǔ）：烟波迷茫的水中小洲。

[5] 鼍（tuó）鼓：鼍皮所做的鼓。鼍，即扬子鳄，又名猪婆龙。宋陆佃《埤雅》卷二“释鱼“先儒以为鼍皮坚厚，取以冒鼓，故曰鼍鼓……其鼓声逢逢然，像鼍之鸣。”

[6] “谁伴我”二句：《晋书·祖逖传》：“逖与司空刘琨俱为司州主簿，情好绸缪，共被同寝。中夜，闻荒鸡鸣，蹴琨觉曰：‘此非恶声也。’因起舞。”此用其意。

[7] “十年”句：唐杜牧《遣怀》诗：“十年一觉扬州梦，赢得青楼薄幸名。”此指宋高宗赵构接位后逃至扬州，又仓皇渡江。从建炎三年（1129）金兵占领扬州起，至今已相隔十年。

吞骄虏。要斩楼兰三尺剑[1]，遗恨琵琶旧语[2]。谩暗涩铜华尘土[3]。唤取谪仙平章看[4]，过苕溪、尚许垂纶否[5]。风浩荡，欲飞举[6]。

说明

宋高宗绍兴八年（1138），宋金“和议”，李纲上书反对，罢归福建长乐，张元幹作此词以寄，表示同情与支持，并热切希望其为抗金事业再展宏图。全篇融炼情景典故，悲壮慷慨，充溢抑塞磊落之气。

集评

杨慎曰：张仲宗，三山人，以送胡澹庵及寄李纲词得罪，忠义流也。

——《词品》卷三

沈雄曰：绍兴戊午，元幹以送胡铨及寄李纲词坐罪贬谪，皆《金缕曲》

［1］ 楼兰：汉西域国名，在今新疆罗布泊西。西汉遣使通大宛，楼兰挡道，多次截杀汉使。汉昭帝元凤四年（前77），傅介子出使西域，设计刺死楼兰王。见《汉书·傅介子传》及《汉书·西域传》。李白《塞下曲》：“愿将腰下剑，直为斩楼兰。”

［2］ “遗恨”句：用汉王昭君出塞和亲故事，表示对南宋统治者向金屈膝求和的不满。杜甫《咏怀古迹五首》之三：“千载琵琶作胡语，分明怨恨曲中论。”

［3］ 铜华：指剑上的铜锈。

［4］ 谪仙：李白《对酒忆贺监》二首诗序：“太子宾客贺公于长安紫极宫一见余，呼余为谪仙人。”此借指李纲。李纲《水调歌头·题李太白画像》：“李白乃吾祖，逸气薄青云。”平章：评论。

［5］ 苕溪：水名，在今浙江湖州境。垂纶：垂钓，指隐居。李纲亦曾有“往来苕、霅间”（《梁谿全集》卷二十一）之志，故云。

［6］ 飞举：乘风高举，谓雄心勃发，有所作为。

也。元幹以此得名。

——《古今词话·词评》上卷

许昂霄曰：仲宗坐送胡邦衡及寄李伯纪词除名，其品节可知矣。

——《词综偶评》

《四库全书简明目录》曰：元幹以作词送胡铨除名，此集即冠以是篇，而次以寄李纲一篇，并慷慨悲歌，声动简外。

——卷下《芦川词》

叶申芗曰：张元幹仲宗，善词翰。以送胡邦衡、赠李伯纪两词除名，其刚风劲节，人所共仰。

——《本事词》卷下

贺新郎

送胡邦衡谪新州[1]

梦绕神州路[2]。怅秋风、连营画角[3]，故宫离黍[4]。底事昆仑倾砥柱[5]，九地黄流乱注[6]。聚万落千村狐兔[7]。天意从来高难问，况人情老易悲如许[8]。更南浦[9]，送君去。　凉生岸柳催残暑。耿斜河[10]、疏星淡月，断云微度。万里江山知何处。回首对床夜语[11]。雁不到、书成谁与[12]。目尽青天怀今古，肯儿曹、恩怨相尔汝[13]。举大白[14]，听金缕[15]。

---

[1] 胡邦衡：胡铨（1102—1180），字邦衡，号澹庵，庐陵（今江西吉安）人。《宋史》有传。新州：治所在今广东新兴。

[2] 神州：古时称中国为赤县神州。见《史记·孟子荀卿列传》。此指金人占领下的中原地区。

[3] 画角：指军中所用的号角。

[4] 故宫离黍：谓故国之思。《诗·王风·黍离》："彼黍离离。"据《毛诗序》，周平王东迁后，有大夫途经西周故都镐京，见宗庙宫室已长满禾黍，忧伤彷徨，故作此诗。离离，繁茂貌。

[5] 底事：何事。昆仑：山名。《神异经》："昆仑之山，有铜柱焉。其高入天，所谓天柱也。"砥柱：山名，高耸黄河急流中，形如柱。此借指昆仑天柱。

[6] 九地：遍地，此泛指中原各地。黄流：黄河水。

[7] "聚万落"句：杜甫《兵车行》："君不闻汉家山东二百州，千村万落生荆杞。"范云《渡黄河》："不睹行人迹，但见狐兔兴。"落：聚居的地方。

[8] "天意"二句：杜甫《暮春江陵送马大卿公恩命追赴阙下》："天意高难问，人情老易悲。"此谓皇帝意旨难测，对朝廷议和不满。

[9] 南浦：指送别处。屈原《九歌·河伯》："送美人兮南浦。"江淹《别赋》："送君南浦，伤如之何!"浦，水滨。

[10] 耿：明亮。斜河：银河斜转，谓夜深。

[11] 对床夜语：白居易《招张司业》："能来同宿否？听雨对床眠。"

[12] "雁不到"二句：相传雁能传书，但南飞止于衡阳。胡铨贬所新州，远在衡阳之南，故云。

[13] 肯：岂肯。儿曹：小儿女辈。韩愈《听颖师弹琴》："昵昵儿女语，恩怨相尔汝。"

[14] 大白：酒杯。

[15] 金缕：《金缕曲》，《贺新郎》词调之别称。

说明

宋高宗绍兴十二年（1142），已于四年前因反对“和议”、上书请斩秦桧等三人头以谢天下而贬为福州签判的胡铨，再以“饰非横议”获重谴，诏除名，编管新州。张元幹时寓福州，作此词送行。忠愤悲慨，节士情怀。笔如游龙，飞动沉实。与《贺新郎·寄李伯纪丞相》同为《芦川词》压卷之作。

集评

蔡戡曰：微而显，哀而不伤，深得三百篇讽刺之义。

——《芦川居士词序》

杨慎曰：张仲宗送胡澹庵赴贬所《贺新郎》一阕（词略）。秦桧知之，亦与作诗王庭珪同贬责。此词虽不工亦当传，况工致悲愤如此，宜表出之。

——《词品》卷三

毛晋曰：兹集以此压卷，其旨微矣。

——《芦川词跋》

《四库全书总目提要》曰：今观此集，即以二阕（按：此词与《贺新郎·寄李伯纪丞相》）压卷，盖有深意。其词慷慨悲凉，数百年后，尚想其抑塞磊落之气。

——卷一九八《芦川词》

李调元曰：今其词列卷首，其人可知矣。词云（略）。此大异康与之之“文章孔孟”也。

——《雨村词话》卷三

陈廷焯曰：二帝蒙尘，偷安南渡，苟有人心者，未有不拔剑斫地也。南渡后……张仲宗《贺新郎》词云（略）……此类皆慷慨激烈，发欲上指，词境虽不高，然足以使懦夫有立志。

——《白雨斋词话》卷六

又曰：“天意”二句，情见于词，即悠悠苍天之意。

——《词则·放歌集》

刘熙载曰：张元幹仲宗因胡邦衡谪新州，作《贺新郎》送之，坐是除名，然身虽黜而义不可没也。

——《艺概》卷四

冯煦曰：芦川居士以《贺新郎》一词送胡澹庵谪新州，致忤贼桧，坐是除名。与杨补之之屡征不起，黄师宪之一官远徙，同一高节。

——《蒿庵论词》

张德瀛曰：词有与风诗意义相近者，自唐迄宋，前人钜制多寓微旨……张仲宗“梦绕神州”，雨雪思携手也。

——《词徵》卷一

又曰：（“天意”二句）皆所谓拔地倚天，句句欲活者。

——《词徵》卷五

岳　飞

岳飞（1103—1141），字鹏举，相州汤阴（今河南汤阴）人。抗金名将，自宣和间应募，屡立战功，历少保，河南北诸路招讨使，进枢密副使，封武昌郡开国公。以不附和议，为秦桧所害。孝宗朝谥武穆，宁宗朝追封鄂王，理宗朝改谥忠武。词存三首。

满江红

怒发冲冠，凭栏处、潇潇雨歇。抬望眼、仰天长啸，壮怀激烈。三十功名尘与土，八千里路云和月。莫等闲、白了少年头[1]，空悲切。　　靖康耻[2]，犹未雪。臣子恨，何时灭。驾长车踏破，贺兰山缺[3]。壮志饥餐胡虏肉，笑谈渴饮匈奴血。待从头、收拾旧山河，朝天阙[4]。

说明

英雄忠愤，碧血丹心。此词壮怀激烈而刚肠九曲，剑气凛凛而笔力沉雄。或疑后人伪托，似不足据。

---

[1]　等闲：轻易。

[2]　靖康耻：宋钦宗靖康二年（1127），金兵攻陷汴京（今河南开封），徽宗、钦宗二帝被掳，北宋亡。

[3]　贺兰山：在今宁夏回族自治区和内蒙古自治区交界处，或说指今河北磁县境内之贺兰山。此代指金大本营所在。

[4]　朝天阙：朝见皇帝。天阙，皇帝住的宫殿。

集评

沈际飞曰：胆量、意见、文章悉无今古。

——《草堂诗余正集》

又曰：有此愿力，是大圣贤、大菩萨。

——《草堂诗余正集》

沈雄曰：忠愤可见。其不欲“等闲白了少年头”，可以明其心事。

——《古今词话》

刘体仁曰：词有与古诗同义者，“潇潇雨歇”，《易水》之歌也。

——《七颂堂词绎》

陈廷焯曰：何等气概！何等志向！千载下读之，凛凛有生气焉。“莫等闲”二语，当为千古箴铭。

——《云韶集》

又曰：鄂王一代靖忠，读其词如见其人。

——《云韶集》

唐圭璋曰：此首直抒胸臆，忠义奋发，读之足以起顽振懦。起言登高有恨，并略点眼前景色。次言望远伤神，故不禁仰天长啸。“三十”两句，自痛功名未立，神州未复，感慨亦深。“莫等闲”两句，大声疾呼，唤醒普天下之血性男儿，为国雪耻。下片承上，明言国耻未雪，余憾无穷。“驾长车”三句，表明灭敌之决心，气欲凌云，声可裂石。着末，预期结果，亦见孤忠耿耿，大义凛然。

——《唐宋词简释》

韩元吉

韩元吉（1118—1187），字无咎，号南涧，开封雍丘（今河南杞县）人，徙居信州上饶（今江西上饶）。韩维四世孙，以荫为龙泉主簿。宋高宗绍兴间，任建安令，迁知剑州。孝宗朝，官至吏部尚书。与陆游、辛弃疾等交游，力主收复失地。有《南涧诗余》。

霜天晓角

蛾眉亭[1]

倚天绝壁。直下江千尺。天际两蛾凝黛[2]，愁与恨、几时极[3]。　怒潮风正急。酒醒闻塞笛。试问谪仙何处[4]，青山外[5]，远烟碧。

说明

作于宋孝宗隆兴二年（1164）冬。采石矶乃江防要地，此词题咏，显寓时局感慨。“愁恨”、“塞笛”、“谪仙”，沉思喟叹，心事浩茫。

---

［1］　蛾眉亭：在今安徽马鞍山西南长江边之采石矶上。《安徽通志》：“蛾眉亭在当涂县北二十里，据牛渚绝壁，前直二梁山，夹江对峙如蛾眉然，故名。”

［2］　两蛾：喻指东、西梁山。黛：古人用以画眉的青黑色颜料。

［3］　极：穷尽，终了。

［4］　谪仙：李白《对酒忆贺监诗序》：“太子宾客贺公（知章）于长安紫极宫一见余，呼余为谪仙人。”相传李白在采石矶酒醉入江捉月而死。

［5］　青山：又称青林山、谢公山，在今安徽当涂东南，有李白衣冠冢。见《嘉庆一统志》。

集评

吴师道曰：韩南涧题采石《蛾眉亭》词云（词略），此《霜天晓角》调也，未有能过之者。

——《吴礼部词话》

陆　游

陆游（1125—1210），字务观，号放翁，山阴（今浙江绍兴）人。宋孝宗隆兴年间（1163—1164）赐进士出身，历宁德主簿、夔州通判、礼部郎中、秘书监，曾入四川宣抚使王炎幕，以宝谟阁待制致仕。有《放翁词》。

卜算子

咏梅

驿外断桥边[1]，寂寞开无主。已是黄昏独自愁，更著风和雨[2]。　无意苦争春，一任群芳妒。零落成泥碾作尘，只有香如故[3]。

说明

词题“咏梅”，意在自喻。词人之饱经忧患、坚贞自守，梅花之俯视群芳、独标高格，神髓相通，一笔双钩。

[1]　驿：驿站。驿外：谓荒僻之地。

[2]　更著：更有，再加上。

[3]　“零落”二句：陆游《言怀》：“兰碎作香尘，竹裂成直纹，炎火炽昆冈，美玉不受焚。”

集评

卓人月曰：末句想见劲节。

——《词统》

朱东润曰：这首词是咏物，同时也是言志。

——《陆游选集》

唐圭璋曰：此首咏梅，取神不取貌，梅之高格劲节，皆能显出。起言梅开之处，驿外断桥，不在乎玉堂金屋；寂寞自开，不同乎浮花浪蕊。次言梅开之时，又是黄昏，又是风雨交加，梅之遭遇如此，故惟有独自生愁耳。下片，说明不与群芳争春之意，“零落”两句，更揭出梅之真性，深刻无匹。咏梅即以自喻，与东坡咏鸿同意。

——《唐宋词简释》

鹊桥仙

夜闻杜鹃[1]

茅檐人静，蓬窗灯暗，春晚连江风雨。林莺巢燕总无声，但月夜常啼杜宇[2]。　　催成清泪，惊残孤梦，又拣深枝飞去。故山犹自不堪听，况半世飘然羁旅[3]。

说明

作于离南郑王炎军幕后淹留蜀中时期。此词闻鹃抒慨。借物寓情，结穴点睛。“故山”二句中融进了请缨无路、忧念时局之深愤，遂使岁月蹉跎之感分外沉重。

集评

卓人月曰：去国离乡之感，触绪纷来，读之令人於邑。

——《词统》

许昂霄曰：“故山犹自不堪听”，衬垫一句，不惟句法曲折，而意亦

[1] 杜鹃：鸟名，相传为古蜀帝杜宇之魂所化，鸣声凄厉。

[2] 杜宇：即杜鹃。《禽经》：“江左曰子规，蜀右曰杜宇，瓯越曰怨鸟，一名杜鹃。”秦观《忆王孙》：“杜宇声声不忍闻。”

[3] 羁旅：漂泊他乡。

更深。

——《词综偶评》

陈廷焯曰：起三句已握题魂。字字是血。放翁一生不遇，于情不得已时不觉偶露。

——《云韶集》

又曰：放翁词，惟《鹊桥仙·夜闻杜鹃》一章，借物寓言，较他作为合乎古。

——《白雨斋词话》

朱东润曰：乾道九年以后陆游在川中作，上阕写杜鹃，下阕写听杜鹃的感受，末二句点清自己所在的地点，富有道路辛苦，身世苍茫之感。

——《陆游选集》

张孝祥

张孝祥（1132—1170），字安国，号于湖居士，历阳乌江（今安徽和县）人。宋高宗绍兴二十四年（1154）进士第一。历中书舍人、建康留守、荆南湖北路安抚使。有《于湖词》。

六州歌头

长淮望断，关塞莽然平[1]。征尘暗，霜风劲，悄边声。黯销凝[2]。追想当年事，殆天数，非人力，洙泗上[3]，弦歌地[4]，亦膻腥[5]。隔水毡乡[6]，落日牛羊下，区脱纵横[7]。看名王宵猎[8]，骑火一川明。笳鼓悲鸣。遣人惊。　　念腰间箭，匣中剑，空埃蠹[9]，竟何成。时易失，心徒壮，岁将零。渺神京[10]。干羽方怀远[11]，静烽燧[12]，且休兵。冠盖使，纷驰骛[13]，若为情。闻道中原遗老，常南望、翠葆霓旌[14]。使行人到此，忠愤气填膺。

---

[1] “长淮”二句：谓长淮已成关塞，无险可守，惟莽莽平原而已。《宋史》卷二十九《高宗纪六》载，绍兴十一年（1141）十一月，“与金国和议成，立盟书，约以淮水中流为疆”。

[2] 销凝：凝思，出神。

[3] 洙泗：洙水和泗水。均流经今山东曲阜。孔子故乡，儒学兴盛之地。

[4] 絃歌地：礼乐之邦。《史记》卷四十七《孔子世家》，谓《诗》“三百五篇，孔子皆弦歌之。”

[5] 膻（shān）腥：牛羊的腥臊气味。此指被金人侵占。

[6] 毡乡：指金人占领区。

[7] 区（ōu）脱：汉时匈奴在边界所筑的土堡。此指金人的军事设施。

[8] 名王：指金国统治者。

[9] 埃蠹（dù）：尘封虫蛀。

[10] 神京：指北宋京城汴梁（今河南开封）。

[11] 干羽：木盾与羽扇，舞者所执的道具。怀远：安抚边远部落。《尚书·大禹谟》：“帝乃诞敷文德，舞干羽于两阶，七旬，有苗格。”此指当时朝廷与金议和。

[12] 烽燧：烽火，古时边疆报警的信号。

[13] 驰骛（wù）：奔走往来。

[14] 翠葆霓旌：帝王所用的车旗仪仗。此指南宋王师。

有泪如倾。

说明

宋高宗绍兴三十二年（1162）初春，建康留守张浚宴客席上所赋。上片伤中原沦陷，胡骑纵横；下片叹壮志难酬，空盼光复。此词如惊涛出壑，波澜迭起，耿耿忠怀，高歌慷慨。《六州歌头》词调多三字短句，声情激壮。

集评

《朝野遗记》曰：一日在建康留守席上作《六州歌头》，张魏公（浚）读之，罢席而入。

——《历代诗余》引

黄昇曰：于湖《歌头》、《凯歌》诸曲，骏发蹈厉，寓以诗人句法者也。

——《花庵词选》

刘熙载曰：张孝祥安国于建康留守席上赋《六州歌头》，致感重臣罢席。然则词之兴、观、群、怨，岂下于诗哉。

——《艺概》

陈廷焯曰：起势苍莽，全篇亦淋漓尽致。

——《词则》

又曰：张孝祥《六州歌头》一阕，淋漓痛快，笔饱墨酣，读之令人起舞。惟"忠愤气填膺"一句，提明忠愤，转浅转显，转无余味。或亦耸当途之听，出于不得已耶？

——《白雨斋词话》

唐圭璋曰：此首伤时事，在建康留守席上作。上片写陷落区域之景象，下片抒个人之忠愤。起处望远愁生，叹长淮已成关塞。次写风沙满眼，景象极冷落。“追想”六句，伤我地为敌人所侵占。“隔水”三句，写敌骑之多。“看名王”三句，写敌人猎火之明与笳鼓之响。换头，转到己之有志莫遂。“时易失”三句，言神京难复。“干羽”六句，更伤议和者之众。“闻道”两句，言遗老之望御驾亲征。末言己之悲愤，盖敌人之猖狂如此，而我之君臣泄沓如此，故不禁有泪如倾也。

——《唐宋词简释》

念奴娇

过洞庭

洞庭青草[1]，近中秋、更无一点风色[2]。玉鉴琼田三万顷[3]，著我扁舟一叶。素月分辉，明河共影，表里俱澄澈。悠然心会，妙处难与君说。　应念岭海经年[4]，孤光自照[5]，肝胆皆冰雪。短发萧骚襟袖冷[6]，稳泛沧浪空阔。尽吸西江，细斟北斗[7]，万象为宾客。扣舷独啸，不知今夕何夕[8]。

说明

宋孝宗乾道二年（1166），自静江府（治所在今广西桂林）被谗落职北归，途经洞庭作。水月交辉之空明澄澈，冰雪肝胆之人格襟袍，互衬互融，是二是一。此词气象阔大，意境深邃。

---

[1] 青草：湖名。与洞庭湖相连。南名青草，北名洞庭。

[2] 风色：风势。

[3] 玉鉴琼田：比喻月光下的湖面。鉴，镜。

[4] 岭海：两广在五岭之南，临近南海，故称岭海。

[5] 孤光：一轮明月。苏轼《西江月》："中秋谁与共孤光，把盏凄然北望。"

[6] 萧骚：稀疏。

[7] 斟：注。北斗：星座名，由七星组成，排列之状类斗。屈原《九歌·东君》："援北斗兮酌酒浆。"

[8] "不知"句：苏轼《念奴娇·中秋》："起舞徘徊风露下，今夕不知何夕。"

集评

魏了翁曰：张于湖有英姿奇气，著之湖湘间，未为不遇。洞庭所赋，在集中最为杰特。方其吸江酌斗，宾客万象时，讵知世间有紫微青琐哉！

——《鹤山大全集》

黄苏曰：写景不能绘情，必少佳致。此题咏洞庭，若只就洞庭落想，纵写得壮观，亦觉寡味。此词开首从洞庭说至“玉鉴琼田三万顷”，题已说完，即引入“扁舟一叶”。以下从舟中人心迹与湖光映带写，隐现离合，不可端倪，镜花水月，是二是一。自尔神采高骞，兴会洋溢。

——《蓼园词选》

陈廷焯曰：热肠郁思，正于闲冷处见得。

——《词则》

王闿运曰：飘飘有凌云之气，觉东坡《水调》犹有尘心。

——《湘绮楼词选》

唐圭璋曰：此首月夜泛洞庭作。写水光月光，上下澄澈，境极空阔。而胸襟之洒落，气概之轩昂，亦可于境中见之。“洞庭”三句，言湖中无风。“玉鉴”两句，言湖面之广。“素月”三句，月光映水之美。“悠然”两句，收束上片，言泛舟之适。下片，写月下之感。“应念”三句，言中心之纯洁。“短发”两句，言夜深湖冷。“尽吸”三句，言湖上豪饮。末句，言湖上独笑。通篇景中见情，笔势雄奇。

——《唐宋词简释》

辛弃疾

辛弃疾（1140—1207），字幼安，号稼轩，齐州历城（今山东济南）人。青年时组织抗金义军，为耿京掌书记，旋归南宋，历建康府通判，江西提点刑狱，湖南、湖北转运使，湖南、江西、福建、浙东安抚使等。一生力主抗金北伐，屡陈方略不纳，迭遭排挤打击，曾落职闲居上饶、铅山达二十年。有《稼轩长短句》。

摸鱼儿

淳熙己亥[1]，自湖北漕移湖南[2]，同官王正之置酒小山亭[3]，为赋

更能消[4]、几番风雨，匆匆春又归去。惜春长怕花开早，何况落红无数。春且住。见说道[5]、天涯芳草无归路。怨春不语。算只有殷勤，画檐蛛网，尽日惹飞絮。　　长门事[6]，准拟佳期又误。蛾眉曾有人妒[7]。千金纵买相如赋，脉脉此情谁诉。君莫舞。君不见、玉环飞燕皆尘土[8]。闲愁最苦。休去倚危栏，斜阳正在，烟柳断肠处。

---

[1]　淳熙己亥：宋孝宗淳熙六年（1179）。

[2]　漕：漕司，宋时称主管漕运的转运使。时稼轩由湖北转运副使改调湖南转运副使。

[3]　王正之：王正己，字正之。小山亭：在鄂州（今湖北武汉）湖北转运使官署内。

[4]　消：经得住。

[5]　见说道：听说是。

[6]　长门事：据《文选·长门赋序》，陈皇后失宠于汉武帝，幽居长门宫，闻司马相如善文，奉黄金百金请作《长门赋》，“而相如为文以悟主上，皇后复得幸”。

[7]　蛾眉：代指美人。屈原《离骚》：“众女嫉予之蛾眉兮，谣诼谓予以善淫。”

[8]　玉环：唐玄宗宠妃杨贵妃名玉环。飞燕：赵飞燕，汉成帝皇后。

说明

此词承楚骚美人香草比兴传统。伤国势飘摇，愤志士见疏，词锋直指而劲气回肠。将社稷时势、身世遭际之内质，一并托诸伤春宫怨的形貌，遂摧刚为柔，于沉郁中别饶隽味。

集评

罗大经曰：词意殊怨。

——《鹤林玉露》

张侃曰：康伯可《曲游春》词头句云："脸薄难藏泪，恨柳风不与，吹断行色。"惜别之意已尽。辛幼安《摸鱼儿》词头句云："更能消几番风雨，匆匆春又归去。"惜春之意亦尽。二公才调绝人，不被腔律拘缚，至"但掩袖，转面啼红，无言应得"与"闲愁最苦，休去倚危栏，斜阳正在，烟柳断肠处"，其惜别惜春之意愈无穷。

——《拙轩集》

沈际飞曰：李涉诗"野寺寻花春已迟，背岩惟有两三枝。明朝携酒犹堪赏，为报春风且莫吹。"辛用其意。

——《草堂诗余正集》

许昂霄曰："春且住"二句，是留春之辞。结句即义山"夕阳无限好，只是近黄昏"之意。"斜阳"以喻君也。

——《词综偶评》

黄苏曰：辞意似过于激切。第南渡之初，危如累卵。"斜阳"句亦危言耸听之意耳。持重者多危词，赤心人少甘语，亦可以谅其志哉！

——《蓼园词选》

李佳曰：寓意之作，为北狩南渡而言。

——《左庵词话》

陈廷焯曰："更能消几番风雨"一章，词意殊怨，然姿态飞动，极沉郁顿挫之致。起处"更能消"三字，是从千回万转后倒折出来，真是有力如虎。

——《白雨斋词话》卷一

又曰：稼轩词，于雄莽中别饶隽味。如……"休去倚危栏，斜阳正在，烟柳断肠处。"多少曲折，惊雷怒涛中，时见和风暖日。所以独绝古今，不容人学步。

——《白雨斋词话》卷六

又曰：怨而怒矣，然沈郁顿宕，笔态飞舞，千古所无。"春且住"三字，一喝怒甚。胸中抑郁，不禁全露。

——《云韶集》

谭献曰：权奇倜傥，纯用太白乐府诗法。"见说道"句是开，"君不见"句是合。

——《谭评词辨》

梁启超曰：回肠荡气，至于此极。前无古人，后无来者。

——《艺蘅馆词选》

陈洵曰："佳期"二字，是全篇点睛。时稼轩南归十八年矣，《应问》三篇，《美芹十论》，以讲和方定议，不行。佳期之误，谁误之乎？读公词，为之三叹。寓幽咽怨断于浑灏流转中，此境亦惟公有之，他人不能为也。

——《海绡说词》

俞陛云曰：结句斜阳肠断，无限牢愁，即以词句论，亦绝妙之语。

——《宋词选释》

陈匪石曰：起句破空而来，将前遍所说，全归纳其中，然后倒戟而入，便较使平笔者别饶姿势。

——《宋词举》

刘永济曰：此词颇如屈子《离骚》。盖谗谄害明，贤人失志，为古今所同慨也。

——《唐五代两宋词简析》

唐圭璋曰："闲愁"三句，纵笔言今情，但于景中寓情，含思极凄婉。

——《唐宋词简释》

水龙吟

登建康赏心亭[1]

楚天千里清秋，水随天去秋无际。遥岑远目[2]，献愁供恨，玉簪螺髻[3]。落日楼头，断鸿声里，江南游子。把吴钩看了[4]，栏干拍遍，无人会、登临意。　　休说鲈鱼堪脍。尽西风、季鹰归未[5]。求田问舍，怕应羞见，刘郎才气[6]。可惜流年，忧愁风雨，树犹如此[7]。倩何人[8]，唤取红巾翠袖[9]，揾英雄泪[10]。

---

[1]　建康赏心亭：北宋丁谓建，在建康（今江苏南京）下水门城上，临秦淮河。

[2]　遥岑（cén）远目：纵目远山。岑，小而高的山。

[3]　玉簪螺髻：状山形秀丽。韩愈《送桂州严大夫》："水作青罗带，山如碧玉簪。"皮日休《缥缈峰》："纵将青螺髻，撒在明月中。"

[4]　吴钩：春秋吴国所造的兵器，似剑而曲。后泛称利剑。杜甫《后出塞》："少年别有赠，含笑看吴钩。"

[5]　"休说"三句：反用西晋张翰弃官南归事。《世说新语·识鉴》："张季鹰（翰）辟齐王东曹掾，在洛见秋风起，因思吴中菰菜、莼羹、鲈鱼脍，曰：'人生贵得适意尔，何能羁宦数千里以要名爵？'遂命驾便归。"

[6]　"求田"三句：三国蜀刘备对许汜说："君有国士之名，今天下大乱，帝王失所，望君忧国忘家，有救世之意，而君求田问舍，言无可采……如小人欲卧百尺楼上，卧君于地，何但上、下床之间耶？"（《三国志》卷七《陈登传》）求田问舍：置田买屋。刘郎：指刘备。

[7]　树犹如此：东晋桓温北征，经金城，见当年手植柳树已皆十围，"慨然曰：木犹如此，人何以堪！"（见《世说新语·言语》）

[8]　倩：请。

[9]　红巾翠袖：指代佳人。

[10]　揾（wèn）：揩。

说明

宋孝宗淳熙元年（1174）秋作。时任江东安抚司参议官。此词倾吐有志难伸、报国无门的深忧积愤。上片即景抒情，下片用典言志。笔势浩荡，气局宏浑，慷慨呜咽，沉郁深婉。

集评

陈廷焯曰：雄劲可喜。一结风流悲壮。

——《词则》

又曰：落落数语，不输王粲《登楼赋》。

——《白雨斋词话》

谭献曰：裂竹之声，何尝不潜气内转。

——《谭评词辨》

陈洵曰：起句破空而来，秋无际，从“水随天去”中见；“玉簪螺髻”之“献愁供恨”，从“远目”中见；“江南游子”，从“断肠落日”中见；纯用倒卷之笔。“吴钩看了，阑干拍遍”，仍缩入“江南游子”上；“无人会”纵开，“登临意”收合。后片愈转愈奇，季鹰未归则鲈脍陡然一转，刘郎羞见则田舍陡然一转，如此则江南游子亦惟长抱此忧，以老而已；却不说出，而以“树犹如此”作半面语缩住。“倩何人”以下十三字，应“无人会登临意”作结。稼轩纵横豪宕，而笔笔能留，字字有脉络如此。

——《海绡说词》

俞陛云曰：前四句写登临所见，起笔便有浩荡之气。“落日”句以下，由登楼说到旅怀，而仍不说尽，仅以吴钩独看，略露不平之气。下阕写旅怀，即使归去奇狮卜筑，而平生未成一事，亦羞见刘郎。“流年”二句以单句旋折，弥见激昂。结句言英雄之泪，未要人怜，倘揾以红巾，或可破颜一笑，极言其潦倒，仍不减其壮怀也。

——《宋词选释》

唐圭璋曰：起句浩荡，笼照全篇，包括山水空阔境界。

——《唐宋词简释》

菩萨蛮

书江西造口壁[1]

郁孤台下清江水[2]，中间多少行人泪。西北望长安[3]，可怜无数山[4]。　　青山遮不住，毕竟东流去。江晚正愁予[5]，山深闻鹧鸪[6]。

说明

作于宋孝宗淳熙二年至三年（1175—1176）间，时任江西提点刑狱。此词以眼前山水起兴，寄寓时局忧危之深慨。顿挫郁勃，激越悲壮，却能出诸蕴藉，故大声镗鞳而余音不绝。

集评

罗大经曰："闻鹧鸪"之句，谓恢复之事行不得也。

——《鹤林玉露》

---

[1] 造口：即皂口。在今江西万安西南六十里，罗大经《鹤林玉露》："南渡之初，虏人追隆祐太后御舟至造口，不及而还。幼安由此起兴。"

[2] 郁孤台：在今江西赣州西北。清江：袁江与赣江合流处，旧称清江。此指赣江。

[3] 长安：汉唐都城。此借指汴京。

[4] 可怜：可惜。韩愈《榴花》："可怜此地无车马，颠倒青苔落绛英。"

[5] 愁予：令我愁苦。

[6] 鹧鸪：鸟名。《禽经》张华注："（鹧鸪）飞必南向，虽东西回翔，开翅之始，必先南翥。其志怀南，不徂北也。"其鸣声似"但南不北"，又似"行不得也哥哥"。

卓人月曰：忠愤之气，拂拂指端。

——《词统》

周济曰：借水怨山。

——《宋四家词选》

陈廷焯曰：稼轩《菩萨蛮》书江西造口壁一章，用意用笔，洗脱温、韦殆尽，然大旨正见吻合。

——《白雨斋词话》

又曰：血泪淋漓，古今让其独步。结二语号呼痛哭，音节之悲，至今犹隐隐在耳。

——《云韶集》

又曰：慷慨生哀。

——《词则》

梁启超曰：《菩萨蛮》如此大声镗鞳，未曾有也。

——《艺蘅馆词选》

俞陛云曰：词仅四十四字，举怀人恋阙，望远思归，悉纳其中，复一气旋折，深得唐贤消息。集中之高格也。

——《宋词选释》

陈匪石曰：全词就造口之所闻所见言，不加涂泽，而以劲气达之，如生铁铸成，不可移动，似浅近，实深厚，乐府中超超元著，实亦从《古诗十九首》得来。

——《宋词举》

唐圭璋曰：此首书江西造口壁，不假雕绘，自抒悲愤。小词而苍莽悲壮如此，诚不多见。盖以真情郁勃，而又有气魄足以畅发其情。起从近处写水，次从远处写山。下片，将山水打成一片，慨叹不尽。末以愁闻鹧鸪作结，尤觉无限悲愤。

——《唐宋词简释》

清平乐

茅檐低小，溪上青青草。醉里吴音相媚好[1]，白发谁家翁媪[2]。　大儿锄豆溪东，中儿正织鸡笼。最喜小儿亡赖[3]，溪头卧剥莲蓬。

说明

此词乃农家生活剪影，信手拈来，着笔成绘。勾勒人物，形神毕现，情趣盎然。词境清新朴淡，词气安适从容。

集评

吴则虞曰："小儿无赖"二句，画出小儿幼稚之象，天真可掬，可作画图看也。

——《辛弃疾词选集》

俞平伯曰：（"无赖"）本不是什么好话，这里却只作小孩子顽皮讲，所以说"最喜"，反语传神，更觉有力。

——《唐宋词选释》

夏承焘曰：（"醉里"二句）用倒装章法，先闻其声，后见其人，出乎意外，才令人惊异；如果顺着次序先写人，后闻声，便不生动了。

——《唐宋词欣赏》

---

[1]　吴音：吴地口音。

[2]　媪（ǎo）：老妇。

[3]　亡赖：此指顽皮。亡，通"无"。

鹧鸪天

代人赋

陌上柔桑破嫩芽。东邻蚕种已生些[1]。平冈细草鸣黄犊，斜日寒林点暮鸦。　　山远近，路横斜。青旗沽酒有人家[2]。城中桃李愁风雨，春在溪头荠菜花。

说明

田野风光，乡土气息。“破”、“鸣”、“点”，下字传神，揭出盎然韵味。“城中”二句，由实景而提升，立意脱俗，其感悟与启迪，不仅在“春色”字面。

集评

卓人月曰：“春在梨花”，“春在荠花”，仁者谓仁，智者谓智。

——《词统》

陈廷焯曰：余所爱者，如“红莲相倚深如怨，白鸟无言定是愁”。又“不知筋力衰多少，但觉新来懒上楼”。又“城中桃李愁风雨，春在溪头荠菜花”

[1] 已生些：谓已有部分蚕种孵化成幼蚕。些（sā），句末语助词。

[2] 青旗：又称青帘，酒家的市招。白居易《杭州春望》：“青旗沽酒趁梨花。”

之类，信笔写去，格调自苍劲，意味自深厚。不必剑拔弩张，洞穿已过七札，斯为绝技。

——《白雨斋词话》

又曰："斜日"七字，一幅画图。以诗为词，词愈出色。

——《云韶集》

又曰："城中"二语，有多少感慨。

——《词则》

俞陛云曰：稼轩集中多雄慨之词，纵横之笔，此调乃闲放自适，如听雄笳急鼓之余，忽闻渔唱在水烟深处，为之意远。

——《宋词选释》

丑奴儿

书博山道中壁[1]

少年不识愁滋味[2]，爱上层楼。爱上层楼。为赋新词强说愁。　而今识尽愁滋味，欲说还休[3]。欲说还休。却道天凉好个秋。

说明

此词通篇写一“愁”字，闲居带湖时所作。以昔衬今，言浅意深，含纳了历尽人情冷暖、宦海沧桑后的人生体悟，虽不说而已意达，虽不练而已艺精。

集评

吴则虞曰：此语尽世情有阅历感慨之言。上片是强说。“爱上层楼”，自寻烦恼，为强说之本。下片“欲说还休”，是强不说。“天凉好个秋”，秋光宜人，正须及时行乐，犹其《一枝花·醉中戏作》云“怕有人来，但只道‘今朝中酒’”，同为推开之词。即所谓不作庄语，“王顾左右而言他”也。怨而不怒，可以观，可以怨。

——《辛弃疾词选集》

---

[1]　博山：在江西广丰县西南。《大清一统表·江西广信府》：“南临溪流，远望如庐山之香炉峰。”
[2]　“少年”句：陈慥《无愁可解》词：“光景百年，看便一世，生来不识愁味。”
[3]　“欲说”句：李清照《凤凰台上忆吹箫》：“生怕离怀别苦，多少事，欲说还休。”

破阵子

为陈同甫赋壮词以寄之[1]

醉里挑灯看剑[2]，梦回吹角连营。八百里分麾下炙[3]，五十弦翻塞外声[4]。沙场秋点兵。　马作的卢飞快[5]，弓如霹雳弦惊[6]。了却君王天下事[7]，赢得生前身后名。可怜白发生[8]。

说明

此词抒写壮志难酬，英雄空老的悲愤之情。前九句是抱负，是追忆，是梦境，叱咤风云，豪壮之至。最后“可怜白发生”一句，跌回现实，于陡转落差中翻出主旨。其苍凉浩叹，如虎啸平阳。

---

[1] 陈同甫：陈亮，字同甫，婺州永康人，与稼轩为知交。

[2] 挑灯看剑：刘斧《青琐高议》卷三载高言诗：“男儿慷慨平生事，时复挑灯把剑看。”

[3] 八百里：指牛。《世说新语·汰侈》：“王君夫（恺）有牛，名八百里驳（同‘驳’，花牛）。”苏轼《约公择饮是日大风》：“要当啖公八百里，豪气一洗儒生酸。”炙（zhì）：烤肉。

[4] 五十弦：指瑟。古瑟用五十弦。《史记》卷二十八《封禅书》：“太帝使素女鼓五十弦瑟，悲，帝禁不止，故破其瑟为二十五弦。”李商隐《锦瑟》：“锦瑟无端五十弦。”翻：弹奏。

[5] 作：像，如。的卢：良马名。《相马经》：“马白额入口齿者，名曰榆雁，一名的卢。”

[6] “弓如”句：《南史》卷五十五《曹景宗传》：“昔在乡里，骑快马如龙，与年少辈数十骑，拓弓弦作霹雳声，箭如饿鸱叫。”又《北史》卷二十二《长孙晟传》：“晟为秦州行军总管，突厥大畏长孙总管，闻其弓声谓为霹雳。”

[7] 君王天下事：指恢复中原之大业。

[8] 可怜：此作“可惜”解。

集评

陈廷焯曰：字字跳踯而出，“沙场”五字起一片秋声，沉雄悲壮，凌铄千古。

——《云韶集》

梁启超曰：无限感慨，哀同甫亦自哀也。

——《艺蘅馆词选》

俞平伯曰：结用实笔，一点即醒。

——《唐宋词选释》

夏承焘曰：这首词的前九句为一意，末了“可怜白发生”一句另为一意。全首词到末了才来一个大转折，并且一转折即结束，文笔很是矫健有力。

——《唐宋词欣赏》

鹧鸪天

有客慨然谈功名，因追念少年时事戏作[1]

壮岁旌旗拥万夫[2]。锦襜突骑渡江初[3]。燕兵夜娖银胡䩮[4]，汉箭朝飞金仆姑[5]。　追往事，叹今吾。春风不染白髭须[6]。却将万字平戎策[7]，换得东家种树书[8]。

说明

此词约作于宋宁宗庆元六年（1200），时罢居铅山瓢泉。上片“追往事”，下片“叹今吾”，于壮声英慨与置闲草野的今昔对照中，概括了词人所志不遂的悲剧一生。结拍二句，极为沉痛。

---

[1] 少年时事：指生擒叛将张安国，兼程南渡，献俘朝廷事。事见《宋史》卷四百零一《稼轩本传》。

[2] “壮岁”句：谓青年时期起兵抗金经历。黄庭坚《送范德孺知庆州》诗：“春风旌旗拥万夫”。

[3] 锦襜（chān）突骑（jì）：身着锦衣的精锐铁骑。襜，短衣。又有以为“襜”当作“韂”者，为鞍小障泥，以锦绣为之。

[4] 娖（chuò）：整理。胡䩮（lù）：箭袋。

[5] 金仆姑：箭名。《左传・庄公十一年》：“公以金仆姑射南宫长万。”

[6] “春风”句：欧阳修《圣无忧》词：“好酒能消光景，春风不染髭须。”

[7] 万字平戎策：稼轩屡上书献策抗金，今尚存有《美芹十论》、《九议》等，故云。

[8] 东家：东邻。《史记》卷六《秦始皇本纪》记嬴政焚书，“所不去者，医药、卜筮、种树之书”。韩愈《送石处士赴河阳幕》：“长把种树书，人云避世士。”此喻罢黜闲居。

集评

刘祁云：党承旨怀英，辛尚书弃疾俱山东人，少同舍，属金国。初遭乱，俱在兵间。辛一旦率数千骑南渡，显于宋。党在北方，擢第入翰林，有名，为一时文字宗主。二公虽所趋不同，皆有功业荣宠，视前朝陶穀、韩熙载，亦相况也。后辛退闲，有词《鹧鸪天》云："壮岁旌旗拥万夫"云云，盖纪其少时事也。

——《归潜志》卷八

彭孙遹曰：激昂排宕，不可一世。

——《金粟词话》

陈廷焯曰：稼轩《鹧鸪天》云："却将万字平戎策，换得东家种树书。"衰而壮，得毋有"烈士暮年"之慨耶！

——《白雨斋词话》

汉宫春

会稽秋风亭观雨[1]

亭上秋风，记去年嫋嫋[2]，曾到吾庐。山河举目虽异，风景非殊[3]。功成者去[4]，觉团扇、便与人疏[5]。吹不断，斜阳依旧，茫茫禹迹都无[6]。　　千古茂陵词在[7]，甚风流章句，解拟相如[8]。只今木落江冷[9]，眇眇愁余[10]。故人书报，莫因循，忘却莼鲈[11]。谁念我，新凉灯火，一编太史公书[12]。

---

[1]　会稽：今浙江绍兴。秋风亭：据张镃《汉宫春》和韵词序，知为稼轩任绍兴知府兼浙东安抚使时所建。按：同调另有"秦望山头"一首，题作"会稽蓬莱阁怀古"。唐圭璋《词学论丛·读词续记》谓，"秋风亭观雨"词无雨中景象，而"蓬莱阁怀古"一首上片正写雨景，词题"观雨"与"怀古"前后颠倒，当系错简。

[2]　嫋嫋：微风吹拂貌。屈原《九歌·湘夫人》："嫋嫋兮秋风，洞庭波兮木叶下。"

[3]　"山河"二句：用东晋南渡士大夫新亭对泣事。周顗曰："风景不殊，正自有山河之异。"众皆相对流泪，唯王导谓："当共戮力王室，克复神州，何至作楚囚相对。"见《世说新语·言语》。

[4]　功成者去：《战国策·秦策》："蔡泽谓应侯曰：'四时之序，成功者去'。"

[5]　团扇：汉班婕妤《怨歌行》："新裂齐纨素，皎洁如霜雪。裁为合欢扇，团团似明月。出入君怀袖，动摇微风发。常恐秋节至，凉风夺炎热。弃捐箧笥中，恩情中道绝。"

[6]　禹迹：《史记》卷二《夏本纪》："帝禹东巡狩至于会稽而崩。"

[7]　"千古"句：茂陵乃汉武帝刘彻陵墓，在今陕西西安。茂陵词，指汉武帝《秋风辞》。有云："秋风起兮白云飞，草木黄落兮雁南归。"

[8]　解拟：能比拟。相如：西汉辞赋家司马相如。

[9]　木落江冷：唐崔信明有"枫落吴江冷"句。

[10]　眇眇（miǎo）愁余：屈原《九歌·湘夫人》："帝子降兮北渚，目眇眇兮愁予。"愁余，使我愁苦。

[11]　"故人"二句：刘义庆《世说新语·识鉴》："张季鹰辟齐王东曹掾，在洛见秋风起，因思吴中菰菜、莼羹、鲈鱼脍，曰：'人生贵得适意尔，何能羁宦数千里以要名爵？'遂命驾便归。"因循：延误、拖延。

[12]　太史公书：指司马迁的《史记》。

说明

宋宁宗嘉泰三年（1203），稼轩起知绍兴府兼浙东安抚使，六月到任，十二月召赴行在。此词作于是年。起笔擒题，围绕亭名联想铺叙，组合事典。结穴涵蕴深厚，忧国伤时，壮心不已。

集评

陈廷焯曰：（“功成者去，觉团扇、便与人疏。吹不断，斜阳依旧，茫茫禹迹都无”）于悲壮中见浑厚。

——《白雨斋词话》

又曰：高绝，超绝。既沈着，又风流；既婉转，又直捷。句意深长，尤为千古杰作。迹似渊明，志如子美。

——《云韶集》

又曰：风流悲壮，独有千古。

——《词则》

永遇乐

京口北固亭怀古[1]

千古江山，英雄无觅，孙仲谋处[2]。舞榭歌台，风流总被[3]，雨打风吹去。斜阳草树，寻常巷陌，人道寄奴曾住[4]。想当年、金戈铁马，气吞万里如虎。　元嘉草草[5]，封狼居胥[6]，赢得仓皇北顾[7]。四十三年[8]，望中犹记，烽火扬州路[9]。可堪回首，佛狸祠下，一片神鸦社鼓[10]。凭谁问、廉颇老矣[11]，尚能饭否。

---

[1]　京口北固亭：见《南乡子》“何处望神州”注①。

[2]　孙仲谋：孙权，字仲谋。《三国志》卷四十七有《吴孙权传》。

[3]　风流：此指孙权当年的业绩与雄风壮采。

[4]　寄奴：南朝宋武帝刘裕小字寄奴。先祖随晋室南渡，居京口。刘裕在此起兵讨伐桓玄，成就帝业。

[5]　元嘉：南朝宋文帝刘义隆（武帝刘裕之子）年号。草草：草率从事。

[6]　狼居胥：山名，在今内蒙古自治区。汉将霍去病北征匈奴，至狼居胥封山而还。见《史记》卷一百十一本传。封：筑坛祭天。此指宋文帝北伐事。彭城太守王玄谟陈北伐之策，文帝尝谓：“闻玄谟陈说，使人有封狼居胥意。”见《宋书》卷七十六《王玄谟传》。

[7]　“赢得”句：谓宋文帝北伐失败。赢得：落得。

[8]　四十三年：稼轩自宋高宗绍兴三十二年（1162）南归，至宁宗开禧元年（1205）京口任上，共四十三年。

[9]　扬州路：即淮南东路，治所在扬州。路，宋代行政区划名。

[10]　“佛狸”二句：北魏太武帝拓跋焘小字佛狸。元嘉二十七年（450），刘义隆北伐失败，北魏太武帝率部追击至长江北岸瓜步山（在今江苏六合东南），并建行宫，后改立为佛狸祠。神鸦：指祭神后飞来争食祭品的乌鸦。社鼓：社日祭神的鼓声。

[11]　廉颇：战国时赵国名将，被谗出奔魏国，居大梁（今河南开封），赵王欲起用，遣使臣察之，使臣受郭开贿赂，谎报曰：“廉将军虽老，尚善饭。然与臣坐，顷之三遗矢矣。”遂未召用。见《史记》卷八十一《廉颇蔺相如列传》。矢，通“屎”。

说明

开禧元年（1205）镇江知府任上作。时韩侂胄正筹措北伐。此词殷鉴前事，临战陈情。立意宏博，风调沉郁。结拍点睛，最为警动。卓识壮志，将通篇用事，贯穿一体。

集评

岳珂曰：微觉用事多耳。

——《桯史》

罗大经曰：此词隽壮可喜。

——《鹤林玉露》

杨慎曰：辛词当以京口北固亭怀古《永遇乐》为第一。

——《词品》

卓人月曰：典故一经其手，自不患多。

——《词统》

先著、程洪曰：发端便欲涕落，后段一气奔注，笔不能遏。廉颇自拟，慷慨壮怀，如闻其声。谓此词用人名多者，尚是不解词味。

——《词洁》

周济曰：（上片）有英主则可以隆中兴，此是正说。英主必起于草泽，此是反说。（下片）继世图功，前车如此。

——《宋四家词选》

李佳曰：此阕悲壮苍凉，极咏古能事。

——《左庵词话》

陈廷焯曰：此词拉杂使事，而以浩气行之，如猊之怒，如龙之飞，不嫌其堆垛。岳倦翁谓此作微觉用事多，非也。句句有金石声，吾怖其神力。

——《云韶集》

又曰：风雨纷飞，鱼龙百变，天地奇观也。

——《词则》

谭献曰：起句嫌有犷气，且使事太多，宜为岳氏所讥。非稼轩之盛气，勿轻染指也。

——《谭评词辨》

俞陛云曰：此词登京口北固山亭而作。人在江山雄伟处，形胜依然，而英雄长往，每发思古之幽情。况磊落英多者，当其凭高四顾，烟树人家，夕阳巷陌，皆孙、刘角逐之场，放眼古今，别有一种苍凉之思。况自胡马窥江去后，烽火扬州，犹有余恸。下阕慨叹佛狸，乃回应上文“寄奴”等句。当日鱼龙战伐，只赢得“神鸦社鼓”，一片荒寒。往者长已矣，而当世岂无健者？老去廉颇，犹思用赵，但知我其谁耶？英词壮采，当以铁绰板歌之。

——《宋词选释》

陈　亮

陈亮（1143—1194），字同甫，号龙川，婺州永康（今浙江永康）人。曾多次上书，力主抗金，三次被谗入狱。宋光宗绍熙四年（1193）进士第一，授签书建康府判官厅公事，未到任而卒。有《龙川词》。

水调歌头

送章德茂大卿使虏[1]

不见南师久[2]，漫说北群空[3]。当场只手[4]，毕竟还我万夫雄。自笑堂堂汉使，得似洋洋河水[5]，依旧只流东。且复穹庐拜[6]，会向藁街逢[7]。　尧之都，舜之壤，禹之封[8]。于中应有，一个半个耻臣戎[9]。万里腥膻如许[10]，

[1]　章德茂：名森。《宋史》卷三十五《孝宗本纪三》：淳熙十二年（1185）十一月壬辰，“遣章森等贺金主生辰”。章森以“试户部尚书”衔使金，故称大卿。

[2]　“不见”句：陈亮《上孝宗皇帝第一书》：“南师之不出，于今几年矣！河洛腥膻，而天地之正气郁而不得泄。”南师：南宋军队。

[3]　“漫说”句：韩愈《送温处士赴河阳军序》：“伯乐一过冀北之野，而马群遂空……吾所谓空，非无马也，无良马也。”北群空：喻无良将、人才。

[4]　只手：犹巨手、擎天手。

[5]　得似：岂得似。洋洋：水大貌。《诗·卫风·硕人》：“河水洋洋。”古以河水东流归大海喻诸侯朝觐天子。

[6]　且复：姑且再一次。穹（qióng）庐：毡帐，此借指金廷。

[7]　藁（gǎo）街：汉长安街名，外族来朝时的居住街区。《汉书》卷七十《陈汤传》载，陈汤出使西域，斩匈奴郅支单于，上书曰：“宜悬头藁街蛮夷邸间，以示万里明犯强汉者，虽远必诛。”

[8]　封：封疆。

[9]　耻臣戎：以向金人称臣为耻。戎，古代对西部少数民族的泛称。

[10]　腥膻：牛羊的腥臊气，此指中原被金人占领。

千古英灵安在，磅礴几时通[1]。胡运何须问[2]，赫日自当中[3]。

说明

“隆兴和议”（宋孝宗隆兴二年，1164），南宋向金称侄，年年遣使贺金主生辰（万春节）。此词为章森送行，于屈辱的背景下，写出如“中兴露布”之大文章。正气、宏论、英概，金石掷地，情辞俱壮。

集评

张祥龄曰：（“尧之都……耻臣戎”）世谓此等为洗金钗钿盒之尘。不知洗之者在气骨，非在选字。周、姜绮语，不患大家。若以叫嚣粗犷为正雅，则未之闻。

——《词论》

冯煦曰：龙川痛心北虏，亦屡见于辞，如《水调歌头》云：“尧之都、舜之壤、禹之封。于今应有、一个半个耻和戎……”忠愤之气，随笔涌出，并足唤醒当时聋聩，正不必论词之工拙也。

——《蒿庵论词》

陈廷焯曰：精警奇肆，剑拔弩张。

——《词则》

---

[1] “磅礴”句：陈亮《上孝宗皇帝第一书》：“天气之正气，郁遏于腥膻而久不得骋，必将有所发泄。”磅礴：此意谓气郁积不通。韩愈《送廖道士序》：“气之所穷，盛而不过”，“必磅礴而郁积”。

[2] “胡运”句：谓金朝的气数将尽。

[3] “赫日”句：谓宋朝国运方如赤日中天。

又曰：同甫《水调歌头》云：“尧之都……耻臣戎。”精警奇肆，几于握拳透爪，可作中兴露布读。就词论，则非高调。

——《白雨斋词话》

水龙吟

春恨

闹花深处层楼[1]，画帘半卷东风软。春归翠陌，平莎茸嫩[2]，垂杨金浅[3]。迟日催花[4]，淡云阁雨[5]，轻寒轻暖。恨芳菲世界，游人未赏，都付与、莺和燕。　　寂寞凭高念远，向南楼、一声归雁。金钗斗草[6]，青丝勒马[7]，风流云散。罗绶分香[8]，翠绡封泪[9]，几多幽怨。正销魂又是，疏烟淡月，子规声断[10]。

说明

此词即景兴感，抒伤春念远之情。今日芳菲世界，尽付莺燕；昔年赏心乐事，风流云散。其牢愁暗恨、寂寞消魂之凄苦心境，沉潜幽约，不无家国之恨寓焉。

---

[1]　闹花：盛开的花，繁花。

[2]　莎（suō）：草名，开黄褐色小花。此泛指草。

[3]　金浅：淡黄色。

[4]　迟日：春日。《诗·豳风·七月》："春日迟迟。"

[5]　阁雨：谓微雨暂收。阁，通"搁"。

[6]　金钗斗草：斗草以金钗为赌注。斗草为古代闺中游戏。南朝梁宗懔《荆楚岁时记》："五月五日，四民并踏百草，又有斗百草之戏。"宋人多于春间斗草。吴自牧《梦粱录》卷一："二月朔，谓之中和节……禁中宫女，以百草斗戏。"

[7]　"青丝"句：古乐府《陌上桑》："青丝系马尾，黄金络马头。"

[8]　罗绶分香：用罗带贮香赠人。罗绶，罗带。

[9]　翠绡封泪：翠巾中残留着泪水。翠绡，青绿色丝质手巾，即手帕。

[10]　子规：鸟名，即杜鹃，鸣声凄厉。

集评

李攀龙曰：春光如许，游赏无方，但愁恨难消，不无触物生情。

——《草堂诗余隽》

沈际飞曰：有能赏而不知者，有欲赏而不得者，有似赏而不真者。人不如莺也，人不如燕也。

——《草堂诗余正集》

徐釚曰：陈同父开拓万古之心胸，推倒一世之豪杰，其《水龙吟》词，乃复幽秀。

——《词苑丛谈》

黄苏曰："闹花深处层楼"，见不事事也。"东风软"，即东风不竞之意也。迟日淡云，轻寒轻暖，一曝十寒之喻也。好世界不求贤共理，惟与小人游玩如莺燕也。"念远"者，念中原也。"一声归雁"，谓边信至，乐者自乐，忧者徒忧也。

——《蓼园词选》

刘熙载曰：同甫《水龙吟》云："恨芳菲世界，游人未赏，都付与、莺和燕。"言近旨远，直有宗留守大呼渡河之意。

——《艺概》

陈廷焯曰：凄艳。

——《词则》

唐圭璋曰：此首凭高念远，疏宕有致。起数句，皆写景物。"闹花"两句，写楼高风微。"春归"三句，写平莎垂杨。"迟日"三句，写寒暖不定。"恨芳菲"三句，总束上片，好景无人赏，只与流莺闲燕赏之，可恨孰甚。换头，因雁去而念远。"金钗"三句，言当日之乐事无踪。"罗绶"三句，言别后之幽怨难消。"正销魂"三句，以景结，伤感殊甚。

——《唐宋词简释》

刘　过

刘过（1154—1206），字改之，号龙洲道人，吉州太和（今江西泰和）人。曾上书力陈恢复方略，屡试不第，流落江湖间，与陆游、辛弃疾、陈亮交往，以布衣终。有《龙洲词》。

糖多令

安远楼小集，侑觞歌板之姬黄其姓者，乞词于龙洲道人，为赋此《糖多令》，同柳阜之、刘去非、石民瞻、周嘉仲、陈孟参、孟容，时八月五日也[1]

芦叶满汀洲。寒沙带浅流。二十年、重过南楼[2]。柳下系舟犹未隐，能几日、又中秋。　　黄鹤断矶头[3]，故人今在不[4]。旧江山、浑是新愁[5]。欲买桂花同载酒，终不似、少年游。

说明

此词席上所赋，一本题作“重过武昌”。胜地重经，旧雨凋零，触目

---

[1]　安远楼：在武昌（今属湖北武汉）黄鹤（鹄）山，一名白云楼。侑（yòu）觞歌板之姬：酒宴上唱曲劝饮的歌女。龙洲道人：刘过自号。

[2]　南楼：晋庾亮任江荆豫州刺史治武昌时，曾和佐吏秋夜登南楼赏玩。见《世说新语・容止》。此指安远楼。

[3]　黄鹤断矶头：谓矶头不见黄鹤飞来。黄鹤矶又名黄鹄矶，黄鹤楼在其上。崔颢《黄鹤楼》：“昔人已乘黄鹤去，此地空余黄鹤楼。”

[4]　不：同“否”。

[5]　浑是：全是。

哀时，时序催人。起首略点景物，敷就凄黯底色。“旧江山、浑是新愁”一篇主骨。结穴沉哀无极。

集评

李攀龙曰：因黄鹤楼再游而追忆故人不在，遂举目有江山之感，词意何等凄怆！

——《草堂诗余隽》

又曰：系舟未稳，旧江山都是新愁，读之下泪。

——《草堂诗余隽》

沈际飞曰：情畅语俊，韵协音调。

——《草堂诗余正集》

先著、程洪曰：与陈去非“杏花疏影里，吹笛到天明”并数百年绝作，使人不复敢以《花间》眉眼限之。

——《词洁》

黄苏曰：按宋当南渡，武昌系与敌分争之地，重过能无今昔之感？词旨清越，亦见含蓄不尽之致。

——《蓼园词选》

李佳曰：轻圆柔脆，小令中工品。

——《左庵词话》

陈廷焯曰：词意凄感而句调浑成，似此亦几稼轩之堂矣。

——《词则》

谭献曰：雅音。

——《谭评词辨》

俞陛云曰：胜地重经，旧情易感，况二十年之久，故友凋零，新愁重叠，人何以堪！结句感喟尤深，章良能所谓旧游可寻，而少年心难觅也。

——《宋词选释》

唐圭璋曰：词旨豪逸。起两句点景，“二十年”一句点时，已极显今昔之感。“柳下”三句，更申言时光之速。“犹未”与“又”字呼应，尤觉宛转。下片，追忆故人不在，“旧江山、浑是新愁”，缀语亦俊。“欲买”两句，直抒胸臆，跌宕昭彰。冯梦华谓龙洲学稼轩，“得其豪放，未得其宛转”。然若此首，固豪放宛转，兼得稼轩之神者。

——《唐宋词简释》

姜 夔

姜夔（约 1155—约 1221），字尧章，号白石道人，饶州鄱阳（今江西波阳）人。曾上《大乐议》、《圣宋铙歌》，诏许免解应礼部进士试，不报，以布衣终老。长期旅食江湖，与张鉴、范成大等交游。有《白石道人歌曲》。

踏莎行

自沔东来，丁未元日至金陵，江上感梦而作[1]

燕燕轻盈，莺莺娇软[2]。分明又向华胥见[3]。夜长争得薄情知[4]，春初早被相思染。　别后书辞，别时针线。离魂暗逐郎行远[5]。淮南皓月冷千山[6]，冥冥归去无人管。

说明

此词感梦，忆念情人之作。“淮南”二句，梦醒后设想情人魂魄归去情景，其怜惜体贴之意溢于言外。“别后书辞，别时针线”，平实语，也是情至语。

---

［1］ 沔（miǎn）：沔州，今湖北汉阳。丁未：宋孝宗淳熙十四年（1187）。

［2］ 燕燕、莺莺：苏轼《张子野年八十五尚闻买妾述古令作诗》：“诗人老去莺莺在，公子归来燕燕忙。”此指所欢。

［3］ 华胥：《列子·黄帝》：“黄帝昼寝而梦游于华胥之国。”后多以“华胥”指梦境。

［4］ 薄情：犹薄幸，“普通使用之义，则为所欢之昵称，犹之冤家，恨之深正见其爱之深也”。（张相《诗词曲语辞汇释》）

［5］ 郎行（háng）：郎那边。

［6］ 淮南：指安徽合肥（宋代属淮南路）。

集评

王国维曰：白石之词，余所最爱者，亦仅二语，曰：“淮南皓月冷千山，冥冥归去无人管。”

——《人间词话》

唐圭璋曰：起言梦中见人，次言春夜思深。换头言别后之难忘，情亦深重。书辞针线，皆伊人之情也。天涯飘荡，睹物如观人，故曰“离魂暗逐郎行远”。“淮南”两句，以景结，境既凄黯，语亦挺拔。

——《唐宋词简释》

点绛唇

丁未冬过吴松作[1]

燕雁无心[2]，太湖西畔随云去。数峰清苦[3]。商略黄昏雨[4]。　第四桥边[5]，拟共天随住[6]。今何许。凭栏怀古。残柳参差舞。

说明

白石最心仪天随子陆龟蒙，行经其晚年隐居之地，神理相接，即景怀古，发为此词。数峰清苦、残柳参差云云，有身世家国之慨融焉。词境清气盘空而苍凉沉郁。

---

[1] 丁未：宋孝宗淳熙十四年（1187）。吴松：即吴淞江，太湖支流，经吴江、苏州等地至上海合流于黄浦江。

[2] 燕雁：自北地而来之雁。燕，地名，幽燕之燕，平声。

[3] 清苦：清寂寥落貌。

[4] 商略：商量，筹划。俞平伯《唐宋词选释》："用此见得雨意浓酣，垂垂欲下。"

[5] 第四桥：在吴江城外。范成大《吴郡志》卷二十九："松江水在水品第六，世传第四桥下水是也。桥今名甘泉桥，好事者往往以小舟汲之。"《苏州府志》卷二十："甘泉桥一名第四桥，以泉品居第四也。"

[6] 天随：唐陆龟蒙自号天随子，宅在松江上甫里（今吴县甪直）。白石每以陆天随自比，如《三高祠》："沉思只羡天随子，蓑笠寒江过一生。"《除夜自石湖归苕霅》："三生定是陆天随，又向吴松作客归。"

集评

卓人月曰：“商略”二字诞妙。

——《词统》

陈廷焯曰：白石长调之妙，冠绝南宋，短章亦有不可及者，如《点绛唇》一阕，通首只写眼前景物，至结处云：“今何许？凭栏怀古，残柳参差舞。”感时伤事，只用“今何许”三字提唱，“凭栏怀古”下，仅以“残柳”五字咏叹了之，无穷哀感，都在虚处，令读者吊古伤今，不能自止，洵推绝调。

——《白雨斋词话》

俞陛云曰：欲雨而待“商略”，“商略”而在“清苦”之“数峰”，乃词人幽渺之思。白石泛舟吴江，见太湖西畔诸峰，阴沉欲雨，以此二句状之。“凭栏”二句其言往事烟消，仅余残柳耶？抑谓古今多少感慨，而垂柳无情，犹是临风学舞耶？清虚秀逸，悠然骚雅遗音。

——《宋词选释》

陈匪石曰：燕春来秋去，雁秋来春去，随云来往，无所容心，开口便饶闲适之味，谓为白石自况，亦无不可。“数峰清苦”，所“商略”者又是“黄昏”之“雨”，则红尘不到，万籁俱寂，而有四顾苍茫之慨，与后遍“怀古”二字息息相关……“拟共天随住”，又所“商略”者，与“太湖西畔”、“无心”、“随云”同一境界也。“今何许”，以提为转。“凭阑怀古”，承上启下。“残柳参差舞”，则烟水迷离之境、桑田沧海之感，兼而有之，所谓“篇终接混茫”者，仍以淡远之致出之。以词言，为小令正轨。以境言，则诚所谓“襟期洒落”、“意到语工，不期高远而自高远”者。

——《宋词举》

唐圭璋曰：通首写景，极淡远之致，而胸襟之洒落亦可概见。起写燕雁随云，南北无定，实以自况，一种潇洒自在之情，写来飘然若仙。“数峰”两句，体会深山幽静之境，亦极微妙。“清苦”二字，写山谷欲活，盖山中沉阴不开，万籁俱寂，故觉群峰都似呈清苦之色也。“商略”二字，亦生动，盖当山雨欲来未来之际，谛视峰与峰之状态，似商略如何降雨也。换头，申怀古之意。“今何许”三字提唱，“凭栏”两句落应，哀感殊深。但捉住残柳一点言之，已见古今沧桑之异。用笔轻灵，而令人吊古伤今，不能自止。

——《唐宋词简释》

长亭怨慢

予颇喜自制曲，初率意为长短句，然后协以律，故前后阕多不同。桓大司马云："昔年种柳，依依汉南，今看摇落，凄怆江潭；树犹如此，人何以堪！"[1] 此语予深爱之

渐吹尽、枝头香絮。是处人家[2]，绿深门户。远浦萦回，暮帆零乱，向何许。阅人多矣，谁得似、长亭树。树若有情时，不会得、青青如此[3]。　　日暮。望高城不见[4]，只见乱山无数。韦郎去也，怎忘得、玉环分付[5]。第一是、早早归来，怕红萼、无人为主。算空有并刀[6]，难剪离愁千缕[7]。

说明

宋光宗绍熙二年（1191）春，自合肥东归忆别情侣之作。上片

[1]　"昔年种柳"六句：《世说新语·言语》载桓温语，只有"木犹如此，人何以堪"二句，此序所引诸语转自庾信《枯树赋》。

[2]　是处：处处。

[3]　"树若有情"二句：温庭筠《李羽处士故里》："花若有情还怅望。"按："此"字出韵。

[4]　"望高城"句：何逊《日夕望江山寄鱼司马》："日夕望高城，耿耿青云外。"欧阳詹《初发太原途中寄太原所思》："高城已不见，况复城中人。"秦观《满庭芳》："高城望断，灯火已黄昏。"

[5]　"韦郎"二句：《云溪友议》卷中载，唐韦皋游江夏，与婢女玉箫有情，约以少则五载，多则七年来娶，因留玉指环一枚。八年不至，玉箫绝食而死，以玉指环着于中指而葬。后韦晚年镇西川，得一歌姬，极类玉箫，而中指有肉环隐出，不异留别之玉环也。此以玉环指代玉箫。

[6]　并刀：并州（今山西太原）所产刀，以锋利著名。杜甫《戏题王宰画山水图歌》："焉得并州快剪刀，剪取吴淞半江水。"

[7]　"难剪"句：李煜《相见欢》："剪不断，理还乱，是离愁。"

托柳敷陈，下片倾诉恋慕。惜别依依，感怆缠绵。宕折回环，浓情雅调。

集评

许昂霄曰：韦皋与玉箫别，留玉指环，约七年再会，以其地在江夏，故用之。后遂沿为通用语。

——《词综偶评》

孙麟趾曰：路已尽而复开出之，谓之转。如“谁得似长亭树，树若有情时，不会得青青如此。

——《词迳》

陈廷焯曰：哀怨无端，无中生有，海枯石烂之情。缠绵沉着。

——《词则》

又曰：白石《长亭怨慢》云：“阅人多矣，谁得似、长亭树。树若有情时，不会得青青如此。”白石诸词，惟此数语最沉痛迫烈。

——《白雨斋词话》

俞陛云曰：此词颇有桓司马江潭之感。虽似怨别之辞，而实则乱愁无次，触绪纷来。凡怀人恋阙，抚今追昔，悉寓其中。首言春望景物，即紧接以“暮帆零乱”句发挥本意。望接天帆影，其中思妇离人，不知凡几，何忍入愁人之眼。惟亭树则冷漠无情，虽长年送尽行人，而青青依旧，与李白之“春风知别苦，不遣柳条青”皆伤心人语。下阕言举目河山，高城阻绝，望远而兼有“浮云蔽日”之感。以下叙离情，临歧片语，历久难忘，凝望早归而托言红萼，以雅逸之笔，致缠绵之思，犹《楚辞》之山间采秀，怅公子之忘归，深入无浅语也。

——《宋词选释》

唐圭璋曰：此首写旅况，情意亦厚。首句从别时别处写起。“远浦”两句，记水驿经历。“阅人”两句，因见长亭树而生感，用《枯树赋》语。“树若”两句，翻“天若有情天亦老”意，措语亦俊。换头，记山程经历，文字如奇峰突起，拔地千丈。乱山深处，最难忘玉环分付，“第一”两句正是分付之语，言情极真挚。末以离愁难消作收。下片一气直贯到底，仿佛苏、辛。

——《唐宋词简释》

暗香

辛亥之冬[1]，予载雪诣石湖[2]。止既月，授简索句[3]，且征新声，作此两曲。石湖把玩不已，使工伎肄习之[4]，音节谐婉，乃名之曰《暗香》、《疏影》[5]

旧时月色。算几番照我，梅边吹笛。唤起玉人，不管清寒与攀摘。何逊而今渐老[6]，都忘却、春风词笔。但怪得、竹外疏花[7]，香冷入瑶席。　江国[8]。正寂寂。叹寄与路遥[9]，夜雪初积。翠尊易泣。红萼无言耿相忆。长记曾携手处，千树压、西湖寒碧。又片片、吹尽也，几时见得。

---

[1]　辛亥：宋光宗绍熙二年（1191）。

[2]　石湖：在苏州西南，与太湖通。范成大居此，因号石湖居士。

[3]　授简：授予纸笺。

[4]　工伎：乐伎。肄习：意谓练习演唱。

[5]　《暗香》、《疏影》：林逋《山园小梅》：“疏影横斜水清浅，暗香浮动月黄昏。”姜夔此二阕新曲，取名于此。

[6]　何逊：南朝梁诗人，有《早梅诗》。杜甫《和裴迪》：“东阁官梅动诗兴，还如何逊在扬州。”

[7]　竹外疏花：苏轼《和秦太虚梅花》：“竹外一枝斜更好。”

[8]　江国：水乡。

[9]　寄与路遥：《荆州记》：“吴陆凯与范晔善，自江南寄梅花与晔，并赠诗曰：‘折梅逢驿使，寄与陇头人。江南无所有，聊赠一枝春。’”

说明

此词咏梅，不著色相。梅花与玉人，相依相融；梅花与情事，相通相证。梅盛情浓，梅落人去。聚散哀乐，空谷传音。

集评

张炎曰：白石词《疏影》、《暗香》、《扬州慢》、《一萼红》、《琵琶仙》、《探春》、《八归》、《淡黄柳》等曲，不惟清空，又且骚雅，读之使人神观飞越。

——《词源》

先著、程洪曰：落笔得“旧时月色”四字，便欲使千古作者皆出其下。

——《词洁》

许昂霄曰：二词如绛云在霄，舒卷自如；又如琪树玲珑，金芝布护。

——《词综偶评》

周济曰：《暗香》、《疏影》二词，寄意题外，包蕴无穷，可与稼轩伯仲。

——《介存斋论词杂著》

又曰：前半阕言盛时如此，衰时如此。后半阕想其盛时，感其衰时。

——《宋四家词选》

邓廷桢曰：朱希真之“引魂枝，消瘦一如无，但空里疏花数点”，姜石帚之“长记曾携手处，千树压、西湖寒碧”，一状梅之少，一状梅之多；皆神情超越，不可思议，写生独步也。

——《双砚斋词话》

李佳曰：白石笔致骚雅，非他人所及，最多佳作。石湖咏梅二词，尤为空前绝后，独有千古。……清虚婉约，用典亦复不涉呆相。

——《左庵词话》

陈廷焯曰：二章脱尽恒蹊，咏为千年绝调。(《暗香》）无一字不骚雅，此风人遗韵，贺、周而外，谁敢与先生抗手。

——《云韶集》

谭献曰：石湖咏梅，是尧章独到处。“翠尊”二句，深美有《骚》、《辨》意。

——《谭评词辨》

郑文焯曰：此二曲为千古词人咏梅绝调。以托喻遥深，自成馨逸；其《暗香》一解，凡三字句逗皆为夹写。

——郑校《白石道人歌曲》

王闿运曰：此二词最有名，然语高品下，以其贪用典故也。

又曰：如此起法，即不是咏梅矣。

——《湘绮楼词选》

俞陛云曰：今寻绎《暗香》词意，乃发怀旧之思，而托诸美人香草。起笔“旧时月色”句已标明本旨，“何逊渐老”二句有“同学少年多不贱，五陵裘马自轻肥”之慨，通篇一往情深。“翠尊”、“红萼”四句在西湖千树幽香中与玉人携手，如见绿萼仙人，一笑嫣然，在残雪轻冰之外，词意清迥，不得以妮子语视之。况“寄与路遥”句与《疏影》曲“胡沙忆远”同意，则咏花而兼有人在也……二曲藉花写怨，一片神行，宜推绝唱也。

——《宋词选释》

陈匪石曰：此章立言，以赏梅之人为主，而言其经历，述其感想，就梅花之盛时、衰时、开时、落时，反复论叙，无限情事，即寓其中。起处首标“旧时”，月色中吹笛，唤玉人“与攀摘”，是鸡人叫旦之用心，是击楫中流之气象。“何逊”句一转，或自喻，或喻人。“春风词笔”之“忘却”，则非畴向吹笛兴致，以喻壮志消磨。“竹外”下九字，极写清寒。“冷”字与“春风”针对。“但怪得”者，前此无此顾虑，今则无可奈何，即“渐老”与“忘却”之归宿。过变承前结而下，由“瑶席”之“香冷”说到“江国”之“寂寂”。“寄与路遥”，暗用陆凯诗，于陆诗所谓“陇头人”必有所喻，“路遥”则音问隔绝也。“夜雪初积”，似喻绝漠荒寒之境，又似喻阴霾四合，开朗无期。“长记”承“相忆”而一转，又回想旧时，与首句应。“携手”极痛痒相关之旨。“西湖寒碧”又与“琼楼玉宇，高不胜寒”同意，则张氏所谓“望之石湖”者，实于言外得之，忠爱之至者也。“又片片”再一转，落到现在。片片吹尽，则“竹外疏花”亦不得见，玉人攀摘，更无可为。伤之极，恨之极。仍曰“几时见得”，则犹欲见之，不认为绝望，又张氏所谓“望之石湖”者，亦陈氏所谓“在位无人”之感，宋民所谓“偏安之恨”也。特其旨隐微，其词浑脱，不见寄托之迹，只运化梅花故实，说看梅者之心事。

——《宋词举》

刘永济曰：词虽咏梅而非敷衍梅花故实。盖寄身世之感于梅花，故其辞虽不离梅而又不粘著于梅。此首前半阕就作者本身言；后半阕则其感于世事之词。“月色”而曰“旧时”，一起即有今昔之感。“梅边吹笛”、“玉人”“攀摘”，皆旧时赏梅情事也。“何逊而今渐老”以下，则今日观梅之情。何逊以自比也。今何逊虽“忘却春风词笔”，然逢花遇酒，亦不能不兴感。后半阕即就所感着笔。“江国，正寂寂”句，言外有南宋朝政昏暗之意。“寄与路遥”，虽暗用陆凯寄梅故事，实追指被金人掳去之二帝、后妃及宗室而言。“路遥”、“夜雪”皆北地也。思念及此，故有“翠尊”之“泣”，与“红萼”之“忆”。翠尊非能泣，红萼非能忆，泣与忆皆此饮翠尊与观红萼之人也。而“千树压西湖”与“片片吹尽”句，则又以昔盛今衰作结，仍归到梅花。此种写法，在技术上，合于诗人比兴之义，而以身世之感贯穿于咏梅之中，似咏梅而实非咏梅，非咏梅又句句与梅有关，用意空灵，此石湖所以“把玩不已”也。

——《唐五代两宋词简析》

唐圭璋曰：此首咏梅，无句非梅，无意不深，而托喻君国，感怀今昔，尤极宛转回环之妙。起四句，写旧时豪情，一气流走，峭警无匹。月下吹笛，皆为烘托梅花而设。试想月下赏梅，梅边吹笛，何等境界，何等情致。“唤起”两句承上，因笛声而又唤起玉人来摘梅，其境更美。“何逊”两句，陡转入如今衰时景象，人老才尽，既无吹笛之兴，亦无咏梅之才，壮志消磨，感喟无穷。“但怪得”两句，再转，实写梅花之疏影暗香，意谓虽不欲咏梅，但花香入席，引人诗思，又不能自已。换头推开，言折梅寄远，用陆凯诗，但路遥雪深，欲寄无从，徒有惆怅之情。“翠尊”两句，承上申说相思之苦，因不得寄，故对翠尊红萼而伤心。白石此等郁勃情深之处，不减稼轩。“长记”两句，回忆当年梅之盛、人之乐，与篇首相映，造境既美，缀语亦精，此是缩笔。末句，又展开，言梅落已尽，旧欢难寻，情极委婉。问“几时见得”，想见“白头吟望苦低垂”之情。章法自清真《六丑》得来。

——《唐宋词简释》

齐天乐

丙辰岁[1]，与张功父会饮张达可之堂[2]，闻屋壁间蟋蟀有声。功父约予同赋，以授歌者。功父先成，辞甚美。予徘徊茉莉花间，仰见秋月，顿起幽思，寻亦得此。蟋蟀，中都呼为促织[3]，善斗，好事者或以三、二十万钱致一枚，镂象齿为楼观以贮之[4]

庾郎先自吟愁赋[5]。凄凄更闻私语。露湿铜铺[6]，苔侵石井，都是曾听伊处。哀音似诉。正思妇无眠，起寻机杼。曲曲屏山，夜凉独自甚情绪。　西窗又吹暗雨。为谁频断续，相和砧杵[7]。候馆迎秋[8]，离宫吊月[9]，别有伤心无数。豳诗漫与[10]。笑篱落呼灯，世间儿女。写入琴丝[11]，一声声更苦。

---

[1] 丙辰岁：宋宁宗庆元二年（1196）。

[2] 张功父：张镃，字功父（“父”通作“甫”），号约斋，有《南湖集》。张达可：张镃从弟。

[3] 中都：即都中，指南宋京城临安（今浙江杭州）。

[4] 为楼观以贮之：《说郛》卷十八引宋顾文荐《负暄杂录·禽虫善斗》：“斗虫亦起于天宝间。长安富人镂象牙为笼而畜之。以万金之资，付之一喙，其来远矣。”《西湖老人繁胜录》：“促织盛出，都民好养，或用银丝为笼，或作楼台为笼。”

[5] 庾郎：指庾信。《愁赋》：见叶廷珪《海录碎事》卷九《愁乐门》。

[6] 铜铺：铜制的铺首（装在门上以衔住门环）。

[7] 砧杵：捣衣用的石和棒。此指捣衣声。

[8] 候馆：客馆。

[9] 离宫：行宫，古帝王出巡时所住宫殿。

[10] 《豳》诗：《诗·豳风·七月》写蟋蟀：“七月在野，八月在宇，九月在户，十月蟋蟀入我床下。”漫与：指率意赋诗，并不刻意求工。杜甫《江上值水如海势聊短述》：“老去诗篇浑漫与。”

[11] 琴丝：琴弦。白石自注：“宣、政间，有士大夫制《蟋蟀吟》。”宣、政间，宋徽宗宣和、政和年间。

说明

此词咏蟋蟀，不状其形，独赋其声。通过世间各色伤心人的听闻感受，揭出“愁”、“苦”题旨。蛩声哀诉，人心凄悲，孰因孰果，亦此亦彼。

集评

张炎曰：最是过片，不要断了曲意，须要承上接下。如姜白石词云：“曲曲屏山，夜凉独自甚情绪。”于过片则云：“西窗又吹暗雨。”此则曲之意脉不断矣。

——《词源》

又曰：白石《暗香》《疏影》咏梅云（略），《齐天乐》赋促织云（略），此皆全章精粹，所咏了然在目，且不留滞于物。

——《词源》

贺裳曰：（“露湿”六句，“西窗”三句）数语刻划亦工。蟋蟀无可言而言听蟋蟀者，正姚铉所谓“赋水不当仅言水，而言水之前后左右”也。

——《皱水轩词筌》

许昂霄曰：将蟋蟀与听蟋蟀者层层夹写，如环无端，真化工之笔也。

——《词综偶评》

陈廷焯曰：“篱落”二句，平常意，一经点染，便觉神味渊永，其妙真令人不可思议。

——《词则》

又曰：白石《齐天乐》一阕，全篇皆写怨情。独后半云：“笑篱落呼灯，世间儿女。”以无知儿女之乐，反衬出有心人之苦，最为入妙。用笔亦别有神味，难以言传。

——《白雨斋词话》

陈锐曰：姜尧章《齐天乐》咏蟋蟀最为有名，然庾郎愁赋，有何出典？“《豳》诗”四字，太觉呆诠。至“铜铺、石井、候馆、离宫”，亦嫌重复。

——《裛碧斋词话》

沈祥龙曰：词中虚字，犹曲中衬字，前呼后应，仰承俯注，全赖虚字灵活，其词始妥溜而不板实。不特句首虚字宜讲，句中虚字亦当留意。如白石词云：“庾郎先自吟愁赋，凄凄更闻私语。”“先自”、“更闻”，互相呼应，余可类推。

——《论词随笔》

郑文焯曰：功父《满庭芳》词咏促织儿，清隽幽美，实擅词家能事，有观止之叹；白石别构一格，下阕托寄遥深，亦足千古已。

——郑校《白石道人歌曲》

俞陛云曰：起笔振裘挈领，未闻蟋蟀，先已赋愁，则以下所咏，处处皆含愁意，一线贯注。若由蟋蟀起笔，便无意味，学词者可悟起句之一种用笔也。咏正面仅“露湿”、“苔侵”三句，此后砧韵机声，皆人与物夹写。“候馆”三句局势开拓，寄情绵邈，与咏蝉之汉苑秦宫，同一意境。结笔灯影琴丝，仍由侧面着想，首尾无一滞笔。时人称其全章精粹，不留滞于物，洵然也。

——《宋词选释》

唐圭璋曰：此首咏蟋蟀，寄托遥深。起言愁人不能更闻蟋蟀。观“先自”与“更闻”，正相呼应。而庾郎不过言愁人，并非谓庾郎曾有蟋蟀之吟也，其《霓裳中序第一》有云：“动庾信清愁似织”可证。陈伯弢讥庾郎《愁赋》无出典，未免深文罗织。言蟋蟀声如私语，体会甚细。“露湿”三句，记闻声之处。“哀音似诉”比“私语”更深一层，起下思妇闻声之感。“曲曲”两句，承上言思妇之悲伤，而出之以且叹、且问语气，文笔极疏俊委婉。换头，用“又”字承上，词意不断。夜凉闻声，已是感伤，何况又添暗雨，伤更甚矣。仍用问语叙述，亦令人叹惋不置，此类虚处传神，白石最擅长。“候馆”三句，言闻声者之伤感，不独思妇，皆愁极不堪者，一闻蟋蟀皆愁，故更有无数伤心也。伯弢又谓“候馆”、“离宫”与“铜铺”、“石井”重复，不知“铜铺”、

“石井”乃自言听蟋蟀发声之处，“候馆”、“离宫”乃他人听蟋蟀之所在。一是听蟋蟀在何处，一是在何处听蟋蟀，用意各别，毫不重复。“《豳》诗”两句陡转，以无知儿女之欢笑，反衬出有心人之悲哀，意亦深厚。末言蟋蟀声谱入琴丝更苦，余意不尽。

——《唐宋词简释》

鹧鸪天

元夕有所梦

肥水东流无尽期[1]。当初不合种相思[2]。梦中未比丹青见[3]，暗里忽惊山鸟啼。　春未绿，鬓先丝。人间别久不成悲。谁教岁岁红莲夜[4]，两处沉吟各自知。

说明

宋宁宗庆元三年（1197）元宵感梦之作。合肥情遇，距此已逾二十年，但相思刻骨，长恨铭心。“当初不合种相思”、“人间别久不成悲”，深情凝聚，方能道此。

集评

郑文焯曰：“红莲”谓灯。此可与《丁未元日金陵江上感梦》之作参看。

——郑校《白石道人歌曲》

唐圭璋曰：起句沉痛，谓水无尽期，犹恨无尽期。“当初”一句，因恨而

[1] 肥水：亦作淝水，源出安徽合肥西南紫蓬山。
[2] 不合：不该。
[3] 丹青：原指绘图所用颜料，此指图画。
[4] 红莲：指灯。欧阳修《蓦山溪·元夕》词：“纤手染香罗，剪红莲，满城开遍。”

悔，悔当初错种相思，致今日有此恨也。“梦中”两句，写缠绵颠倒之情，既经相思，遂不能忘，以至入梦，而梦中隐约模糊，又不如丹青所见之真。“暗里”一句，谓即此隐约模糊之梦，亦不能久做，偏被山鸟惊醒。换头，伤羁旅之久。“别久不成悲”一语，尤道出人在天涯况味。“谁教”两句，点明元夕，兼写两面，以峭劲之笔，写缱绻之深情，一种无可奈何之苦，令读者难以为情。

——《唐宋词简释》

史达祖

史达祖（1163？—1220？），字邦卿，号梅溪，汴（今河南开封）人。屡举不第，南宋宁宗朝，为平章军国事韩侂胄堂吏，力主抗金，“拟帖拟旨，权炙缙绅”。开禧北伐败绩，遭株连，受黥刑。有《梅溪词》。

绮罗香

咏春雨

做冷欺花[1]，将烟困柳[2]，千里偷催春暮[3]。尽日冥迷，愁里欲飞还住。惊粉重、蝶宿西园[4]，喜泥润、燕归南浦[5]。最妨它、佳约风流，钿车不到杜陵路[6]。　　沉沉江上望极，还被春潮晚急[7]，难寻官渡。隐约遥峰，和泪谢娘眉妩[8]。临断岸、新绿生时[9]，是落红、带愁流处。记当日、门掩梨花[10]，剪灯深夜语[11]。

---

[1]　做：酿成。

[2]　烟：降雨时的雾气。

[3]　“千里”句：孟郊《喜雨》：“朝见一片云，暮成千里雨。”

[4]　粉重：谓粉蝶被雨淋湿。蝶宿西园：李白《长干行》：“八月蝴蝶黄，双飞西园草。”

[5]　喜泥润：秦观《沁园春》：“正兰皋泥润，谁家燕喜。”

[6]　“钿车”句：谓因雨而车辆受阻。钿车：指女子乘坐的车辆。或指有彩饰的车。杜陵：在今陕西西安东南。古杜柏国，汉宣帝葬此，因曰杜陵。亦称乐游原。

[7]　春潮晚急：韦应物《滁州西涧》：“春潮带雨晚来急，野渡无人舟自横。”

[8]　“隐约”二句：谓雨中远山如含泪美人的眉峰。谢娘：唐李德裕歌妓谢秋娘，后泛指歌女或佳人。眉妩：双眉妩媚可爱。

[9]　新绿：指春水。韦庄《谒金门》：“春雨足，染就一溪新绿。”

[10]　门掩梨花：李重元《忆王孙》：“欲黄昏，雨打梨花深闭门。”

[11]　“剪灯”句：李商隐《夜雨寄北》：“君问归期未有期，巴山夜雨涨秋池。何当共剪西窗烛，却话巴山夜雨时。”

说明

此为梅溪自度曲。咏春雨而通篇不出一“雨”字，却又字字着题。从物与人的感受传春雨之神，工笔写意，浓淡相间。送春念远之情，蕴含画中。

集评

黄昇曰：“临断岸”以下数语，最为姜尧章所赏。

——《花庵词选》

李攀龙曰：语语淋漓，在在润泽，读此将诗声彻夜雨声寒，非笔能兴云乎！

——《草堂诗余隽》

先著、程洪曰：无一字不与题相依，而结尾始出雨字，中边皆有。前后两段七字句，于正面尤著到。如意宝珠，玩弄难于释手。

——《词洁》

许昂霄曰：绮合绣联，波属云委。“尽日冥迷”二句，摹写入神。“记当日”二句，如此运用，实处皆虚。

——《词综偶评》

黄苏曰：愁雨耶？怨雨耶？多少淑偶佳期，尽为所误，而伊仍浸淫渐渍，联绵不已。小人情态如是，句句清隽可思。好在结二语写得幽闲贞静，自有身份，怨而不怒。

——《蓼园词选》

孙麟趾曰：词中四字对句，最要凝炼，如史梅溪云：“做冷欺花，将烟困柳”，只八个字已将春雨画出。

——《词迳》

李佳曰：史达祖《春雨》词，煞句“记当日、门掩梨花，剪灯深夜语”，就题烘衬推开去，亦是一法。

——《左庵词话》

陈廷焯曰：字字精炼，却极玲珑。梅溪之高，宜出竹屋之右。

——《云韶集》

又曰：凄警特绝。

——《词则》

俞陛云曰：此词体物殊工，与碧山之咏蝉，玉田之咏春水，白石之咏蟋蟀，皆能融情景于一篇者。……上阕言近处庭院之雨，后阕言远处江湖之雨。“新绿”二句，非特江干风景，而送春念远，皆在其中。“落红”句，造语尤工。结句听雨西窗，虽意所易到，而回首当年，以“梨花门掩”，点染生姿，觉余音绕梁也。

——《宋词选释》

唐圭璋曰：此首咏春雨，层次井然，清俊无比。起写雨中花柳，将春雨画出。“尽日”两句，刻画春雨尤细切。“惊粉重”两句，写雨中燕蝶，一惊一喜，亦是传神妙笔。“最妨它”两句，荡开，说到雨妨钿车，秀美之至。换头，写雨中江景，用韦苏州诗意。“隐约”两句，写雨中峰峦。“临断岸”两句，写雨中落红新绿。末句，用李义山诗意，忽地推开，回忆当日雨中情事。情景融会，逸趣横生，无怪白石之称赏也。

——《唐宋词简释》

双双燕

咏燕

过春社了[1]，度帘幕中间，去年尘冷。差池欲住[2]，试入旧巢相并。还相雕梁藻井[3]。又软语[4]、商量不定。飘然快拂花梢，翠尾分开红影[5]。　芳径。芹泥雨润[6]。爱贴地争飞，竞夸轻俊。红楼归晚[7]，看足柳昏花暝。应自栖香正稳。便忘了、天涯芳信[8]。愁损翠黛双蛾[9]，日日画栏独凭。

说明

此梅溪自度曲。题前落笔，写双燕春归情态，穷形尽相，摹画入神。“应自”以下四句，由物色转向人事，燕子双栖反形玉人独凭，遂融入闺情，宕出远韵。

---

[1] 春社：立春后第五个戊日，为祭祀土神的日子。相传燕子春社时从南方飞来，秋社后飞回。晏殊《破阵子》：“燕子来时新社，梨花落后清明。”

[2] 差池：燕子飞时尾翼张舒不齐貌。《诗·邶风·燕燕》：“燕燕于飞，差池其羽。”

[3] 相（xiàng）：察看。藻井：饰有纹彩的井栏状天花板。张衡《西京赋》薛综注：“藻井，当栋中，交木方为之，如井干也。”

[4] 软语：鸣声柔和，指呢喃燕语。

[5] 红影：花影。

[6] 芹泥：长有水芹处的泥土，燕子衔以筑巢。杜甫《徐步》：“芹泥随燕嘴，蕊粉上蜂须。”

[7] 红楼：指女子住所。郑谷《燕》：“低飞绿岸和梅雨，乱入红楼拣杏梁。”

[8] 天涯芳信：相传燕能传书。王仁裕《开元天宝遗事》卷下载，长安女郭绍兰，托燕寄书与经商湘中的丈夫任宗，果收到，乃归。江淹杂体诗《李都尉陵》：“袖中有短书，愿寄双飞燕。”

[9] 愁损：愁煞，愁坏。翠黛：画眉所用青绿之色。双蛾：双眉。此指代女子。

集评

黄昇曰：形容尽矣。姜尧章最赏其“柳昏花暝”之句。

——《花庵词选》

王世贞曰：史邦卿题燕曰：“差池欲住，试入旧巢相并。还相雕梁藻井，又软语、商量不定。”可谓极形容之妙。

——《弇州山人词评》

沈际飞曰：“欲”字、“试”字、“还”字、“又”字入妙。

——《草堂诗余正集》

卓人月曰：不写形而写神，不取事而取意，白描高手。

——《词统》

王士禛曰：仆每读史邦卿咏燕词：“又软语商量不定，飘然快拂花梢，翠尾分开红影”，又“红楼归晚，看足柳昏花暝”，以为咏物至此，人巧极天工矣。

——《花草蒙拾》

贺裳曰：尝观姜论史词，不称其“软语商量”，而赏其“柳昏花暝”，固知不免项羽学兵法之恨。

——《皱水轩词筌》

许昂霄曰：清新俊逸，兼有之矣。

——《词综偶评》

吴衡照曰：咏物虽小题，然极难作。贵有不粘不脱之妙。此体南宋诸老尤擅长。史梅溪《春燕》云：“还相雕梁藻井，又软语、商量不定。飘然快拂花梢，翠尾分开红影。”刻画精巧，运用生动，所谓空前绝后者矣。

——《莲子居词话》

周尔墉曰：史生颖妙非常，此词可谓能尽物性。

——周评《绝妙好词》

谭献曰：起处藏过一番感叹，为“还”字、“又”字张本。“还相”二字，挑按见指法，再搏弄便薄。“红楼”句换笔，“应自”句换意。“愁损”二句收足，然无余味。

——《谭评词辨》

王国维曰：贺黄公谓："姜论史词，不称其'软语商量'，而称其'柳昏花暝'，固知不免项羽学兵法之恨。"然"柳昏花暝"自是欧、秦辈句法，前后有画工、化工之殊，吾从白石，不能附和黄公矣。

——《人间词话删稿》

俞陛云曰：归来社燕，回忆去年，题前着笔，便留旋转余地。巢痕重拂，犹征人之返故居，咏燕亦隐含人事。欧阳永叔爱诵咏燕诗"晓窗惊梦语匆匆"句，此词云"商量不定"，为燕语传神尤妙。"芳径"四句赋题正面，"柳昏花暝"传为名句，多少朱门兴废，皆在"看足"两字之中。

——《宋词选释》

陈匪石曰：结拍以玉人之愁比较其间，"独凭"、"画栏"与"栖香正稳"及入巢相并恰相反映，自愁乎？妒燕乎？不得而知，亦不再赘。正如初写《黄庭》，恰到好处，与《春雪》之"怕凤靴挑菜归来，万一灞桥相见"同一作法，正玉田所谓"一段意思全在结句"者也。论咏物之词，实赋体之极轨。

——《宋词举》

唐圭璋曰：此首咏燕，神态逼真，灵妙非常。"过春社了"三句，记燕来之时。"差池"两句，言燕飞入巢。"还相"两句，摹写燕语。"欲"字、"试"字、"还"字"又"字皆写足双燕之神。"飘然"两句，写燕飞去，俨然画境。换头承上，写燕飞之路。"爱贴地"两句，写燕飞之势。"红楼"两句，换笔写燕归。"看足柳昏花暝"一句，说尽双燕游乐之情。"应自"两句，换意写燕双栖，意义完毕。末结两句，推开，特点人事，盖用燕归人未归之意。"独凭"与双栖映射，最为俊巧。

——《唐宋词简释》

刘克庄

刘克庄（1187—1269），字潜夫，号后村，莆田（今属福建）人。以父荫入仕。宋理宗淳祐六年（1246）赐同进士出身，官至工部尚书兼侍读、龙图阁学士。有《后村大全集》，词集名《后村长短句》，又名《后村别调》。

玉楼春

戏呈林节推乡兄[1]

年年跃马长安市[2]，客舍似家家似寄[3]。青钱换酒日无何[4]，红烛呼卢宵不寐[5]。　易挑锦妇机中字[6]，难得玉人心下事。男儿西北有神州，莫滴水西桥畔泪[7]。

---

[1] 节推：节度推官，宋朝州郡的佐理官。

[2] 长安：借指南宋京都临安（今浙江杭州）。

[3] “客舍”句：陶渊明《杂诗》：“家为逆旅舍，我如当去客。”寄：客居。

[4] 无何：谓更无余事。

[5] 呼卢：指赌博。古代的樗蒲戏，相当于后世掷骰子。程大昌《演繁露》卷六：“投子者五者现黑，则其名卢。此在樗蒲为最高之采。”故掷时大声呼卢。晏几道《浣溪沙》：“床前红烛夜呼卢。”

[6] “易挑”句：《晋书》卷九六《列女·窦滔妻苏氏传》：“滔，苻坚时为秦州刺史，被徙流沙。苏氏思之，织锦为回文旋图诗以赠滔，宛转循环以读之，词甚凄惋。”挑：一种刺绣的方法。锦妇：织锦的女子。

[7] 水西桥：刘辰翁《须溪集》卷五《习溪桥记》称“闽之水西”。为当时名桥之一。此谓妓女聚集之所，未必实指其地。

说明

此词为劝勉林姓同乡友人之作，题曰“戏呈”，意实庄重。上片写人，下片致意，谓冶游无益，当以自强。结穴逸韵高响，唤醒痴迷。全篇外柔内刚，旨正而语有致。

集评

冯煦曰：后村词，与放翁、稼轩，犹鼎三足。其生丁南渡，拳拳君国，似放翁。志在有为，不欲以词人自域，似稼轩。如《玉楼春》云：“男儿西北有神州，莫滴水西桥畔泪。”

——《蒿庵论词》

况周颐曰：后村《玉楼春》云：“男儿西北有神州，莫滴水西桥畔泪。”杨升庵谓其壮语足以立懦，此类是已。

——《蕙风词话》

唐圭璋曰：此首题作《戏林推》，实含有无限家国之感。

——《唐宋词简释》

吴文英

吴文英（约1200—约1260），字君特，号梦窗，晚号觉翁，四明（今浙江宁波）人。本为翁姓，入继吴氏。一生未第，曾于苏、杭、越三州任幕僚。为吴潜、贾似道、史宅之门客。有《梦窗词》。

风入松

听风听雨过清明。愁草瘗花铭[1]。楼前绿暗分携路[2]，一丝柳，一寸柔情。料峭春寒中酒[3]，交加晓梦啼莺[4]。　　西园日日扫林亭。依旧赏新晴。黄蜂频扑秋千索，有当时、纤手香凝。惆怅双鸳不到[5]，幽阶一夜苔生。

说明

此为西园怀人词。西园在吴地，乃梦窗与情人寓所及分携处。上片极写伤离意绪，下片写林亭依旧，由物及人，徒增惆怅。“黄蜂频扑秋千索，有当时、纤手香凝”。奇思遐念，情深语痴。

---

[1]　瘗（yì）花铭：庾信有《瘗花铭》。瘗，埋葬。

[2]　分携：离别。

[3]　中（zhòng）酒：醉酒。

[4]　交加：纷繁、错杂。

[5]　双鸳：女子之鞋。此指履迹。

集评

许昂霄曰：结句亦从古诗“全由履迹少，并欲上阶生”化出。

——《词综偶评》

陈廷焯曰：情深而语极纯雅，词中高境也。

——《白雨斋词话》

谭献曰：此是梦窗极经意词，有五季遗响。“黄蜂”二句，是痴语，是深语。结处见温厚。

——《谭评词辨》

陈洵曰：风雨新晴，非一日间事，除了风雨，即是新晴，盖云我只如此度日。“扫林亭”，犹望其还；“赏”则无聊消遣。见秋千而思纤手，因蜂扑而念香凝，纯是痴望神理。“双鸳不到”，犹望其到；“一夜苔生”，踪迹全无，则惟日日惆怅而已。当味其词意酝酿处，不徒声容之美。

——《海绡说词》

俞陛云曰：“丝柳”七字写情而兼录别，极深婉之思。起笔不遽言送别，而伤春惜花，以闲雅之笔引起愁思，是词手高处。“黄蜂”二句于无情处见多情，幽想妙辞，与“霜饱花腴”、“秋与云平”皆稿中有数名句。结处“幽阶”六字，在神光离合之间，非特情致绵邈，且余音袅袅也。

——《宋词选释》

陈匪石曰：全篇之眼即在此“分携”二字中。

——《宋词举》

唐圭璋曰：“黄蜂”两句，触物怀人。因园中秋千，而思纤手；因黄蜂频扑，而思香凝，情深语痴。此与因黄柑而思及“柔香系幽素”相同。梦窗《莺啼序》云：“记琅玕、新诗细掐，早陈迹、香痕纤指。”《西子妆慢》云：“燕归来，问彩绳纤手，如今何许。”或因竹而思及掐诗之纤指，或因燕而思及彩绳系绳之纤手，皆同一思路。“惆怅”两句，用古诗意，望人不到，但有苔生，意亦深厚。

——《唐宋词简释》

唐多令

何处合成愁。离人心上秋[1]。纵芭蕉、不雨也飕飕[2]。却道晚凉天气好，有明月，怕登楼。　　年事梦中休。花空烟水流。燕辞归[3]，客尚淹留。垂柳不萦裙带住，漫长是，系行舟。

说明

此词写羁旅怀人，疏朗明快，为梦窗词中别调。起句凿空道来，拼字格点出“愁”情，信手拈来，得自然之趣。怨柳丝只系行舟不系裙带，无理情语，动人至深。

集评

张炎曰：此词疏快，却不质实。

——《词源》

沈际飞曰：所以感伤之本，岂在蕉雨？妙妙。“垂柳”句原不熟烂。

——《草堂诗余正集》

王士禛曰：“何处合成愁？离人心上秋。”滑稽之隽，与龙辅《闺怨》诗

[1]　心上秋：即愁字。

[2]　“纵芭蕉”句：从杜牧《雨》“一夜不眠孤客耳，主人窗外有芭蕉”句意翻出。

[3]　“燕辞归”句：用曹丕《燕歌行》“群燕辞归鹄南翔”、“何为淹留寄他方”句意。

“得郎一人来，便可成仙去”，同是《子夜》变体。

——《花草蒙拾》

许昂霄曰：如诗中离合体，亦从少游“一钩残月带三星”来。

——《词综偶评》

周尔墉曰：词固佳，但非梦窗平生杰构。玉田心赏，特以近自家手笔故也。玉田赏之，是矣，然而是极研炼出之者，看似俊快，其实深美。

——周批《绝妙好词》

陈廷焯曰：梦窗词大率沉静为主，此篇独清快。

——《云韶集》

又曰：语浅情长，不第以疏快见长也。

——《词则》

八声甘州

灵岩陪庾幕诸公游[1]

渺空烟四远，是何年、青天坠长星。幻苍厓云树，名娃金屋[2]，残霸宫城[3]。箭径酸风射眼[4]，腻水染花腥[5]。时靸双鸳响[6]，廊叶秋声[7]。宫里吴王沉醉，倩五湖倦客[8]，独钓醒醒。问苍波无语，华发奈山青。水涵空、阑干高处，送乱鸦、斜日落渔汀。连呼酒，上琴台去，秋与云平。

说明

此词记游灵岩，怀古抒慨，借吴越往事，写满目兴亡，时在苏州为仓台幕僚。“幻”字为骨，虚实叠影。笔力矫纵，结穴振爽。

---

[1] 灵岩：山名。在江苏苏州市西。山上有春秋吴国馆娃宫、琴台、响屧廊等遗迹。庾幕：幕僚。此指苏州仓台幕。

[2] 名娃金屋：指馆娃宫，传为越女西施入吴后所居。

[3] 残霸：指春秋吴王夫差。曾与晋争霸，终为越王勾践所灭。

[4] 箭径：即采香径，吴王宫女集香料处，一水其直如箭，故又名箭径。径，当作泾。酸风射眼：李贺《金铜仙人辞汉歌》：“东关酸风射眸子。”酸风，秋日凉风。

[5] 腻水：杜牧《阿房宫赋》：“渭流涨腻，弃脂水也。”

[6] 靸（sǎ）：拖鞋。此用作动词。双鸳：女子的鞋。

[7] 廊：《越绝书》：“又有响屧廊，或曰鸣屧廊，廊以楩楠藉地，西子行则有声，故名。”

[8] 五湖倦客：指春秋越国大臣范蠡。

集评

张炎曰：如梦窗《登灵岩》云："连呼酒，上琴台去，秋与云平。"《闰重九》云："帘半卷，带黄花，人在小楼。"……皆平易中有句法。

——《词源》

陈廷焯曰："箭径"六字承"残霸"句，"腻水"五字承"名娃"句，此词气骨甚遒。

——《词则》

陈洵曰：换头三句，不过言山容水态，如吴王、范蠡之醉醒耳。"苍波"承"五湖"，"山青"承"宫里"，独醒无语，沉醉奈何，是此词最沉痛处。

——《海绡说词》

麦孺博曰：奇情壮采。

——《艺蘅馆词选》引

俞陛云曰：梦窗词近三百首，《绝妙好词》选十六调，以此调冠首。弁阳翁题句以"犹想乌丝醉墨，惊俊语、香红围绕"及"依旧故人怀抱"称之，可见相知之深。此调起笔警拔，谓奇峰自天际飞来。第三句以"幻"字点醒之，其笔势亦如长星坠空也。"名娃"二句有儿女英雄同归冥漠之感。其地有箭径、剑水，故用"射"字、"腥"字以映带之，而归到响屧，以秋声寓怀古之意。其下咏吴宫往事，醒醉相形，写以轻笔，即承以水碧山青，发苍凉之慨。结尾四句如霜天晓角，愈转愈高，宜"秋与云平"一语推为警句也。

——《宋词选释》

唐圭璋曰："问苍波"以下，空际转身，将吊古及身世之感尽融入景中。前片所言馆娃宫、采香径、响屧廊，俱已化为乌有，只有山青水碧，乱鸦盘空而已。末句，更转一境，亦"更上一层楼"之意，与起句相应。全篇波澜壮阔，笔力奇横。

——《唐宋词简释》

浣溪沙

门隔花深梦旧游。夕阳无语燕归愁。玉纤香动小帘钩[1]。　　落絮无声春堕泪，行云有影月含羞。东风临夜冷于秋。

说明

此词怀人感梦。当为去姬作。上片旧游梦境，下片折回现境。“玉纤香动小帘钩”，深印灵府，伊人难忘。“东风临夜冷于秋”，梦醒感受，不尽憾恨。

集评

陈廷焯曰：字字凄警。

——《词则》

又曰：《浣溪沙》结句贵情余言外，含蓄不尽。如吴梦窗之“东风临夜冷于秋”，贺方回之“行云可是波江难”，皆耐人玩味。

——《白雨斋词话》

陈洵曰：“梦”字点出所见，惟夕阳归燕、玉纤香动，则可闻而不可见矣。是真是幻，传神阿堵，门隔花深故也。“春堕泪”为怀人，“月含羞”因

[1]　玉纤：女子的纤手。

隔面，义兼比兴。东风临夜，回睇夕阳，俯仰之间，已为陈迹，即一梦亦有变迁矣。“秋”字不是虚拟，有事实在，即起句之“旧游”也。秋去春来，又换一番世界，一“冷”字可思。此篇全从张子澄“别梦依依到谢家”一诗化出，须看其游思缥缈、缠绵往复处。

——《海绡说词》

俞陛云曰：句法将纵还收，似沾非着，以蕴酿之思，运妍秀之笔，可平睨方回，揽裾小晏矣。结句尤凄韵悠然。

——《宋词选释》

刘永济曰：观此词，知词家所说之梦，不必是真梦，而写来似真，亦写虚为实之法。

——《微睇室说词》

唐圭璋曰：此首感梦之作。起句，梦旧游之处。“夕阳”两句，梦人归搴帘之态。换头，抒怀人之情，因落絮以兴起人之堕泪，因行云以比人之含羞。“东风”句，言夜境之凄凉，与贺方回《浣溪沙》结句“东风寒似夜来些”相同。

——《唐宋词简释》

鹧鸪天

化度寺作[1]

池上红衣伴倚阑[2]。栖鸦常带夕阳还。殷云度雨疏桐落[3]，明月生凉宝扇闲。　　乡梦窄，水天宽。小窗愁黛淡秋山[4]。吴鸿好为传归信，杨柳阊门屋数间[5]。

说明

此词怀人，当为苏州去姬作。画面分属两地，情事随景而迁。语淡情浓，神韵悠远。“窄”字写梦，足见感物之慧心。

集评

陈洵曰：“杨柳阊门”，其去姬所居也。全神注定，是此一句。“吴鸿归信”，言己亦将去此间矣，眼前风景何有焉。

——《海绡说词》

---

[1]　化度寺：在杭州（今属浙江）江涨桥附近。原名水云，宋治平二年改。

[2]　红衣：红莲。

[3]　殷云：浓重。

[4]　愁黛：愁眉。《飞燕外传》：“为薄眉，号远山黛。”

[5]　阊门：阊阖门，苏州城西门。

文及翁

文及翁，生卒年不详，字时学，号本心，绵州（今四川绵阳，）人，徙居吴兴（今浙江湖州）。宋理宗宝祐元年（1253）进士。历国子司业、秘书少监。宋亡不仕。词存一首。

贺新郎

游西湖有感[1]

一勺西湖水[2]。渡江来[3]，百年歌舞，百年酣醉。回首洛阳花石尽[4]，烟渺黍离之地[5]。更不复新亭堕泪[6]。簇乐红妆摇画艇，问中流击楫谁人是[7]。千古恨，几时洗。　　余生自负澄清志[8]。更有谁，磻溪未遇[9]，

---

[1] 西湖：在浙江杭州。

[2] 一勺：喻西湖范围之小、容量之浅。

[3] 渡江：宋室于 1127 年南渡长江，后建都临安（今浙江杭州）。

[4] 洛阳：今属河南，盛产牡丹，多园林胜景，北宋亡时，为金人所占。李格非《洛阳名园记》："天下之治乱，候于洛阳之盛衰而知；洛阳之盛衰，候于园囿之兴废。"又云："高亭大榭，烟火焚燎，化而为灰烬。"此以洛阳兼指汴京（今河南开封）。北宋徽宗曾派朱勔到江南一带搜罗奇花异石，建寿山艮岳。

[5] 黍离之地：《诗·王风·黍离》："彼黍离离。"《诗小序》谓西周亡后，宗庙宫室，长满禾黍，一片荒凉，周大夫感而作诗。

[6] 新亭堕泪：《世说新语·言语》：晋室南渡后，"过江诸人，每至美日，辄相邀新亭，藉卉饮宴。周侯中坐而叹曰：'风景不殊，正自有山河之异！'皆相视流泪。"新亭：故址在江苏南京市南。

[7] 中流击楫：东晋初，祖逖统兵渡江北伐，至中流，击楫而誓曰："祖逖不能清中原而复济（渡江）者，有如大江！"见《晋书》卷六十二《祖逖传》。

[8] 澄清志：《后汉书》卷九十七《范滂传》："滂登车揽辔，慨然有澄清天下之志。"

[9] 磻（pán）溪：水名，在今陕西宝鸡东南，北流入渭河。相传为太公望（吕尚）未遇周文王时垂钓之处。

傅岩未起[1]。国事如今谁依仗，衣带一江而已。便都道、江神堪恃[2]。借问孤山林处士[3]，但掉头、笑指梅花蕊。天下事，可知矣。

说明

据李有《古杭杂记》载："蜀人文及翁登第后，期集游西湖。一同年戏之曰：'西蜀有此景否？'及翁即集赋《贺新郎》。"此词殷忧国事，针砭时弊、抒填膺之忠愤，发警世之浩叹。如述志之文，如议政之论，连用事典，环环设问，洞穿七札，非泛泛感慨而已。"一勺"、"百年"，足见讥刺锋芒；"借问"二句，力能勾摄魂魄。

集评

许昂霄曰：（上片）所谓"直把杭州作汴州"也。

——《词综偶评》

谢章铤曰：嗟乎，是真小雅诗人之义也。比之陈参政之《木兰花慢》、德祐太学生之《百字令》，更为沉痛。谁敢轻填词为小道哉。

——《赌棋山庄词话》

陈廷焯曰：南宋君臣晏安，不亡何待？不敢明言，故托词和靖，非讥和靖也。

——《词则》

王闿运曰：须得此洗尽绮语柔情，复还清明世界。惜后半不清。

——《湘绮楼词选》

---

[1] 傅岩：地名，在今山西平陆东。相传傅说在此筑墙，殷高宗举以为相，天下遂治。

[2] 恃：依靠。

[3] 孤山林处士：北宋林逋，字君复，卒谥和靖先生。隐居杭州西湖孤山，以植梅养鹤为乐，终生不仕。处士，不仕、未仕之人。

刘辰翁

刘辰翁（1232—1297），字会孟，号须溪，吉州庐陵（今江西吉安）人。太学生。宋理宗景定三年（1262）进士，以对策忤贾似道，置丙第。曾为濂溪书院山长。宋亡不仕。有《须溪词》。

兰陵王

丙子送春[1]

送春去。春去人间无路。秋千外，芳草连天，谁遣风沙暗南浦[2]。依依甚意绪。漫忆海门飞絮[3]。乱鸦过，斗转城荒[4]，不见来时试灯处[5]。　　春去。最谁苦。但箭雁沉边，梁燕无主。杜鹃声里长门暮[6]。想玉树凋土[7]，泪盘如露[8]。咸阳送客屡回顾[9]，斜日未能度。　　春去。尚

[1] 丙子：宋恭帝德祐二年（1276）。
[2] “谁遣”句：谓元兵南侵。风沙：喻敌军。元兵来自北方风沙之地，故称。南浦：南边的水边。指南宋的河山。
[3] 海门：临安沦陷，士人多从海上逃亡，重组抗元力量。
[4] 斗转：北斗星转移了位置，指时势发生了变迁。
[5] 试灯：张灯。
[6] 长门：汉代宫名。汉武帝陈皇后失宠，贬入长门宫。后世以长门喻指冷宫。
[7] 玉树凋土：《晋书》卷七十三《庾亮传》：“亮将葬，何充会之叹曰：‘埋玉树于土中，使人情何能已！’”
[8] 泪盘如露：汉武帝在建章殿前铸铜人，手托承露铜盘，称捧露仙人。李贺《金铜仙人辞汉歌·序》：“魏明帝青龙元年八月，诏宫官牵车西取汉孝武捧露盘仙人，欲立置前殿。宫官既拆盘，仙人临载，乃潸然泪下。”
[9] 咸阳送客：语出李贺《金铜仙人辞汉歌》：“衰兰送客咸阳道。”

来否。正江令恨别[1]，庾信愁赋[2]。苏堤尽日风和雨[3]。叹神游故国，花记前度。人生流落，顾孺子[4]，共夜语。

说明

是年二月，元军破临安，三月，虏宋恭帝及太后北去。此词托题送春，实悲宋亡。"送春去，春去人间无路"、"春去，最谁苦"、"春去，尚来否"，中锋重笔，联翩而下，激楚苍凉，如闻悲咽。

集评

卓人月曰："送春去"二句，悲绝。"春去最谁苦"四句，凄清何减夜猿。第三叠悠扬悱恻，即以为《小雅》、《楚骚》可也。

——《词统》

张宗棣曰：按樊榭论词绝句"送春苦调刘须溪"，信然。

——《词林纪事》

俞陛云曰：虽以"送春"标题，每段首句皆以"春去"作起笔，而其下则鸦过荒城，风沙迷目，不仅灯火阑珊之感。次段"杜鹃"句以下，长门日暮，悲玉树之凋残。后段"苏堤"句以下，故国神游，忆花枝于前度，其思

[1] 江令：指江淹，曾任建安吴兴令。有《别赋》。或指江总，陈后主时仕至尚书令，陈亡，入隋，北去。

[2] 庾信愁赋：北朝庾信著有《愁赋》，今本《庾子山集》不载，叶廷珪《海录碎事》卷九辑有片断。

[3] 苏堤：在杭州西湖，苏轼知杭时所筑，故名。

[4] 孺子：小孩子。指词人的儿子。

乡恋阙，抚事怀人，百愁并集，不独“送春”也。

——《宋词选释》

唐圭璋曰：此首题作送春，实寓亡国之痛。三片皆重笔发端振起，以下曲折述怀，哀感弥深。

——《唐宋词简释》

周　密

周密（1232—1298），字公谨，号草窗，又号萧斋、四水潜夫、弁阳啸翁等。祖籍济南（今属山东），流寓吴兴（今浙江湖州）。曾为两浙转运司幕官、义乌令。宋亡不仕，与王沂孙、张炎等结词社。并能诗、书、画。有《蘋洲渔笛谱》（又名《草窗词》），编有《绝妙好词》，为南宋词人选本。

献仙音

吊雪香亭梅[1]

松雪飘寒，岭云吹冻，红破数椒春浅[2]。衬舞台荒，浣妆池冷[3]，凄凉市朝轻换[4]。叹花与人凋谢，依依岁华晚。　　共凄黯。问东风、几番吹梦[5]，应惯识当年，翠屏金辇[6]。一片古今愁，但废绿、平烟空远[7]。无语消魂，对斜阳、衰草泪满。又西泠残笛[8]，低送数声春怨。

---

［1］　雪香亭：在杭州西湖葛岭集芳园内。集芳园原是皇家御苑，曾为宋高宗后妃所居，后被理宗赐予贾似道。宋亡后荒废。

［2］　红破：红梅含苞初绽。数椒：犹言数朵。梅花蓓蕾其状如椒，故称。

［3］　衬舞台、浣妆池：均为集芳园中旧有池台。

［4］　市朝：市集与朝廷。《战国策·秦策一》："臣闻争名者于朝，争利者于市，今三川、周室，天下之市朝也。"

［5］　"问东风"句：李白诗"东风吹客梦"（《江上寄巴东故人》）、"东风吹梦到长安"（《江夏赠韦南陵冰》）。

［6］　金辇：皇帝后妃乘坐的车驾。

［7］　"但废绿"句：温庭筠《莲浦谣》："废绿平烟吴苑东。"吴文英《西平乐慢》："叹废绿平烟带苑。"

［8］　西泠：桥名，在杭州西湖孤山下。

说明

此词宋亡后所作，借梅凭吊故国。花、人、亭园，开合照应，一片凄音。“西泠残笛，低送数声春怨”。暗用《梅花落》曲调，倒挽逆笔，申足“吊梅”题旨。

集评

陈廷焯曰：感慨欷歔，真乃无一字不凄婉。“回首可怜歌舞地”，结更呜咽。

——《云韶集》

又曰：公谨《献仙音.吊雪香亭梅》云：“一片古今愁，但废绿、平烟空远。无语消魂，对斜阳、衰草泪满。又西泠残笛，低送数声春怨。”即杜诗“回首可怜歌舞地”之意，以词发之，更觉凄婉。

——《白雨斋词话》

俞陛云曰：雪香亭在西湖葛岭张婉仪之集芳园中，由太后收归，理宗又赐贾平章。殿前古梅、老松甚多，有清胜堂、望江亭等处，而雪香亭梅花尤盛。玉辇临游，朱门歌舞，斯亭阅尽兴亡，老梅犹在，宜弁阳翁百感交集也。起笔写梅亭寒景，便带凄音，由荒亭说到朝市，由朝市说到看花之人，如峡猿之次第三声。后阕言“翠屏金辇”，何等繁华，而贞元朝士无多，惟历劫寒梅，犹亲见当年之盛，与汉苑铜仙、隋堤杨柳，同恋前朝。结句“西泠残笛”，寓余感于无穷矣。

——《宋词选释》

探芳讯

西泠春感[1]

步晴昼。向水院维舟[2]，津亭唤酒[3]。叹刘郎重到[4]，依依谩怀旧[5]。东风空结丁香怨[6]，花与人俱瘦。甚凄凉，暗草沿池，冷苔侵甃[7]。桥外晚风骤。正香雪随波[8]，浅烟迷岫[9]。废苑尘梁[10]，如今燕来否。翠云零落空堤冷，往事休回首。最消魂，一片斜阳恋柳[11]。

说明

此词作于宋亡后。重到西湖，触处生悲；花零人瘦，不堪回首。“春感”题旨，在故国之思，如恋柳斜阳，依依难尽。词笔凄清，幽恨在骨。结穴意存言外，最耐咀嚼。

---

[1] 西泠：桥名，在杭州西湖孤山下。

[2] 维：系。

[3] 津：渡口。

[4] 刘郎重到：唐刘禹锡《再游玄都观》诗《序》云：“……今十有四年，复为主客郎中，重游玄都观，荡然无复一树，唯兔葵燕麦，动摇于春风耳。”

[5] 谩：通“漫”，空，徒然。

[6] 空结丁香怨：唐宋诗词中多用丁香结（花蕾）以比喻难解的愁思。李商隐《代赠》：“芭蕉不展丁香结，同向春风各自愁。”李璟《浣溪沙》：“青鸟不传云外信，丁香空结雨中愁。”

[7] 甃（zhòu）：井壁。

[8] 香雪：白色香花。此指梅花。

[9] 岫（xiù）：山。

[10] 尘梁：画梁上布满尘埃。

[11] 斜阳恋柳：辛弃疾《摸鱼儿·暮春》：“斜阳正在，烟柳断肠处。”

集评

陈廷焯曰：点缀空梁落燕泥句，更饶姿态。

——《词则》

俞陛云曰：西湖当南宋时，翠华临幸，士女嬉游，花月楼台，为西湖千百年来极盛之际。自白雁渡江以后，朝市都非，草窗以凄清词笔写之。“人花俱瘦”句言花事之阑珊，“暗草沿池”句言池馆之凋残，“废苑尘梁”句言离宫之冷落。触处生悲，不尽周原之感；湖山举目，谁动余哀。剩有白发遗黎，扶筇凭吊，如残阳之恋柳耳。

——《宋词选释》

文天祥

文天祥（1236—1282），初名云孙，字天祥，后改字宋瑞，一字履善，号文山，吉州庐陵（今江西吉安）人，宋理宗宝祐四年（1256）进士第一。仕至右丞相，兼枢密使。抗元兵败被俘，囚于燕京四年，不屈就义。词存于《文山先生全集》。

沁园春

题潮州双忠庙[1]

为子死孝，为臣死忠[2]，死又何妨。自光岳气分[3]，士无全节，君臣义缺，谁负刚肠。骂贼睢阳[4]，爱君许远，留得声名万古香。后来者，无二公之操，百炼之钢。　　人生翕欻云亡[5]，好烈烈轰轰做一场。使当时卖国，甘心降虏，受人唾骂，安得留芳。古庙幽沉，仪容俨雅，枯木寒鸦几夕阳。邮亭下[6]，有奸雄过此，仔细思量。

---

［1］潮州：今属广东。双忠庙：为纪念唐安史之乱中拒敌死难的忠臣张巡、许远所立的祠庙。初建于北宋熙宁年间（1068—1077），在潮阳东郊之东山山麓。

［2］为臣死忠：《公羊庄四年传》："国、君一体也。"文天祥《使北》："初修降表我无名，平是随班拜舞人。谁遣附庸祈请使？要教索虏识忠臣。"词人之死忠，并非忠于一家一姓。

［3］光岳气分：谓天崩地解。光岳，三光（日、月、星）五岳（中岳嵩山、东岳泰山、西岳华山、南岳衡山、北岳恒山），即天地。《文献通考·自序·户口》："光岳既分，风气日漓。"

［4］睢阳：今河南商丘。唐天宝十四载（755）安禄山反，张巡、许远合守睢阳达数月之久，以食尽援绝，城陷被执，慷慨就义。此以"睢阳"称张巡。《新唐书》卷一百九十二《张巡传》载，巡被俘后骂贼将曰："我为君父死，尔附贼，乃犬彘也。"

［5］翕欻（xī xū）：疾速，短促。云：语助词。

［6］邮亭：驿馆。

说明

宋帝昺祥兴元年（1278）冬，文天祥以少保右丞相兼枢密使驻兵潮阳，谒双忠庙，题此词。虽异张、许之时，实同张、许之心，视死如归，震古烁今。“古庙”三句，切回眼前情境，结尾正气凛然。以议论抒情结体，揭橥人生大义，雄杰深沉。

集评

查礼曰：仔细思量，盥漱读之，公之忠义刚正，凛凛之气势，流露于简端者，可耿日月、薄云霄。虽辞藻未免粗豪，然忠臣孝子之作，只可以气概论，未可以字句求也。

——《铜鼓书堂词话》

刘永济曰：宋亡之际，叛国降虏者甚多。天祥过双庙，念张巡、许远遗烈，不觉感慨，发为此词，忠义之气，凛然纸上。此等作品，不可以寻常词观之也。

——《唐五代两宋词简析》

王沂孙

王沂孙，生卒年不详，字圣与，号碧山，又号中仙、玉笥山人，会稽（今浙江绍兴）人。年辈与张炎相近而稍长。入元，曾为庆元路学正。有《花外集》，又名《碧山乐府》。

眉妩

新月

渐新痕悬柳，淡彩穿花，依约破初暝[1]。便有团圆意[2]，深深拜[3]，相逢谁在香径。画眉未稳[4]，料素娥、犹带离恨[5]。最堪爱、一曲银钩小，宝帘挂秋冷。　千古盈亏休问。叹漫磨玉斧，难补金镜[6]。太液池犹在[7]，凄凉处、何人重赋清景。故山夜永[8]，试待他、窥户端正。看云外山河[9]，还老尽、桂花影。

---

[1]　初暝：黄昏。贺铸《渔家傲》：“好月为人重破暝。”

[2]　“便有”句：牛希济《生查子》：“新月曲如眉，未有团圆意。”此反用其意。

[3]　深深拜：古时有拜新月习俗。施肩吾《幼女词》：“学人拜新月。”李端《拜新月》：“开帘见新月，即便下阶拜。”

[4]　画眉：用汉代张敞为其妻画眉事。见《汉书》卷七十六《张敞传》。新月如眉，故称。吴文英《声声慢》：“新弯画眉未稳。”

[5]　素娥：嫦娥。

[6]　“叹漫磨”二句：唐郑仁本与王秀才游嵩山，遇一人，谓月乃七宝合成，其势如丸，常有八万二千户修之，并出示包袱中斧凿等物。见段成式《酉阳杂俎》。曾觌《壶中天慢》：“何劳玉斧，金瓯千古无缺。”此谓金镜（金瓯）已缺而无可修补，寓亡国之痛。漫：徒劳。

[7]　太液：汉代池名，此指宋代宫苑池沼。陈师道《后山诗话》载，宋太祖于后池对新月置酒，召学士卢多逊赋诗。其诗曰：“太液池边看月时，好风吹动万年枝。谁家玉匣开新镜，露出清光些子儿。”

[8]　故山：故国河山。永：长。

[9]　云外山河：《酉阳杂俎》卷一：“或言月中蟾桂，地影也；空处，水影也。”《春渚纪闻》卷七：“王荆公言：‘月中仿佛有物，乃山河影也。’至东坡先生亦有‘正如大圆镜，写此山河影’。”

说明

此词咏新月。上片观月拜月，下片因月感怀。意求团圆之望，缺月难补之叹，哀怨沉痛，苍凉激楚。词笔纵横起伏，曲折深微。托出国破遗民的“一片热肠，无穷哀感”（陈廷焯《白雨斋词话》语）。

集评

陈廷焯曰：句句是新月，却句句是望到十五。“渐”字及“便有”字，用得婉约。“千古”句忽将上半阕一笔撇去，有龙跳虎卧之奇。结更高简。

——《云韶集》

谭献曰：圣与精能以婉约出之。律以诗派，大历诸家，去开、宝未远。玉田正是劲敌，但士气则碧山胜矣。“便有”三句，则寓意自深，音辞高亮。

——《谭评词辨》

俞陛云曰：上阕赋本题，人与月兼写，描摹工雅，若一串牟尼，粒粒皆含精彩。下阕故国之念甚深，“云外山河”，尚留“旧影”，而新亭举目，朝市全非，纵有吴刚“玉斧”，焉能补破碎金瓯耶！

——《宋词选释》

陈匪石曰：起处“渐”字领句，已从“新月”着想。以下八字力写“新月”，继之曰“依约破初暝”，是一线光明气象，皆题之正面也……过变将笔一纵，从大处落墨。“磨玉斧”、“补金镜”，是重整金瓯之意，而不作愤激之词。

——《宋词举》

唐圭璋曰：上片刻画新月，下片就月抒感。起三句，写新月极细，“新痕”、“淡彩”、“初暝”，皆不能分毫移动，一“渐”字传神亦佳。“便有”三句，用李端诗意，言人拜新月。“画眉”两句，体会新月似离恨。“最堪爱”两句，更特写新月之美。换头句，纵笔另开，词旨悲愤。新月难圆，即寓金瓯难整之意。“太液池”两句，吊月怀古，不尽凄恻。“故山”两句转笔，望明月之圆。末句拍合上句，伤心月照山河，余恨无穷。

——《唐宋词简释》

齐天乐

蝉

一襟余恨宫魂断[1]，年年翠阴庭树。乍咽凉柯[2]，还移暗叶，重把离愁深诉。西窗过雨，怪瑶佩流空，玉筝调柱。镜暗妆残，为谁娇鬓尚如许[3]。　　铜仙铅泪似洗，叹携盘去远，难贮零露[4]。病翼惊秋，枯形阅世[5]，消得斜阳几度。余音更苦。甚独抱清高[6]，顿成凄楚。漫想薰风[7]，柳丝千万缕。

说明

此词并见于《花外集》和《乐府补题》。咏残秋哀蝉，志家国沦亡之痛。齐后化蝉、魏女蝉鬓等事典，均与皇室后妃有关。通篇亦蝉亦人，融合无间，别有凄然言外之意。“漫想”二句，反剔作结，倍增警动。

---

[1]　“一襟”句：马缟《中华古今注》：“昔齐后忿而死，尸变为蝉，登庭树嘒唳而鸣。王悔恨。故世名蝉为齐女焉。”本句即用此典。

[2]　柯：树枝。

[3]　娇鬓：魏文帝宫人莫琼树始制为蝉鬓，望之缥缈如蝉翼。见崔豹《古今注》。

[4]　“铜仙”二句：李贺《金铜仙人辞汉歌·序》：“魏明帝青龙元年八月，诏宫官牵车西取汉孝武捧露盘仙人，欲立置前殿。宫官既拆盘，仙人临载，乃潸然泪下。”诗曰：“空将汉月出宫门，忆君清泪如铅水”，“携盘独出月荒凉，渭城已远波声小”。

[5]　枯形阅世：孙楚《蝉赋》：“形如枯槁。”

[6]　甚：正。

[7]　薰风：南风。

集评

周济曰：此家国之恨。

——《宋四家词选》

陈廷焯曰：字字凄断，却浑雅不激烈。

——《白雨斋词话》

谭献曰：此是学唐人句法、章法。“庾郎先自吟愁赋”，逊其蔚跂。

——《谭评词辨》

端木埰曰：详味词意，殆亦碧山《黍离》之悲也。首句“宫魂”字点清命意。“乍咽”、“还移”，慨播迁也。“西窗”三句，伤敌骑暂退，宴安如故也。“镜暗妆残”，残破满眼。“为谁”句，指当日修容饰貌，侧媚依然。衰世臣主全无心肝，真千古一辙也。“铜仙”三句，伤宗器重宝均被迁夺北去也。“病翼”三句，更是痛哭流涕，大声疾呼，言海徼栖流，断不能久也。“余音”三句，哀怨难论也。“漫想薰风，柳丝千万缕”，责诸人当此尚安危利灾，视若全盛也。语意明显，凄惋至不忍卒读。

——张惠言《词选》批注

陈匪石曰：起处不使一平笔，倒戟而入，自有无限深意。

——《宋词举》

唐圭璋曰：此首咏蝉，盖咏残秋哀蝉也。妙在寄意沉痛，起笔已将哀蝉心魂拈出，故国沧桑之感，尽寓其中。

——《唐宋词简释》

蒋　捷

蒋捷，生卒年不详，字胜欲，号竹山，阳羡（今江苏宜兴）人。宋度宗咸淳十年（1274）进士。宋亡，隐居太湖竹山，抱节以终，因此自号。有《竹山词》。

虞美人

听雨

少年听雨歌楼上，红烛昏罗帐。壮年听雨客舟中，江阔云低断雁叫西风[1]。　　而今听雨僧庐下，鬓已星星也[2]。悲欢离合总无情，一任阶前点滴到天明[3]。

说明

此词以“听雨”为题，涵概一生况味。三幅听雨图，写出了生命驿程的三个阶段、三种心境。若与时势演变的背景相叠合，当可悟得更为深广的味外之味。布局的特点是理性的平实，亦因此而强化了冷峻的沉痛。

---

［1］　断雁：孤雁。

［2］　星星：头发斑白。

［3］　“一任”二句：温庭筠《更漏子》下片：“梧桐树，三更雨，不道离情正苦。一叶叶，一声声，空阶滴到明。”

集评

许昂霄曰：（“悲欢离合总无情”二句）此种襟怀，固不易到，然亦不愿到也。

——《词综偶评》

谢章铤曰：历数诸景，挥洒而出，比之稼轩《贺新凉》“绿树听啼鴂”阕，尽集许多恨事，同一机杼，而用笔大为崭新。

——《赌棋山庄词话》

王闿运曰：此是小曲。“情”亦作“凭”，较胜。

——《湘绮楼词选》

张　炎

张炎（1248—1320?），字叔夏，号玉田，晚又号乐笑翁，祖籍凤翔（今属陕西），寓居临安（今浙江杭州）。南宋初名将循王张俊六世孙。少时过着承平贵公子的悠闲生活。宋亡家破，尝被诏入元大都（今北京）抄写金字《大藏经》，以布衣潦倒终生。有《山中白云词》、《词源》。

南浦

春水

波暖绿粼粼[1]，燕归来，好是苏堤才晓[2]。鱼没浪痕圆[3]，流红去、翻笑东风难扫。荒桥断浦，柳阴撑出扁舟小。回首池塘青欲遍，绝似梦中芳草[4]。　和云流出空山，甚年年净洗，花香不了。新渌乍生时，孤村路、犹忆那回曾到。余情渺渺。茂林觞咏如今悄[5]。前度刘郎归去后[6]，溪上碧桃多少[7]。

---

[1]　粼粼（lín）：清澈状。

[2]　苏堤：苏轼知杭州时，开浚西湖，筑为长堤。后人名为苏堤。

[3]　“鱼没”句：释悟清逸句：“鸟归花影动，鱼没浪痕圆。”

[4]　“回首”二句：谢灵运《登池上楼》：“池塘生春草，园柳变鸣禽。”《南史》卷十九《谢惠连传》：“惠连年十岁能属文，族兄灵运加赏之，云：‘每有篇章，对惠连辄得佳语，尝于永嘉西堂思诗竟日不就，忽梦见惠连，即得“池塘生春草”，大以为工。’尝云：‘此语有神功，非吾语也。’”

[5]　茂林觞咏：指王羲之等在山阴兰亭修禊事，此谓文人雅集。《兰亭集序》云：“此地有崇山峻岭，茂林修竹”、“一觞一咏亦足以畅叙幽情”。

[6]　前度刘郎：刘禹锡《再游玄都观》诗有“种桃道士归何处，前度刘郎今又来”句。此玉田以刘郎自比。

[7]　碧桃：即千叶桃。重瓣桃花，有白、粉红、深红色。

说明

此或为结社题咏之作。从西湖春水起笔，处处绾题，写足湖水、池水、溪水之状，转入感怀旧游，“溪上碧桃”作结，复扣回“春水”题目。圆融流美，不粘不脱。着景、体物、用典，工巧熨贴，举重若轻。

集评

周密曰：乐笑翁张炎词如“荒桥断浦，柳阴撑出扁舟小”，赋春水入画。

——《绝妙好词》道光本

陆辅之曰：乐笑翁警句：“和云流出空山，甚年年净洗，花香不了。”

——《词旨》下

江昱曰：邓牧《伯牙琴》：叔夏《春水》一词，绝唱今古，人以“张春水”目之。

——《山中白云词》疏证本

许昂霄曰：《南浦》亦空阔，亦微妙，非玉田先生不能。

——《词综偶评》

吴衡照曰：咏物虽小题，然极难作，贵有不粘不脱之妙。此体南宋诸老尤擅长……张玉田《春水》云：“和云流出空山，甚年年净洗，花香不了。”数语刻画精巧，运用生动，所谓空前绝后矣。

——《莲子居词话》

陈廷焯曰：“鱼没浪痕圆”五字静细。“和云”三句，神化之句。碧山《春水》一篇，不能及此。“刘郎”二句，婉约流丽。

——《云韶集》卷九

又曰：玉田以《春水》一词得名，用冠词集之首。此词深情绵邈，意余于言，自是佳作，然尚非乐笑翁压卷，知音者审之。

——《白雨斋词话》卷二

俞陛云曰:《春水》词为玉田盛年所作，以此得名。论其格局，先写景，后言情，意亦犹人。审其全篇过人处，能运思于环中，而传神于象外也。论其字句，上阕言春水浮花，而云“东风难扫”，具见巧思；言春水移舟，而云断浦生波，且自柳阴撑出，以写足“春”字。用春草碧色作陪，更用“池塘”诗句以夹写之，皆下语经意处。转头处“和云”六字赋春水之来源，句复倜傥。“花香”二句水流花放，年复一年，喻循环之世变，钱武肃所谓“没了期”也，含意不尽。后路以感旧作结，融情景于一家。结句复以溪桃点缀春水，到底不懈。

——《宋词选释》

陈匪石曰：玉田以《春水》词得名。人呼之“张春水”，即《南浦》(波暖碧粼粼）一首也。余昔以其平淡无异人处，心焉疑之。沤尹先生（朱祖谋）曰：此词虽无新奇可喜之处，然吾尝试为之，终不能及玉田之安详合度，是即其可传处也。夫词之平淡无奇，而他人为之辄不能及，则其境深远矣。

——《旧时月色斋词谭》

解连环

孤雁

楚江空晚。怅离群万里，恍然惊散[1]。自顾影、欲下寒塘[2]，正沙净草枯，水平天远。写不成书，只寄得、相思一点[3]。料因循误了[4]，残毡拥雪[5]，故人心眼。　谁怜旅愁荏苒[6]。漫长门夜悄[7]，锦筝弹怨[8]。想伴侣、犹宿芦花，也曾念春前，去程应转。暮雨相呼，怕蓦地、玉关重见[9]。未羞他、双燕归来，画帘半卷。

说明

此词咏孤雁，形神兼备，寄意深微。紧扣“孤”字，层层转出，亦

---

[1]　恍然：惆怅失意状。

[2]　欲下寒塘：唐崔涂《孤雁》：“暮雨相呼失，寒塘欲下迟。”

[3]　“写不成书”二句：雁飞有序，排列成行，呈“一”字或“人”字形，今孤雁单飞，故云。暗用“雁足传书”意。

[4]　因循：此谓拖延。

[5]　残毡拥雪：用汉苏武故事。武出使匈奴被拘，置大窖中，不与饮食，“武卧啮雪，与旃（毡）毛并咽之，数日不死”。后汉使者索武于匈奴，单于谎称苏武已死，汉使者答曰，汉天子于上林苑射得一雁，雁足附苏武书。匈奴始还苏武。见《汉书》卷五十四《李广苏建传》。

[6]　旅愁荏苒：谓旅愁随时序推移而与日俱增。

[7]　长门夜悄：唐杜牧《早雁》：“仙掌月明孤影过，长门灯暗数声来。”长门，宫名。汉武帝陈皇后被废所居处。

[8]　锦筝弹怨：唐钱起《归雁》：“潇湘何事等闲回？水碧沙明两岸苔。二十五弦弹夜月，不胜清怨却飞来。”

[9]　玉关：玉门关，在今甘肃境内。此泛指北地。

物亦人，于隐显离即之间，说尽凄惶无主而孤节独持的家国之感。运用典实，如盐着水，不滞形相。

集评

周密曰："自顾影、欲下寒塘，正沙净草枯，水平天远。写不成书，只寄得、相思一点。"如此等语，虽丹青难画矣。

——《绝妙好词》

孔齐曰：张炎尝赋孤雁词，有"写不成书，只寄得相思一点"，人皆称之曰张孤雁。

——《至正直记》

许昂霄曰：("写不成书"二句）奇警。"暮雨相呼疾，寒塘欲下迟"，唐崔涂《孤雁》诗也。

——《词综偶评》

李佳曰："写不成书，只寄得相思一点。"沈昆词："奈一绳雁影，斜飞点点，又成心字。"周星誉词："无赖是秋鸿，但写人人，不写人何处。"三词咏雁字，各具巧思，皆不落恒蹊。

——《左庵词话》

谭献曰：起是侧入而气伤于僄。"写不成书"二句，若槜李之有指痕。"想伴侣"二句，清空如话。"暮雨"二句，若浪花之圆蹴，颇近自然。

——《谭评词辨》

俞陛云曰：《孤雁》与《春水》词皆玉田少年擅名之作，晚年无此精湛矣。孔行素称玉田以此词得名，人以"张孤雁"称之。"写不成书"二句，写"孤"字入妙，即怀人之作，亦极缠绵幽渺之思，况咏孤雁？人雁双关，允推绝唱。下阕"伴侣"以下数语，替孤雁着想。沙岸芦花，念其故侣，空际传情，不让唐人。"暮雨"、"寒塘"之句，借喻人事，亦停云之谊、故剑之思也。结句以双燕相形，别饶风致，且自喻贞操也。

——《宋词选释》

清平乐

候蛩凄断[1]，人语西风岸。月落沙平江似练[2]，望尽芦花无雁[3]。　暗教愁损兰成[4]，可怜夜夜关情。只有一枝梧叶，不知多少秋声。

说明

此词怀人，玉田入元后所作。笔底秋声、秋景、秋情，寓家国身世之感。“只有一枝梧叶，不知多少秋声”，含思柔厚，境至苍凉。

集评

许昂霄曰：“只有一枝梧叶”二句，淡语能腴，常语有致，唯玉田为然。

——《词综偶评》

陈廷焯曰：秋江图画，笔法自高，亦是因感有得。

——《云韶集》卷九

又曰：玉田工于造句，每令人拍案叫绝。如……《清平乐》云：“只有一

[1] 候蛩（qióng）：指蟋蟀。

[2] 江似练：谢朓《晚登三山还望京邑》：“余霞散成绮，澄江静如练。”

[3] “望尽”句：芦花丛中本是雁栖之所，故称。玉田《解连环·孤雁》有句云：“想伴侣，犹宿芦花。”

[4] 兰成：南朝梁庾信，字子山，号兰成，出使北朝被留，著有《愁赋》。此玉田自比。

枝梧叶，不知多少秋声。”……此类皆精警无匹，然不及碧山处正在此。

——《白雨斋词话》卷二

俞陛云曰：“梧叶”十二字，如絮浮水，如露滴荷，虽沾而非著。词中胜境，妙手偶得之。欧阳公赋《秋声》从广大处落笔，此从精微处着想，皆极文词之能事。

——《宋词选释》

无名氏

青玉案

年年社日停针线[1]，怎忍见、双飞燕。今日江城春已半。一身犹在，乱山深处，寂寞溪桥畔。　　春衫著破谁针线[2]，点点行行泪痕满。落日解鞍芳草岸。花无人戴，酒无人劝，醉也无人管。

说明

此词见《阳春白雪》卷五。《词林万选》题作宋黄公绍，唐圭璋《全宋词》谓系误入。游子春日感怀，即景抒慨。结拍叠用三“无人”句，于重复而递进中说尽落寞意味。

集评

沈际飞曰：两“针线”重。醉也无人管，有拘管、看管二意，看管意居多。近送行诗中“夜晚孤单少饮酒，铺陈自展还自卷”，入诗余亦通。

——《草堂诗余续集》

先著、程洪曰：“花无人戴，酒无人劝，醉也无人管”，与此词（按：指晁补之《忆少年》“无穷官柳”）起处同一警绝。唐以后，特地有词，正以有

---

[1] 社日：古时祭祀社神（土地神）的日子。春社为立春后第五个戊日，秋社为立秋后第五个戊日。此指春社。张籍《吴楚歌词》：“今朝社日停针线，起向朱樱树下行。”

[2] 著破：言与伊人别离已久。

如许妙语，诗家收拾不尽耳。

——《词洁》卷一

又曰：一词中“针线”字两见，必误。然俱有作意。

——《词洁》卷二

贺裳曰：无名氏《青玉案》：“落日解鞍芳草岸。花无人戴，酒无人劝，醉也无人管。”语淡而情浓，事浅而言深，真得词家三昧，非鄙俚朴陋者可冒。

——《皱水轩词筌》

唐圭璋曰：此首写游子飘零，语浅情深。起两句，从时序、景物叙述。“怎忍见”句，含凄无限。“今日”数句，点明所处之境地，“已”字、“犹”字呼应，倍见沉痛。换头，写在外实况。春衫著破，无人缝绽，可见飘零之久与独处之哀。“落日”数句，更以景色烘染情事。三层递下，写足游子内心之苦闷。语极疏朗，情殊可悯。

——《唐宋词简释》

御街行

霜风渐紧寒侵被。听孤雁、声嘹唳[1]。一声声送一声悲。天淡碧天如水。披衣起告，雁儿略住，听我些儿事。　塔儿南畔城儿里。第三个、桥儿外。濒河西岸小红楼[2]，门外梧桐雕砌。请教且与，低声飞过，那里有、人人无寐[3]。

说明

此词见《花草粹编》卷八引《古今词话》。明赵琦美辑《小山词补遗》误作晏几道词。游子怀人，运思新颖别致。托语飞雁，表达心意，其关切体贴之情，极为细腻动人。

集评

刘永济曰：托雁言情之词。可与元人蒲察善长《新水令》套曲比看。可知文学家用一题材，作各种写法。

——《唐五代两宋词简析》

[1] 嘹唳（liáo lì）：声音高亢而曼长。

[2] 濒（bīn）：临，接近。

[3] 人人：犹言人儿，那人。称所昵者。

图书在版编目(CIP)数据

唐宋词/高建中编著.—上海:上海人民出版社,
2017
(中华经典诗文之美/徐中玉主编)
ISBN 978-7-208-14692-1

Ⅰ.①唐… Ⅱ.①高… Ⅲ.①唐宋词-选集 Ⅳ.
①I222.84

中国版本图书馆CIP数据核字(2017)第175908号

特约编辑 时润民
责任编辑 马瑞瑞
封面设计 高 熹

·中华经典诗文之美·
徐中玉 主编
唐 宋 词
高建中 编著
世 纪 出 版 集 团
上海人民出版社出版
(200001 上海福建中路193号 www.ewen.co)
世纪出版集团发行中心发行 常熟市新骅印刷有限公司印刷
开本 890×1240 1/32 印张 10.75 插页 2 字数 256,000
2017年8月第1版 2017年8月第1次印刷
ISBN 978-7-208-14692-1/I·1652
定价 36.00元